VERZWEIFELT VERLIEBT

UNERWARTET MILLIARDÄR, BUCH 3

J.S. SCOTT

EBENFALLS VON J.S. SCOTT

Ein Milliardär voller Leidenschaft – Die Serie:

Entfesselte Leidenschaft (Buch 1 der Serie erzählt die Geschichte von Simon und Kara)

Das Herz des Milliardärs ~ Sam (Buch 2)

Die Erlösung des Milliardärs ~ Max (Buch 3)

Der Milliardär und sein Spiel ~ Kade (Buch 4)

Ein Milliardär außer Kontrolle ~ Travis (Buch 5)

Ein Milliardär ohne Maske ~ Jason (Buch 6)

Milliardenschwer und ungezähmt ~ Tate (Buch 7)

Milliardenschwer und ungebunden ~ Chloe (Buch 8)

Milliardenschwer und unerschrocken ~ Zane (Buch 9)

Milliardenschwer und unerkannt ~ Blake (Buch 10)

Milliardenschwer und unverhüllt ~ Marcus (Buch 11)

Milliardenschwer und ungeliebt ~ Jett (Buch 12)

Milliardenschwer und ungestüm ~ Carter (Buch 13)

Bräutigam auf Zeit (Zeke und Lia)

Milliardenschwer und unerreichbar ~ Mason (Buch 14)

Die Sinclairs – Die Serie:

Kein gewöhnlicher Milliardär ~ Dante (Buch 1)

Der verbotene Milliardär ~ Jared (Buch 2)

Weihnachten mit dem Milliardär ~ Grady
(Eine Sinclair-Novelle)

Der Milliardär mit dem gewissen Etwas ~ Evan (Buch 3)
Die Stimme des Milliardärs ~ Micah (Buch 4)
Der Milliardär geht aufs Ganze ~ Julian (Buch 5)
Die Geheimnisse des Milliardärs ~ Xander (Buch 6)
Nichts weiter als ein Millionär ~ Liam (Buch 7)

Unerwartet Milliardär – Die Serie:

Erfolgreich umworben (Buch 1)
Geschickt umgarnt (Buch 2)
Verzweifelt verliebt (Buch 3)

Die Walker-Brüder – Die Serie:

Lass los! (Buch 1)
Vertrau mir! (Buch 2)
Rette mich! (Buch 3)

Der Billionär und seine Braut – Die Serie:

Prinz Bryan ~ Der Billionär und seine Braut
Eine Jungfrau für den Prinzen

Von J.S. Scott & Ruth Cardello:

Gut Gespielt – Liebeszauber auf dem Footballfeld

Von J.S. Scott als Lane Parker:

Geliebter Stalker
A Christmas Dream – Träume zum Weihnachtsfest
A Valentine's Dream – Träume zum Valentinstag

WIDMUNG

Die letzten Zeilen dieses Buches habe ich geschrieben, während der Todestag meiner Schwester sich zum zweiten Mal jährte. Das war erst vor zwei Tagen. Ich vermisse sie immer noch so sehr wie direkt nach ihrem plötzlichen Fortgang von dieser Welt. Dieses Buch widme ich also meiner Schwester Beth. Du fehlst mir, Sissy, und ich hoffe, dass du von irgendwoher zuschaust, wenn dieser Titel veröffentlicht wird.

Für immer in Liebe
Jan

INHALT

KAPITEL 1

Seth

»Verwandle dieses verdammte Gelände in ein Naturschutzgebiet, Seth«, verlangte meine Schwester, während sie direkt vor meinem Schreibtisch stehen blieb. Das Missfallen in ihrem Gesicht war nicht zu übersehen, als sie fortfuhr: »Die Vögel auf deinem Land sind vom Aussterben bedroht. Sie dürfen ihre neuen Nistplätze nicht verlieren.«

»Hallo und ich freue mich auch, dich zu sehen, kleine Schwester«, sagte ich trocken. *Verdammt!* Verdiente ich noch nicht einmal einen Gruß, bevor sie begann, mich herunterzuputzen? Sie hatte sich den Weg in mein Büro wie ein Bulldozer freigekämpft und ohne Einleitung ein Thema angeschnitten, das ich wirklich nicht diskutieren wollte. Ich verspürte nicht den geringsten Wunsch, über das am Strand gelegene Grundstück zu reden. Um die Wahrheit zu sagen, ich hatte gehofft, es würde ihr niemals zu Ohren kommen, dass ich das Gelände gekauft hatte, und dass sie niemals herausfinden würde, dass vom Aussterben bedrohte Vögel sich dort niedergelassen hatten, kurz nachdem ich es übernommen hatte.

Offensichtlich hatte sie es jedoch mitbekommen.

Jade starrte mich weiterhin böse an, was mir sagte, dass sie sich nicht von ihrer Mission abbringen lassen würde.

Ich kannte diesen Blick. Da ich geholfen hatte, meine Schwester aufzuziehen, wusste ich nur zu gut, wie stur sie sein konnte, wenn es um den Schutz wilder Tiere ging.

Diesmal wird meine kleine Schwester ein Nein zu hören bekommen.

Ungeachtet ihrer Wut wollte ich auf keinen Fall Millionen von Dollar verlieren, nur weil ein paar Vögel beschlossen hatten, das wertvolle Küstengrundstück als ihren neuen Nistplatz zu nutzen.

Jade war nicht die Erste, die dagegen Einwand erhoben hatte, auf dem besagten Grundstück ein Resort zu bauen. Irgendeine naturschutzbesessene Anwältin versuchte ebenfalls, mir das Leben zu vergällen, weil ich dort bauen wollte, wo eine Kolonie gefiederter Lebewesen nistete. Schon seit Anfang des Sommers trug ich einen juristischen Kampf mit Riley Montgomery aus – einen Kampf, den ich gewinnen wollte.

Nach Monaten dieses Schwachsinns hatte ich wirklich keine Lust, auch noch mit meiner Schwester darüber zu streiten.

Ich lehnte mich in meinem Bürostuhl zurück, entschlossen, mir von Jade auf keinen Fall das Grundstück abschwatzen zu lassen, für das ich ein kleines Vermögen ausgegeben hatte. »Die Vögel sind weg«, informierte ich sie gereizt.

Gewiss, sie mochten in der nächsten Brutzeit zurückkehren, aber war das mein Problem? Ich hatte abgewartet, bis die verdammten Vögel ihre Eier gelegt, ihre Jungen aufgezogen und im letzten Monat endlich das Gelände verlassen hatten. Jetzt, da der Sommer vorüber und die gefiederten Freunde meiner Schwester für den Winter zu wärmeren Gefilden aufgebrochen waren, wollte ich mit dem Bau des Resorts beginnen, das ich am Strand errichten wollte.

Der Bau hatte sich lange genug verzögert. Eigentlich hatte ich sogar eine gewisse Anerkennung für meine Geduld erwartet.

Sinclair Properties war ein ziemlich junges Unternehmen und dieses Bauvorhaben bedeutete weiteres Wachstum für mein Start-up.

Jade verschränkte die Arme vor der Brust. »Die Mehrheit der Vögel dieser bestimmten Art wird im nächsten Jahr zurückkehren«, wandte sie ein.

Nun gut, ich war nicht vollkommen herzlos. Na ja, nicht wirklich. Doch die vom Aussterben bedrohte Art hatte in diesem Jahr zum ersten Mal ihren Weg an diese Küste gefunden. Also konnten die Vögel doch nächstes Jahr leicht einen anderen Nistplatz finden, richtig?

»Nicht, wenn ich es verhindern kann«, knurrte ich. Ich hoffte, endlich die Bauerlaubnis zu bekommen, die seit Monaten auf Eis lag. Ich hatte das Gefühl, sobald mein Projekt erst einmal in Bewegung gekommen wäre, würden die Vögel den Platz in Zukunft meiden.

Riley Montgomery, die nervige Anwältin, die eine Schwäche für bedrohte Vögel zu haben schien, hatte sich offensichtlich meine Schwester – von Beruf Naturschützerin – zur Verbündeten gemacht.

Wie sonst hätte Jade über die Situation informiert sein können? Wohlweislich hatte ich Eli, ihrem Ehemann, nichts davon erzählt. Und mein Bruder Aiden hatte mir schwören müssen, die Geschichte mit den Vögeln als Geheimnis zu wahren.

Offensichtlich bestand diese Freundschaft – oder was immer es auch war – zwischen Jade und Riley erst seit Kurzem, denn meine Schwester hatte die Vögel nicht erwähnt, bis sie heute in mein Büro gestürmt war.

»Also hat Riley sich an dich gewandt?«, mutmaßte ich.

»Ja, sie war es, die es mir erzählt hat. Ich wünschte, du hättest mich darüber informiert.«

»Das ging nicht«, erwiderte ich knapp. »Ich wusste, wir würden uns am Ende nur darüber streiten, so wie jetzt.«

»Was ist nur los mit dir, Seth? Du bist nicht immer so gefühllos gewesen. Früher warst du sogar ein wirklich netter Kerl.« Jade stieß einen frustrierten Laut aus.

Ja, nun gut, früher war ich auch nicht einer der reichsten Männer der Welt. Als ich noch arm gewesen war, hatte ich es mir leisten können, ein Herz zu haben.

Jetzt, als Geschäftsmann mit einem wachsenden Unternehmen, musste ich skrupellos sein. Das war in meiner Branche unumgänglich.

Erst kürzlich hatte ich entdeckt, dass ich wirklich gut das Arschloch heraushängen lassen konnte, wenn es ums Geschäft ging.

Ich erschloss Grundstücke und Sinclair Properties entwickelte sich schnell zu einer Macht, mit der man im Immobiliengeschäft rechnen musste. Ich konnte es mir wirklich nicht leisten, ein weiches Herz zu zeigen.

Ich ignorierte die Frage meiner Schwester. »Ich werde dieses Gelände nicht aufgeben, Jade«, stellte ich bestimmt fest. »Es handelt sich um ein wertvolles Baugelände am Strand. Es gibt nicht mehr viele solcher Grundstücke.«

Die kleine Stadt Citrus Beach wuchs schnell. Durch die Nähe zu San Diego musste dies früher oder später geschehen. Die Gegend würde zu einem der beliebtesten Aufenthaltsorte werden, wenn jemand an den Strand wollte.

»Also ist dein blödes Resort wichtiger als das Aussterben einer Spezies?«

Ich warf ihr einen mürrischen Blick zu, was bei meiner kleinen Schwester nur selten vorkam. Allerdings besaß Jade normalerweise auch ein eher ausgeglichenes Temperament. So hartnäckig wie jetzt war sie nur, wenn es um das Aussterben einer bedrohten Tierart ging. »Die Vögel können sich in der nächsten Saison einen anderen Nistplatz suchen.«

»Sie sind hierhergekommen, weil sie ihren vorherigen Platz wahrscheinlich an irgendein Arschloch verloren haben, dem es egal war, ob sie aussterben.«

Okay, das saß. Ich war es gewohnt, dass meine jüngeren Geschwister zu mir aufsahen wie zu einer Vaterfigur. Ich und meine Brüder Aiden und Noah waren die einzigen Elternfiguren, die meine drei jüngeren Geschwister je gekannt hatten. Jade hatte mich noch nie als Arschloch bezeichnet. Normalerweise idealisierte sie mich.

Ich nehme an, diese Zeiten sind vorüber.

Gewiss, Jade war kein Kind mehr. Schon lange nicht mehr. Tatsächlich lagen nicht allzu viele Jahre zwischen uns. Jade war hochgebildet und besaß einen Doktortitel in Naturschutz. Sie war jetzt mit einem sehr einflussreichen Milliardär verheiratet, einem Mann, der zufällig auch mein Mentor und stiller Teilhaber war, Eli Stone.

Zumindest hatte sie es ihm gegenüber nicht …

»Ich werde mit Eli sprechen«, drohte sie, womit sie meinen hoffnungsvollen Gedanken zunichtemachte.

So viel zu meiner Hoffnung, sie würde ihren Mann nicht als Waffe einsetzen. Gerade als ich gedacht hatte, sie würde mir nicht mit Eli drohen, tat sie genau das.

Die Wahrheit war, ich brauchte Elis Rat. Oft. So ist es eben, wenn ein Bauarbeiter innerhalb weniger Minuten zum Milliardär aufsteigt.

Bis jetzt hatten Eli und ich gut zusammengearbeitet. Obwohl mein Schwager sich um sein eigenes Geschäft in San Diego kümmern musste, fand er stets Zeit, mich zu unterstützen.

Bis jetzt war ich noch nicht erfahren genug, um mit meinem Unternehmen allein zurechtzukommen. Problematisch war jedoch, dass Eli Jade anbetete und den Einsatz meiner Schwester für die Natur bewunderte. Wenn Jade einen Wunsch auch nur andeutete, fand Eli einen Weg, ihn ihr zu erfüllen.

Ich habe keine Chance, mein Bauvorhaben durchzuziehen, falls Eli sich einschaltet.

Ich zuckte mit den Schultern. »Tu, was du tun musst. Ich habe das mit der Ökotussi schon hundertmal diskutiert.«

»Riley ist keine Ökotussi«, entrüstete Jade sich. »Sie ist eine überaus geachtete Anwältin, die sich für bedrohte Tierarten einsetzt.«

Ich hob eine Braue. »Was bedeutet, dass sie eine Ökotussi ist.«

»Dann bin ich es auch«, erwiderte sie empört. »Und weder schäme ich mich, bedrohte Spezies zu schützen, noch werde ich mich dafür entschuldigen, dass mir die Umwelt am Herzen liegt.«

Frustriert raufte ich mir mit einer Hand die Haare. »Daran ist nichts auszusetzen, Jade. Aber ein solch lukratives Geschäft aufzugeben wäre verrückt.«

»Es wäre nicht verrückt«, sagte sie nun sanfter. »Es wäre das einzig Richtige. Und es gefällt mir wirklich nicht, meinen Ehemann gegen meinen eigenen Bruder aufzuhetzen. Ich weiß, dass ihr euch nahesteht. Ehrlich, wenn du das Land aufgibst und es zu einem Naturschutzgebiet machst, wirst du das Geld noch nicht einmal vermissen. Wenn du willst, kaufe ich es dir ab.«

»Auf keinen Fall«, erwiderte ich brüsk.

Meine milliardenschwere Schwester und ihr Mann, der ebenfalls Milliarden besaß, hätten es sich zwar leisten können, eine für sie so geringe Summe für ein Gelände auf den Tisch zu legen, doch darum ging es nicht. Mein Problem bestand darin, dass ich von meiner Schwester keinen Cent hätte annehmen können, und das wusste sie wahrscheinlich.

»Dann werde ich wohl Riley ermuntern müssen, es auf juristischem Wege durchzufechten«, drohte Jade in einem schnippischen Tonfall, den ich noch nie von ihr gehört hatte.

»Wann zum Teufel habt ihr beide euch so eng angefreundet?«, fragte ich unglücklich.

Jade runzelte die Stirn. »Sie hat mich nicht aufgesucht, falls du das glaubst. Tatsächlich habe ich sie angesprochen, nachdem ich ein Interview von ihr in den Citrus Beach News gelesen hatte. Es fiel mir schwer zu glauben, dass der Bruder, den ich kenne, ein dummes Stück Land für wichtiger hält als eine bedrohte Tierart. Ich hatte eigentlich vor, ihr den Marsch zu blasen, weil sie dich wie einen Schurken dargestellt hat.«

Ich grinste. Auch ich hatte den verdammten Artikel letzte Woche in der Lokalzeitung gelesen. Riley Montgomery hatte mich nicht gerade als einen wohlwollenden Unternehmer dargestellt. »Und dann?«

»Dann bekam ich den juristischen Briefwechsel zu Gesicht und erkannte, dass du dich wirklich wie ein Arschloch verhältst.«

»Und dann hast du dich entschlossen, hierherzukommen und mich zu überreden, das ganze Projekt aufzugeben?«

Sie kaute auf ihrer Unterlippe, eine Angewohnheit, die sie bereits in ihrer Kindheit angenommen hatte. »Das hatte ich jedenfalls gehofft. Geld ist dir doch eigentlich niemals so wichtig gewesen.«

Meine Schwester hatte unrecht. Ich mochte zwar nicht davon geträumt haben, jemals so reich zu sein wie jetzt, doch ich hatte mir sehr wohl gewünscht, mehr Geld zu haben, als meine Brüder und ich uns in unserer Jugend den Hintern aufgerissen hatten, um unsere jüngeren Geschwister durchzubringen. Wir waren kaum in der Lage gewesen, jeden Tag etwas zu essen auf den Tisch zu bringen.

»Es geht nicht nur ums Geld«, erklärte ich ihr gereizt. »Sinclair Properties befindet sich noch im Wachstum und einen solchen Schlag kann das Unternehmen nicht verkraften.«

Sie runzelte die Stirn. »Aber du kannst es. Du wirst das Geld noch nicht einmal vermissen.«

»Das ist nicht der Punkt.« Sie hatte recht. Meine persönlichen Konten wiesen jeden Tag höhere Summen auf, da ich meine Milliarden gut angelegt hatte.

»Du bist absichtlich so starrköpfig«, warf Jade mir vor.

»Schuldig«, bekannte ich in dem Versuch, lässig zu wirken.

In dem Moment klopfte meine Sekretärin an die offene Tür. »Mr. Sinclair? Am Telefon wartet ihr zwei Uhr Termin auf sie.«

»Ich muss den Anruf entgegennehmen«, erklärte ich meiner Schwester barsch.

Mein Gott! Ich musste meine Schwester unbedingt loswerden, bevor ich noch nachgeben und ihr das Gelände überlassen würde.

Meinen beiden Schwestern hatte ich noch nie etwas abschlagen können. Sie baten kaum je um etwas, doch wenn sie es taten, war ich verloren. So fiel es mir auch jetzt schwer, stur zu bleiben, obwohl ich wusste, wie viel dieses Land Jade bedeutete. Insbesondere da ich es mir leisten konnte, es aufzugeben.

Eigentlich wusste ich selbst nicht so recht, warum ich nicht bereits vor langer Zeit kapituliert hatte, sondern mich so an das Stück Land klammerte.

Das Land zu verschenken würde nicht gerade ein Loch in mein persönliches Portemonnaie reißen.

Jade seufzte. »Versprich mir doch zumindest, dass du darüber nachdenken wirst.«

Ich nickte knapp. »Ich werde es mir überlegen.«

Meine Schwester drehte sich auf dem Absatz herum und verließ mein Büro, ohne sich zu verabschieden.

Ich seufzte erleichtert auf, verspürte jedoch Gewissensbisse, weil ich Jade nicht gegeben hatte, was sie wollte.

Mein Verstand sträubte sich gegen den Gedanken, das Baugelände einfach abzuschreiben, vielleicht weil ich wusste, wie viel das Gelände Sinclair Properties einbringen konnte.

Unsinn! Sei ehrlich. Es geht doch überhaupt nicht ums Geschäft. Ich weiß doch genau, warum ich mich so stur verhalte.

Ja, ich wollte Sinclair Properties unbedingt zu einem milliardenschweren Unternehmen machen und war auf dem besten Wege.

Was mich jedoch an meinem Eigensinn festhalten ließ, hatte wenig mit Geld zu tun.

KAPITEL 2

Riley

Sehr geehrte Miss Montgomery,

erstens: Obwohl ich Sie liebend gern am Arsch lecken würde, wie Sie es vorgeschlagen haben, könnte ich mir noch einige andere Stellen vorstellen, auf die ich gern meine Lippen pressen würde, wenn ich die Chance hätte, Sie nackt zu erwischen.

Zweitens: Meine Schwester Jade hat mich heute in meinem Büro aufgesucht. Offensichtlich ist sie zu Ihrer Verbündeten geworden. Falls Sie denken, sie könnte Ihren Fall vorantreiben, glauben Sie mir, da liegen Sie falsch.

Drittens: Die Vögel, um die Sie sich so viele Sorgen machen, sind mittlerweile weitergezogen, was bedeutet, ich kann fortfahren und meine Bauerlaubnis bekommen.

Wie ich bereits zuvor sagte, würde ich mich glücklich schätzen, die Situation persönlich mit Ihnen zu besprechen. Lassen Sie mich wissen, wann Ihr Terminkalender ein Treffen von Angesicht zu Angesicht erlaubt.

Und um Ihre Frage zu beantworten, ob ich des Lesens fähig sei, so darf ich Ihnen mitteilen, dass ich das sehr wohl bin, doch nicht allzu oft dazu komme. Da ich als Heranwachsender und später als Erwachsener meine jüngeren Geschwister aufziehen musste, blieb mir wenig Zeit für Bücher.

Mit freundlichen Grüßen
Seth Sinclair
Geschäftsführer
Sinclair Properties

»**A**rschloch!«, schimpfte ich laut und schlug mit der Faust auf meinen Schreibtisch, wie beinahe jedes Mal, wenn ich eine E-Mail von Seth Sinclair erhielt.

Ich weigerte mich, über das unverschämte Schreiben nachzudenken, das ich von dem unangenehmsten, lästigsten, kaltblütigsten Mann empfangen hatte, den ich unglücklicherweise kennengelernt hatte, und erhob mich von meinem Stuhl in meinem Heimbüro.

»Tee. Ich brauche eine Tasse Tee«, murmelte ich, während ich in die Küche ging.

Ehrlich, mein Blut kochte noch vom Lesen seiner E-Mail. Doch was mich wirklich ärgerte war die Tatsache, dass mein Gesicht wegen seiner aufreizenden Bemerkungen noch immer rosig angelaufen war.

Ich darf mich nicht von ihm irritieren lassen.

Immerhin war ich eine professionelle Anwältin. Ich hätte nicht rot werden sollen wie ein albernes Schulmädchen, nur weil irgendein Arschloch per E-Mail mit anzüglichen Bemerkungen um sich warf.

Wie schafft er es nur, jede Beleidigung in etwas Sexuelles zu verdrehen?

Ich schob eine Tasse unter die Kaffeemaschine, um heißes Wasser für den Tee zu bekommen.

Okay, nicht jede hasserfüllte Bemerkung meinerseits wurde zu einer sexuellen Anspielung. Er hatte es sich neuerdings zur Gewohnheit gemacht, am Ende jedes Schreibens etwas über sich selbst mitzuteilen, wobei er sich willentlich begriffsstutzig bezüglich der wahren Bedeutung meiner Worte gab.

Können Sie nicht gut lesen, Mr. Sinclair?

So lautete meine ursprüngliche Stichelei.

Er hatte darauf eine Antwort gegeben, die nichts mit meiner herabsetzenden Frage zu tun hatte.

Stirnrunzelnd gab ich den Teebeutel in die Tasse.

Seth Sinclair war anmaßend. Ich wollte ihn nicht näher kennenlernen.

Aber warum wirft dann die Tatsache, dass er alles aufgegeben hat, um sich um seine jüngeren Geschwister zu kümmern, mehr Fragen bei mir auf, als ich ihm eigentlich stellen will?

Wenn er nett zu mir war, ließ ich gelegentlich auch mal ein oder zwei interessante Informationen über mich einfließen. Natürlich zwischen verächtlichen Bemerkungen, versteht sich.

Ich gab etwas Milch in den Tee und eine Menge Zucker. Genauso wie ich ihn mochte. Dann lehnte ich mich mit der Hüfte gegen die Arbeitsplatte und trank einen Schluck.

Ahhh ... welche Wonne. Nicht so gut wie die Chai Mokka Lattes, die ich mir viel zu oft im *Coffee Shack* holte. Doch jeder starke, heiße, süße Tee tat im Notfall seinen Job. Er half, mein Verlangen zu besänftigen, Sinclair für seine aktuelle E-Mail zu ohrfeigen.

Monatelang hatte ich es geschafft, gegenüber Seth Sinclair professionell aufzutreten. Ich wusste nicht einmal mehr, wie es dazu gekommen war, dass meine E-Mails an ihn persönlich beleidigend wurden – mit ein paar winzigen Informationen über meine Person am Ende.

Vielleicht weil er damit begonnen hatte.

Nun gut, nicht mit den Beleidigungen, denn er schien niemals wirklich die Beherrschung zu verlieren und schrieb nie etwas wirklich Beleidigendes, doch mit dem Einschieben von kleinen persönlichen Informationen über sich selbst hatte er angefangen.

So, er liest also nicht viele Bücher.

Das war verständlich, nahm ich an, wenn sein Tag mit Arbeit, Schlafen oder der Fürsorge für seine Familie ausgefüllt gewesen war.

Ich schlürfte weiterhin meinen Tee und redete mir ein, dass mir sein Leben vollkommen gleichgültig war.

Ich wollte nichts weiter von ihm, als dass er seine Pläne aufgab, ein Stück Land zu bebauen, das wahrscheinlich im folgenden Jahr die Rückkehr der letzten Zwergseeschwalben erleben würde.

Die Situation der Vögel war kritisch.

Als seriöse Anwältin, die sich für Umwelt- und Naturschutz einsetzte, bestand meine Aufgabe darin, ihr Habitat zu schützen.

Dennoch war ich enttäuscht über mich selbst, dass ich während der Verteidigung der Vögel mehr als ein Mal meine Gelassenheit verloren hatte.

Noch niemals hatte ich mich während einer juristischen Auseinandersetzung zu persönlichen Beleidigungen hinreißen lassen, bis ich Seth Sinclair begegnet war. Die billigen Seitenhiebe, die ich ihm verpasste, entsprachen eigentlich nicht der Art, wie ich normalerweise meinen Beruf ausübte.

Ich verhielt mich unprofessionell, obwohl ich normalerweise in meinem Job geradlinig wie eine Maschine arbeitete. Ich war stets sorgsam darauf bedacht, eine äußerst distanzierte Haltung einzunehmen, wenn ich mit der Gegenseite verhandelte.

Doch diesmal schaffte ich es nicht, den Rechtsstreit auf einer streng beruflichen Ebene zu halten.

Verdammt!

Vielleicht hätte ich mich mit Seth Sinclair persönlich treffen sollen. Doch bis jetzt hatte ich das vermieden.

Vor Monaten hatten wir uns zufällig in einem Café kennengelernt. Und ich war zu dem Schluss gekommen, dass ein einziges Zusammentreffen mit ihm mehr als genug war. Ich hatte mich leicht zu ihm hingezogen gefühlt, was ich bei der Ausübung meines Berufes auch noch niemals erlebt hatte. Und das sollte auch nicht passieren.

Ich grinste, als ich mich fragte, was er wohl empfinden würde, wenn er erfuhr, dass ich gerade Jades kleines Strandhaus erworben hatte.

Es war ein unvorhergesehener Kauf gewesen. Als ich mich mit Seths Schwester getroffen hatte, hatte ich mich in dieses gemütliche Haus am Strand verliebt. Und als ich dann erfuhr, dass es zum Verkauf stand, hatte ich die Möglichkeit beim Schopf gepackt.

Plötzlich ertönte aus meinem Telefon ein alter Rock 'n' Roll Song und ich nahm es von der Arbeitsplatte.

»Hallo Mutter«, meldete ich mich wenig begeistert.

»Margaret«, sagte sie in ihrem wie gewöhnlich kühlen Tonfall. »Ich versuche seit Tagen, dich zu erreichen.«

Ich verdrehte die Augen.

Margaret Riley Montgomery war mein offizieller Name, doch schon als Kind hatte ich mich nur Riley genannt. Obwohl ich meine Mutter schon tausendmal gebeten hatte, meinen zweiten Vornamen zu benutzen, ignorierte sie es.

Mittlerweile hatte ich es aufgegeben.

»Ich war beschäftigt«, erklärte ich.

»Zu beschäftigt, um dich mit deiner Mutter zu unterhalten?«, schimpfte sie. »Ich rufe dich wegen einer Veranstaltung an. Eli Stone gibt eine Party, um Spenden zu sammeln. Ich denke, du solltest dort hingehen.«

Das war das Problem. Mein einzig verbliebener Elternteil rief mich stets wegen irgendeiner eleganten Party an, die ich fast immer zu meiden versuchte. Schon als Kind war ich für meine Mutter eine Enttäuschung gewesen, doch es war noch schlimmer geworden, seitdem ich meine gute Ausbildung dazu nutzte, bedrohte Tierarten zu retten. Das ließ sie mich niemals vergessen.

»Lass mich raten … es gibt da einen unsagbar reichen Mann, den ich kennenlernen soll?«, erkundigte ich mich trocken.

Glaubt sie immer noch, dass ich einen höheren sozialen Status erlangen würde, wenn ich einem erfolgreichen Mann angehören würde?

Ich seufzte leise auf. Ich wusste ja, wie sehr es ihr missfiel, dass ich mein Harvard Studium nicht dazu genutzt hatte, mich auf der gesellschaftlichen Leiter nach oben zu bewegen. Ich war bereits daran gewöhnt, dass sie auf jedem kleinsten Fehler, den ich machte, herumhackte.

Einschließlich der Tatsache, dass ich beinahe dreißig Jahre alt und noch Single war und nicht nach einem Mann suchte, der mir einen gesellschaftlichen Status verschaffte.

»Ich hatte ohnehin vor, die Party zu besuchen«, erwiderte ich schließlich. »Ich bin mit Jade Stone bekannt.«

Eli Stone, Jades menschenfreundlicher Ehemann, war der Gastgeber der Wohltätigkeitsveranstaltung, die Jades Forschungslabor in San Diego zugutekommen sollte. Allein aus diesem Grund hatte ich mich entschlossen, daran teilzunehmen.

»Du kommst also?«, fragte meine Mutter. »Nun gut, natürlich, du und Jade, ihr interessiert euch beide für seltene Tiere. Da Jade mit einem Mann wie Eli Stone verheiratet ist, kann sie jedem Hobby frönen, das ihr gefällt.«

»Es ist nicht ihr Hobby, Mutter. Sie besitzt jetzt ihr eigenes Forschungslabor in San Diego. Sie ist *Dr. Stone*. Und die Arbeit, die sie leistet, um die DNA beinahe ausgelöschter Arten zu erhalten, ist bahnbrechend und wichtig.«

»Ich persönlich halte ihre Berufswahl für etwas unglücklich«, antwortete meine Mutter hochnäsig. »Sie ist offensichtlich eine kluge Frau. Sie hätte so viele andere berufliche Karrieren einschlagen können.«

So wie ich.

»Vielleicht gefällt ihr das, was sie tut«, wandte ich ein, obwohl ich wusste, dass es fruchtlos war, sich auch nur zu bemühen, meine Mutter zu überzeugen.

Sie hätte niemals verstanden, dass manche Menschen ihrem Herz und ihren Träumen folgten.

Für sie gab es nur den gesellschaftlichen Aufstieg, was mich selbst nie gekümmert hatte. *Überhaupt nicht. Niemals.*

»Wie dein Vater stets sagte, erst der Erfolg, dann das Vergnügen«, erwiderte sie in dem snobistischen Tonfall, den ich immer so gehasst hatte. »Sieh deine Brüder an. Sie haben im Laufe des letzten Jahres ihre Beziehungen genutzt, um erfolgreicher zu werden. Man reißt sich darum, sie als Gast auf einer Veranstaltung begrüßen zu dürfen. Zugegeben, sie haben noch nicht gelernt, gute Entscheidungen zu treffen, aber sie sind jetzt ganz aufs Geschäft konzentriert.«

Ich schauderte. Gott, wie ich es hasste, wenn sie meinen verstorbenen Vater zitierte!

Und ja, alle drei meiner älteren Brüder waren Milliardäre. Doch das hatte nichts mit ihren gesellschaftlichen Beziehungen zu tun. Sie hassten gesellschaftliche Verpflichtungen ebenso wie ich. Vielleicht sogar noch mehr. Und ihr Erfolg hatte sie emotional eine Menge gekostet.

»Ich werde dort sein«, bestätigte ich, wobei ich mir innigst wünschte, das Telefonat mit meiner Mutter wäre beendet. Ich hatte gelernt, ihre Kritik zu tolerieren, doch ihre Sticheleien gaben mir immer noch das Gefühl, ein kleines Kind zu sein.

»Was wirst du anziehen?«, wollte sie jetzt wissen. »Gewiss wirst du nicht in deinem gewohnten Outfit erscheinen.«

Da meine normale Garderobe lediglich robuste Jeans und ein paar Geschäftsanzüge für meine Auftritte bei Gericht oder berufliche Besprechungen umfasste, wusste sie nur zu gut, dass ich nichts davon anlässlich einer gesellschaftlichen Veranstaltung tragen würde.

»Ich werde es dich wissen lassen, sobald ich mich entschieden habe«, murmelte ich, denn mir war bewusst, dass ich mir etwas Neues zulegen musste, da ich schon seit einiger Zeit keine Partys der San Diego Elite mehr besucht hatte.

Einst hatte ich versucht, die Tochter zu sein, die meine Mutter sich ersehnte, war ich doch ihre einzige, doch das hatte ich aufgegeben, als ich eine Verlobung auflösen musste, die meine Mutter als höchst passend angesehen hatte.

»Falls du dich nach einem neuen Mann umsehen willst, wirst du ihn dort nicht finden«, schnaufte meine Mutter.

Noch einer meiner Fehler – aus ihrer Sicht.

Nachdem ich die Verlobung gelöst hatte, hatte ich San Diego für immer den Rücken gekehrt und mich in Citrus Beach niedergelassen. Hier hatte ich mehr Frieden und Zufriedenheit gefunden, als ich jemals zuvor gekannt hatte. Ja, ich besaß zwar kein Haus in Carmel Valley, Del Mar oder auf Coronado Island, doch das hatte ich nie gebraucht, um glücklich zu sein. Im Gegenteil, ich wusste, ich hätte mich dort absolut elend gefühlt.

»Ich besitze ein Auto«, erwiderte ich. »Ich kann fahren, wohin ich will, Mom.«

»Bitte nenne mich nicht bei diesem lächerlichen Kosenamen, Margaret«, sagte sie eisig.

»Ich vergaß«, murmelte ich. Die einzige Anrede, die von der matriarchalischen Carol Montgomery akzeptiert wurde, war *Mutter*.

»Trage etwas Hübsches auf dieser Veranstaltung, Margaret«, schlug meine Mutter barsch vor. »Es werden dort einige sehr begehrte Männer erscheinen. Da du dummerweise eine ausgezeichnete Wahl verworfen hast, wäre es nett, wenn du einen anderen Mann für dich gewinnen könntest. Du wirst nicht jünger, wie du weißt.«

Ich hegte keinerlei Absichten, einen Mann auf mich aufmerksam zu machen.

»Ich werde versuchen, etwas Passendes zu finden«, schnappte ich zurück.

Am Ende würgte ich das Gespräch ab, wie immer. Obwohl ich auf dem Weg war, meine Unabhängigkeit zu finden, konnte mir meine Mutter immer noch das Gefühl geben, ein ungehorsames Kind zu sein. Bis jetzt hatte ich es noch nicht geschafft, die unbehaglichen Gefühle abzuschütteln, die mich jedes Mal befielen, wenn ich mit ihr sprach.

Nachdem ich den Rest Tee getrunken hatte, kehrte ich wieder an die Arbeit zurück und erinnerte mich daran, dass ich ein nützlicheres Mitglied der Gesellschaft war als der Großteil der Frauen in den Kreisen meiner Mutter. Auch wenn ich mich nicht immer so fühlte.

KAPITEL 3

Seth

Sehr geehrter Mr. Sinclair,

erstens: Ihre vulgäre Bemerkung bezüglich meines Hinterteils werde ich geflissentlich übergehen. Ich gebe zu, ich habe Ihren Kommentar herausgefordert, indem ich Ihnen einen höchst unnötigen, unwürdigen Vorschlag an den Kopf geworfen habe.

Zweitens: Ich habe niemals beabsichtigt, Ihre Schwester in diese Auseinandersetzung zu verwickeln. Ich möchte auf keinen Fall die Ursache für Zwistigkeiten innerhalb Ihrer Familie sein. Doch glauben Sie wirklich, sie hätte die Sache nicht herausgefunden? Immerhin führt sie einen Kreuzzug für alles, was mit dem Erhalt bedrohter Arten zusammenhängt.

Drittens: Die Zwergseeschwalben werden im nächsten Frühling zu diesem Gelände zurückkehren. Und ich werde alles nur Mögliche tun, um dafür zu sorgen, dass sie bei ihrer Rückkehr einen Ort vorfinden, an dem sie sich vermehren können.

Und nicht zuletzt halte ich es nicht für nötig, dass wir uns persönlich treffen. Es genügt, wenn wir über Gerichtsdokumente oder E-Mails miteinander kommunizieren.

Wirklich, es ist ein Jammer, dass Sie keine Zeit zum Lesen erübrigen können. In meiner Jugend waren Bücher meine einzige Zuflucht.

Mit freundlichen Grüßen
Riley Montgomery
Kanzlei Riley Montgomery

Grinsend trank ich einen Schluck von meinem Kaffee, als ich die Antwort von Riley Montgomery betrachtete.

Wurde sie nicht ein wenig netter?

Ja! Ich war mir ziemlich sicher, dass es so war.

Kein einziges Mal hatte sie mich als Arschloch bezeichnet oder mir gesagt, ich könnte sie am Arsch lecken. Das war definitiv eine Verbesserung.

Tatsächlich fand sich in der ganzen E-Mail keine einzige persönliche Beleidigung.

Um fair zu sein, musste ich zugeben, dass ihre ersten Schreiben recht zivil ausgefallen waren. Erst seit Kurzem, nachdem ich mich bezüglich ihrer Vögel wie ein Arschloch benommen hatte, hatte sie begonnen, mit Obszönitäten um sich zu werfen.

Jetzt sah es so aus, als hätte sie ihre Professionalität wiedergefunden.

Außer ihrer Bemerkung am Schluss. Sie machte mich neugierig. Warum hatte sie Lesen als Fluchtmöglichkeit gebraucht?

Ich hob den Kopf und nippte an meinem Kaffee. Das Café war beinahe leer gewesen, daher hatte ich mich an einen Tisch gesetzt und meinen Laptop hervorgeholt.

Solange ich mich erinnern konnte war das *Coffee Shack* eine feste Einrichtung in Citrus Beach. Zugegeben, die Auswahl war größer geworden, doch in jeder anderen Hinsicht hatte sich das Café nicht allzu sehr verändert.

Ich lehnte mich auf meinem Stuhl zurück und betrachtete die Stadt durch das große Panoramafenster in meiner Nähe. Da die meisten Sommergäste bereits abgereist waren, herrschte weniger Betrieb in der Innenstadt. Doch im Unterschied zu anderen Küstenstädtchen gab es hier genügend dauerhafte Bewohner, sodass eine Menge Leute auf den Bürgersteigen herumliefen, die sich beeilten, ihr Tagesgeschäft zu Ende zu bringen, um nach Hause gehen zu können.

Sonderbarerweise hatte ich mir denselben Tisch ausgesucht, an dem ich Riley Montgomery zum ersten und einzigen Mal begegnet war.

Sie will sich nicht noch einmal persönlich mit mir treffen.

Diese Tatsache ging deutlich aus ihrer E-Mail hervor.

Aber ich wollte unbedingt wissen warum.

Vielleicht weil ich mich bezüglich ihrer Vögel so mies verhalten habe?

Ich runzelte die Stirn angesichts der Vorstellung, sie könnte mich nicht mögen, obwohl ich das doch bereits wusste.

Aber es ärgerte mich einfach maßlos, dass sie mich als ihren Feind betrachtete.

Ich beobachtete, wie einige Bauarbeiter das Lokal betraten, gefolgt von mehreren anderen Kunden.

Verdammt, ich sollte mich wieder auf den Weg zu meinem Büro machen. Das Café füllt sich langsam mit der Nachmittagskundschaft.

Ich hatte zwar nichts dagegen, mit den Haien zu schwimmen, doch an einen Lebensstil, der einen jeden Tag an einen Bürostuhl fesselte, war ich nicht gewöhnt.

Ich warf verstohlene Blicke auf die schmutzigen Männer in orangefarbenen Westen, die ihren Kaffee bestellten, und mir war bewusst, dass ich mit ihnen mehr gemein hatte als mit all den Anzugträgern, mit denen ich es tagtäglich zu tun hatte.

Doch ich gehörte nicht mehr zu ihnen, zu den Männern, die sich jeden einzelnen Tag körperlich zu Tode schufteten, um sich über Wasser zu halten.

In gewisser Hinsicht vermisste ich die Kameradschaft, die mich auf der Baustelle mit meinen Kumpels verbunden hatte. Ich war Bestandteil eines Teams gewesen. Ja, manchmal hatte ich hart und bis zur Erschöpfung arbeiten müssen, doch es hatte mir gefallen, mir die Hände schmutzig zu machen, und vor allem hatte ich es geliebt, mich so oft wie möglich im Freien aufzuhalten.

Es war meine Ruhelosigkeit, die mich aus dem Büro auf die Straße getrieben hatte. Der Gang zum Café tat mir gut. Und deshalb hielt ich mich ziemlich oft hier auf, um zu arbeiten.

Ich werde mich daran gewöhnen, in einem Büro zu sitzen.

Mit der Zeit.

Eine eigene Firma zu haben war immer mein Traum gewesen. Ich glaube, ich hätte mir jedoch nicht vorstellen können, eines Tages im internationalen Immobiliengeschäft mitzuspielen. Nicht einmal in meinen wildesten Träumen.

In der Ferne konnte ich die Spitze meines Gebäudes erkennen. Dann ließ ich den Blick von meinem Wolkenkratzer zu den Bauarbeitern schweifen, die sich an einem Tisch niedergelassen hatten.

Wo stand ich? Wer war ich? Irgendwo in der Mitte zwischen diesen beiden Welten?

Kein Arbeiter mehr, aber auch niemand, der sich wohlfühlte, wenn er sich ständig in einem Anzug im Büro aufhielt.

Ich gehörte keinem Bauteam mehr an, hatte mich aber auch noch nicht in die Gesellschaft des Geldadels eingefügt.

Ich schüttelte leicht den Kopf. Zur Hölle, ich wusste nicht, wo mein Platz war. Wenn ein Mann sich plötzlich nicht mehr den Hintern aufreißen muss, um das Essen auf den Tisch zu bringen, und unvermittelt zum Milliardär mit schier unbegrenzten finanziellen Mitteln wird, so ist das mehr als ein wenig verwirrend. Nicht dass ich mich beklagt hätte. Es gefiel mir, unsäglich reich zu sein. Welchem Mann hätte das nicht gefallen? Doch ich war nicht der Typ, der sich mit einem riesigen Treuhandfonds glücklich fühlte. Ich hätte es mir erlauben können, nie wieder einen Finger krumm zu machen, und hätte nicht einmal eine Lücke in mein Erbe gerissen.

Doch so war ich nicht gestrickt.

War es niemals gewesen.

Würde es niemals sein.

Ich musste arbeiten. Und ich wollte unbedingt erfolgreich sein, jetzt, da ich die Chance meines Lebens bekommen hatte, zu tun, was immer mir gefiel.

»Mr. Sinclair!«, ertönte plötzlich eine aufgeregte junge Stimme aus Richtung der Registrierkasse. Die Frau winkte mir zu, als würde sie mich kennen.

Ich reagierte nicht auf die hübsche Blonde. Ich kannte die Frau nicht einmal.

Mist! Ich hätte gehen sollen, bevor es hier voll wurde.

Die Frau befand sich in Gesellschaft einiger Freundinnen und sie alle beäugten mich wie den potenziellen Mann ihrer Träume.

Ich fragte mich, ob die Frauen überhaupt schon das Alter erreicht hatten, Alkohol trinken zu dürfen.

Doch es schien so, als würde mir dieser Tage jede einzelne Frau über achtzehn in dieser Stadt hinterherlaufen.

Unbehaglich beobachtete ich, wie sie einander mit den Ellbogen knufften, denn ich wusste, innerhalb weniger Augenblicke würden sie mich an meinem Tisch überfallen.

Verdammt!

Ich war beinahe Mitte dreißig. Glaubten sie wirklich, ich würde mich auf eine Frau einlassen, die kaum erwachsen war?

Empört begann ich, meinen Laptop einzupacken, als die jungen Frauen in Windeseile auf meinen Tisch zustrebten.

Ich fragte mich gerade, ob ich mich erheben und verdrücken sollte, als sich ein bekanntes Gesicht mir gegenüber auf einen Stuhl fallen ließ.

»Die Frauen werden immer jünger«, stellte mein neues Gegenüber mit vertrauter Stimme fest.

Ich entspannte mich und blieb sitzen.

Ich würde doch nicht die Chance vertun, mich mit Riley Montgomery von Angesicht zu Angesicht zu unterhalten.

Die Situation gab mir ein Gefühl des Déjà-vu.

Die hübsche Rothaarige mir gegenüber hatte mich wie schon zuvor aus meiner misslichen Lage gerettet. Nur dass die Frau, die damals meine Aufmerksamkeit hatte gewinnen wollen, ein wenig älter gewesen war.

Derselbe Ort.

Die gleichen Umstände.

Dieselbe Frau, die mir gegenüber Platz genommen und vorgegeben hatte, meine Geliebte zu sein, um die Frau zu verscheuchen, die sich mir an den Hals werfen wollte.

Ich grinste. »Wir sollten wirklich aufhören, uns auf diese Art zu treffen.«

Riley Montgomery verdrehte die Augen. »Wenn Sie aufhören würden, in meinem Lieblingscafé die Aufmerksamkeit oberflächlicher Frauen auf sich zu ziehen, könnten wir das vielleicht.«

Ich machte ein finsteres Gesicht, als die schnatternden jungen Frauen unseren Tisch erreichten.

Riley hob die Hand. »Verzieht euch, Ladys. Mr. Sinclair hat kein Interesse an Minderjährigen.«

Die hübsche Blonde starrte Riley an. »Ich bin zwanzig.«

Ich beobachtete, wie Riley ihr Territorium verteidigte und der jüngeren Frau einen, wie ich zugeben musste, einschüchternden Blick zuwarf. »Er ist vergeben. Verzieh dich.«

Der beinahe-noch-Teenager stieß ein beleidigtes Schnaufen aus und zog sich mit seinen Freundinnen im Schlepptau zurück.

Ich konnte nicht leugnen, dass mein Schwanz härter wurde, als er seit langer Zeit gewesen war, als Riley ihr Revier absteckte.

Sie war verdammt heiß, wenn sie ihr Territorium verteidigte, selbst wenn es nur gespielt war. Mein Schwanz jedenfalls schien den Unterschied nicht zu erkennen.

Heute trug sie keine Geschäftskleidung. Riley Montgomery wirkte viel weniger unnahbar als bei unserer letzten Begegnung. Die Freizeitkleidung stand ihr gut. Ich hatte zwar nur einen Blick auf ihre Jeans erhascht, doch der leichte Pullover, der von einer ihrer Schultern fiel, lenkte meinen Blick auf ihre Brüste und ich versuchte herauszufinden, ob sie einen BH trug. Heute hatte sie ihr feuriges Haar in einem losen Dutt zurückgesteckt. Verirrte Locken umrahmten die cremefarbene Haut ihres Gesichts.

Mein Gott! Sie war atemberaubend. Es fiel mir schwer, sie nicht wie ein geiler Teenager anzustarren.

»Blicken Sie auf mein Gesicht, bitte«, ermahnte sie mich, wobei sie extrem unglücklich klang.

Okay. Ja. Ich begaffte ihre Brüste. Wie verlangt blickte ich auf. Es war wie ein Schlag in die Magengrube, als ich in ihre Augen sah. Sie waren nussbraun, doch im gedämpften Licht des Cafés wirkten sie beinahe grün. Die goldenen Flecke, die in der Iris tanzten, faszinierten mich.

Doch es war die scharfe Intelligenz, die ich in ihrem unerschütterlichen Blick entdeckte, die mich unweigerlich anzog.

Riley Montgomery hatte einfach alles zu bieten.

Einen umwerfenden Körper.

Sie war sexy, ohne es krampfhaft sein zu wollen.

Sie war nett ... nun gut, zumindest wenn es nicht um bedrohte Tiere ging.

Und viel zu intelligent für einen Mann, der kaum den Highschoolabschluss geschafft hatte.

Etwas sagte mir, dass sich hinter diesen wunderschönen Augen eine Fülle von Emotionen verbarg, auch wenn sie mir immer noch einen drohenden Blick zuwarf, der wahrscheinlich einen geringeren Mann als mich hätte erschaudern lassen.

Ich mochte zwar keine Collegeausbildung vorweisen können, doch ich war stur. Und nicht im Geringsten eingeschüchtert von diesem hinreißenden, rothaarigen Weibsbild. Gleichgültig, wie wütend sie manchmal aussah.

»Es tut mir leid, andererseits aber auch nicht«, erwiderte ich grinsend. »Es fällt mir ein wenig schwer, mich nicht ablenken zu lassen.«

Sie verschränkte die Arme vor der Brust. Ich war mir ziemlich sicher, dass sie versuchte, ärgerlich zu wirken, doch ich spürte daneben auch eine leichte Unsicherheit. Daher bereute ich es fast, dabei erwischt worden zu sein, auf ihre Brüste zu starren.

Fast. Aber nicht ganz.

»Sie sollten wirklich nicht so oft hier rumsitzen«, murrte sie. »Außer es gefällt Ihnen, die Aufmerksamkeit aller alleinstehenden Frauen der Stadt auf sich zu ziehen.«

Ich schüttelte den Kopf. »Ich denke, Sie wissen, dass mir das nicht gefällt.«

Sie zog skeptisch die Brauen zusammen. Die kleine Falte, die sich auf ihrer Stirn bildete, wenn sie nachdachte, war verdammt entzückend.

»Warum sitzen Sie dann hier herum?«

Ich zuckte mit den Schultern. »Ich bin es leid, in meinem Büro zu sitzen und immer dieselben vier Wände anzustarren. Ich arbeite im obersten Stock eines Wolkenkratzers, daher kommuniziere ich kaum mit jemandem außer mit meiner Sekretärin. Verstehen Sie mich nicht falsch, ich mag Edie. Und es stört mich nicht, mir anzuhören, wie entzückend ihre Enkelkinder sind, doch manchmal möchte ich mich mit dem Rest der Welt verbunden fühlen. Und gelegentlich vermisse ich es wirklich, für meinen Lebensunterhalt körperlich zu arbeiten.«

Sie legte den Kopf schief. »Welche Art körperlicher Arbeit?«

»Bauarbeiten. Bevor ich begonnen habe, Baugelände aufzukaufen und sie für Bauvorhaben zu erschließen, war ich einer jener Männer, die sich zu Tode schuften, um Gebäude für reiche Leute zu errichten.«

Sie nickte langsam. »Ich habe von ihrer Karriere vom Tellerwäscher zum Milliardär gehört. Ich bezweifle nicht, dass das ganze Land darüber Bescheid weiß.«

Ich runzelte die Stirn. »Keiner von uns musste jemals Geschirr abwaschen«, verteidigte ich mich. »Meine Brüder und ich haben dafür gesorgt, dass die Grundbedürfnisse unserer jüngeren Geschwister befriedigt wurden.«

Ihr Mund formte sich zu einem Lächeln und ich merkte, dass es mir gefiel zu sehen, wie diese vollen, üppigen Lippen sich aufwärts bogen.

»Sie wollen also damit sagen, dass das stundenlange Herumsitzen im Büro Sie verweichlicht?«, erkundigte sie sich neugierig.

Ich war weit davon entfernt, weich zu sein. Tatsächlich war mein Schwanz so hart, dass es unbequem wurde. Doch das wollte ich in diesem Augenblick natürlich nicht erwähnen. »Ich trainiere, um ein wenig Dampf abzulassen, doch das ist nicht das Gleiche, wie den ganzen Tag körperlich zu arbeiten.«

Wir wurden vom Geschäftsführer des Cafés unterbrochen, der einen Pappbecher vor Riley auf den Tisch stellte. »Bitte sehr, Riley. Entschuldigen Sie, dass Sie warten mussten.«

Der Mann war jünger als sie, wahrscheinlich Mitte zwanzig, doch die Verehrung, die ich in seinen Augen sah, als er auf Riley hinabblickte, erweckte in mir den Wunsch, dem Mann ins Gesicht zu schlagen.

Es wurde noch schlimmer, als sie den Kopf hob und den Geschäftsführer mit einem breiten Lächeln beglückte, das ihr ganzes Gesicht erhellte. »Kein Problem«, erwiderte sie graziös. »Es herrscht viel Betrieb hier.«

»So ist es«, knurrte ich und bedachte den Mann mit meinem einschüchterndsten Blick. »Vielleicht sollten Sie sich wieder an die Arbeit machen.«

Das war kein Vorschlag. Wenn der Hurensohn nicht aufhörte, mit Riley zu liebäugeln, würde ich ihn dazu bringen, sich heulend wie ein Kind davonzumachen.

Und es war mir vollkommen egal, dass ich noch vor ein paar Augenblicken das Gleiche getan hatte.

Glücklicherweise nickte er und ließ uns allein.

»Interessant, dass er Ihnen den Kaffee persönlich bringt«, stellte ich fest.

»Ich bin eine gute Kundin«, schoss sie zurück. »Außerdem ist es kein Kaffee.«

»Ich bin auch ein guter Kunde.« *Aber niemand bringt mir mein Getränk an den Tisch.* »Was zum Teufel trinken Sie denn? Ich wusste nicht, dass man hier noch etwas anderes als Kaffee bekommt.«

»Chai Mokka Latte«, erwiderte sie, bevor sie den ersten Schluck nahm.

Ich beobachtete sie fasziniert, als sie für einen Moment die Augen schloss, während sie ihr Getränk kostete.

Ich sollte verflucht sein, wenn ihr genießerischer Ausdruck nicht dem einer lustvollen Miene beim Sex glich.

»Gut?«, erkundigte ich mich heiser.

Sie öffnete die Augen und schluckte. »Orgastisch«, bestätigte sie. »Ich bin ziemlich süchtig nach Tee. Und niemand bereitet ihn besser zu als die Leute hier.«

Ich hob meinen fast leeren extragroßen Becher in die Höhe. »Ich trinke meinen mit viel Zucker und Milch.« Ich hatte einen Mokka Latte bestellt. »Sie auch?«

Sie scherte sich scheinbar nicht um die ungesunden Zusatzstoffe, denn sie antwortete: »Milch und extra viel Zucker. Mir ist es egal, ich halte mich in Form. Außerdem versuche ich nicht, die Männer mit einem dürren Körper zu beeindrucken.«

Zur Hölle, sie hatte es nicht nötig, dünn zu sein. Sie war gewiss nicht übergewichtig und ihre üppigen Kurven waren heiß genug, um die feuchten Träume eines jeden Mannes zu inspirieren.

Ich grinste. Es gefiel mir, dass es sie nicht kümmerte, was andere von ihr dachten.

Und das hatte sie auch nicht nötig.

Sie war verdammt perfekt.

Die Tatsache, dass es in ihrem Leben im Moment wahrscheinlich keinen Mann gab, machte sie noch unwiderstehlicher.

»Darf ich Sie etwas fragen?«, wagte ich einen Vorstoß.

»Schießen Sie los«, antwortete sie.

»Warum mussten Sie sich in Ihrer Kindheit in Bücher flüchten?«

Sie wirkte, als hätte ich sie eiskalt erwischt. In ihrem Gesicht zuckte es kurz schmerzlich auf, jedoch so flüchtig, dass die meisten anderen Menschen es wahrscheinlich nicht bemerkt hätten. Dann setzte sie eine störrische Miene auf und ich wusste, ich würde keine Antwort bekommen.

KAPITEL 4

Riley

Ich hatte nicht vor, ihm seine Frage zu beantworten.

Wir mochten vielleicht heute etwas herzlicher miteinander umgehen, doch ich würde mich hüten, der Gegenseite irgendetwas über mich in die Hand zu geben, eine Schwachstelle, in der sie bei einer gerichtlichen Auseinandersetzung herumstochern könnte.

»Ich habe immer gern gelesen«, erwiderte ich ausweichend. Dann wechselte ich schnell das Thema. »Wie sieht es aus? Haben Sie Ihre Meinung bezüglich der Errichtung eines Resorts geändert?«

Na also! Ich hatte das Thema wieder aufs Geschäftliche gelenkt. Das war weitaus besser.

Er schenkte mir ein Lächeln, das deutlich machte, dass er mein Ablenkungsmanöver durchschaut hatte. Doch er erwiderte: »Nein.«

Ich fühlte Ärger in mir aufsteigen. »Mr. Sinclair, ist Ihnen die Tatsache gleichgültig, dass diese Vögel dann keinen Nistplatz mehr haben werden, an den sie zurückkehren können?«

Vielleicht war es nutzlos, einem Mann, dessen Herz nur fürs Geschäft schlug, etwas Mitgefühl für die armen Zwergseeschwalben abringen zu wollen. Nichtsdestotrotz hatte ich das Gefühl, an seine bessere Seite zu appellieren – falls er eine besaß – wäre besser, als ihn zu beleidigen.

»Nennen Sie mich Seth«, bat er zuckersüß. »Und ich nenne Sie Riley.«

Ich hätte auf keinen Fall etwas zustimmen sollen, das irgendeine Art von Intimität zwischen uns aufkommen lassen konnte.

Er war der Feind.

Mein Kontrahent.

Ich wusste nicht, warum ich nickte. »Seth.«

Ich hätte ihm am liebsten eine Ohrfeige gegeben, als er mich zufrieden anlächelte. »Riley, es ist nicht so, als würde es mich nicht kümmern. Nicht wirklich. Doch manchmal muss ein Mann das Geschäft über seine Gefühle stellen.«

Ich zuckte zusammen, als hätte er mich geschlagen. Ich wusste alles über Männer, die ihr Geschäft über die Menschlichkeit stellten.

»Was ist los?«, fragte er und klang besorgt.

»Nichts«, erwiderte ich schnippisch.

»Ihre Reaktion schien mir aber etwas mehr als nichts zu sein.«

Verdammt! Er hatte meine erschrockene Miene gesehen.

Was zum Teufel tue ich hier?

Ich bin Riley Montgomery.

Eine der besten Anwältinnen für Naturschutz im ganzen Land.

Mit juristischem Abschluss der Harvard Universität.

Summa cum laude, verdammt noch mal.

Normalerweise bekam meine Maske keine Risse, wenn ich auf irgendeine Art angefeindet wurde oder auf Widerstand stieß. Ich zuckte noch nicht einmal mit der Wimper, wenn ein Verteidiger etwas sagte, das mir nicht gefiel.

Im Gegenteil, ich wurde nur stärker.

»Ich weiß nicht, wovon Sie sprechen«, erwiderte ich mit der kühlen Stimme der Anwältin.

Im Stillen verfluchte ich mich dafür, Seth Sinclair auch nur die winzigste persönliche Reaktion gezeigt zu haben.

Nachdenklich nahm er seinen Laptop zur Hand und verstaute ihn vollends in der Tasche. »Wie groß ist Ihr Wunsch, dieses Gelände zu bekommen, Riley?«

Jetzt wünschte ich mir verzweifelt, auch meinen Computer mitgebracht zu haben, denn dann hätte ich mich hinter ihm verstecken können, aber ich hatte nicht vorgehabt zu arbeiten. Ich hatte lediglich meinen gewohnten Chai mit in mein Heimbüro nehmen wollen.

Ich warf ihm einen tödlichen Blick zu. »Sehr groß.« Als wüsste er das nicht schon längst. Ich war mir ziemlich sicher, dass ich mich extrem klar ausgedrückt hatte.

»Ich wäre vielleicht für einen Handel offen«, überlegte er.

»Was für einen Handel?« Ich war verwirrt. Ich besaß nicht ein einziges Baugrundstück.

Mit dem Blick aus seinen geheimnisvollen grauen Augen bannte er mich auf meinen Stuhl. »Ich tausche das Gelände gegen Ihre Dienste.«

»Sie können jeden großen Firmenanwalt bekommen, den Sie haben wollen«, spottete ich. »Ich vertrete jetzt nur noch Tier- und Naturschutzfälle. Gewiss nichts, woran Sie interessiert sind.«

»Nein«, stimmte er zu, »aber meine kleine Schwester ist daran interessiert und ich will sie auf keinen Fall unglücklich machen. Ganz zu schweigen von der Tatsache, dass ihr Ehemann, Eli Stone, sowohl Investor in Sinclair Properties als auch mein ziemlich wichtiger Berater ist.«

Mir rutschte das Herz in die Hose. Wenn ich dazu gezwungen war, konnte ich sehr wohl mit schmutzigen Mitteln kämpfen, aber ich zerbrach wegen eines Falles keine Familien. *Überhaupt nicht. Niemals.*

»Ehrlich, ich hatte nicht die Absicht, Probleme zu verursachen«, gab ich zu. »Ich mag Jade sehr und von dem Wenigen, das sie mir über die Geschichte ihrer Familie erzählt hat, weiß ich, dass sie ihre Geschwister über alles liebt.«

Er nickte. »Wir stehen uns sehr nahe. Mein Vater war zum größten Teil abwesend und meine Mutter starb, als wir noch sehr jung waren. Mein ältester Bruder Noah bekam das Sorgerecht für uns alle, obwohl er gerade erst achtzehn war. Noah, Aiden und ich arbeiteten, um etwas zu essen auf den Tisch zu bringen und für unsere jüngeren Geschwister zu sorgen.«

Ich hob eine Braue. »Wie viele Sinclair-Geschwister gibt es denn?«

»Mich eingeschlossen sechs. Aber wie Sie vielleicht bereits wissen, gibt es noch Halbgeschwister an der Ostküste.«

Ja, das wusste ich. Der Teil der Familie an der Ostküste gehörte zum alten Geldadel, wohlbekannt unter der Elite. Die Grundzüge der Geschichte der verarmten Sinclairs in Kalifornien waren mir vertraut. Sie waren beinahe über Nacht zu Milliardären geworden, nachdem ihre wohlhabenden Halbgeschwister sie aufgespürt hatten. Man hatte die Neuigkeiten kaum ignorieren können, die in jeder Zeitung und beinahe jedem wichtigen Fernsehsender verbreitet worden waren. Alles drehte sich darum, dass der verstorbene Patriarch der Familie Bigamist gewesen war und ein Doppelleben geführt hatte.

Trotzdem hatte ich nicht gewusst, dass Seth niemals wirklich Eltern gehabt und geholfen hatte, seine jüngeren Geschwister aufzuziehen. Die Medien hatten nicht erwähnt, dass sie ein solch hartes Leben hatten.

»Sie waren so jung und mussten bereits eine solche Verantwortung tragen«, stellte ich fest. Einen Moment vergaß ich, dass Seth eigentlich mein Feind war. »Sie müssen wirklich stolz auf Jade sein. Sie müssen hart dafür gekämpft haben, um ihr das Studium ermöglichen zu können.«

Jetzt lächelte er von Herzen kommend. »Ich bin auf alle stolz«, meinte er harsch. »Sie haben alle hart gearbeitet. Mein jüngster Bruder Owen hat gerade sein Medizinstudium abgeschlossen und auch schon fast seine Zeit als Assistenzarzt hinter sich. Und Jades Zwillingsschwester Brooke lebt an der Ostküste. Sie ist Finanzberaterin. Sie hat einen Millionär geheiratet, der sich sein Vermögen eigenhändig verdient hat.«

»Dann hat sie also unter ihrem Stand geheiratet«, neckte ich ihn und überraschte mich dabei, dass ich meine Schutzmauern fallen ließ.

Er zuckte mit den Schultern. »Uns kümmert es nicht im Geringsten, ob sie jemanden mit Geld oder ohne geheiratet hat. Sie ist glücklich. Und Liam behandelt meine Schwester wie eine Königin. Nur das zählt.«

Seine Worte rührten mich mehr, als ich zuzulassen bereit war. Seths Motivation galt also nicht allein dem Geld, das er geerbt hatte. Offensichtlich lag ihm am meisten am Herzen, dass seine Geschwister glücklich waren.

»Sie und Ihre älteren Brüder haben also Ihre eigene Ausbildung geopfert, um Ihre jüngeren Geschwistern zu unterstützen?«, überlegte ich laut.

»Noah hat es geschafft, seinen Abschluss zu machen. Und ich bin nicht sicher, ob Aiden überhaupt das College besucht hätte. Er war in der kommerziellen Fischerei beschäftigt und es gefiel ihm. Doch ich glaube, er ist viel glücklicher jetzt, da er sein eigenes Fischereiimperium aufbauen kann.«

Ich hörte gespannt zu, als Seth erzählte, dass er und Aiden stille Partner in dem Geschäft des jeweils anderen waren. Dass sie beschlossen hatten zu tun, was sie wollten, aber sich weiterhin in ihren Unternehmen unterstützen wollten.

»Noah ist auf technischem Sektor engagiert«, erzählte er weiter. »Obwohl keiner von uns dafür etwas übrighat, unterstützen wir seine Ambitionen.«

Wie man es auch betrachtete, die Familie Sinclair wäre auch bemerkenswert gewesen, wenn sie kein Vermögen geerbt hätte. »Und wie steht es mit Ihnen?«, erkundigte ich mich. »Haben Sie Ihre Chance auf ein Studium ebenfalls geopfert?«

»Gut möglich. Aber die Sache war es wert«, meinte er unverbindlich. »Außerdem erhalte ich einen Blitzkurs in Betriebswirtschaftslehre von Eli Stone. Es gibt sicher keinen besseren Geschäftsmann, von dem man etwas lernen könnte.«

Ich spürte, wie mein Herz sich zusammenzog. Unglaublich, wie bereitwillig Seth auf Kosten seiner eigenen möglichen Karriere seinen Geschwistern geholfen hatte.

Ehrlich, bezüglich Eli Stone hatte er vollkommen recht. Ich kannte Eli zwar persönlich nicht besonders gut, doch galt er als Legende in der Geschäftswelt. Er konnte Seth wahrscheinlich mehr beibringen, als dieser jemals während eines Betriebswirtschaftsstudiums gelernt hätte.

»Das ist eine faszinierende Geschichte«, sagte ich seufzend. So viel zu meiner Vermutung, Seth wäre vollkommen kaltherzig.

»Ich komme aus einer ziemlich erstaunlichen Familie«, bestätigte er beiläufig. »Und wie sieht es mit Ihnen aus?«

»Ich war in der Lage, meinen juristischen Abschluss auf der Harvard Universität zu erlangen. Kein einziges Mitglied meiner Familie musste Opfer für meine Ausbildung bringen«, erwiderte ich vorsichtig. »Und nun erklären Sie mir Ihren Vorschlag zu besagtem Gelände. Ich verstehe, warum Sie Spannungen mit Jade und Eli vermeiden wollen. Wie lautet die Lösung?«

Ich wollte wirklich nicht über meine Familie reden, je eher das Gespräch sich also anderen Themen zuwandte, desto besser.

»Sie sagten, Sie würden einen Tausch gegen meine Dienste vorschlagen«, kam ich direkt zur Sache. »Aber ich habe einem Mann wie Ihnen nicht viel zu bieten.«

Er musterte mich einen Augenblick, was mir ein unbehagliches Gefühl verursachte.

Ich wollte nicht, dass irgendjemand mich besser kennenlernte.

Und ein Mann wie Seth würde mich niemals verstehen.

»Sie haben jedem Mann sehr viel zu bieten«, entgegnete er.

»Nicht unbedingt wahr«, widersprach ich. »Ich war einst verlobt, doch für Nolan Easton war ich nicht genug«, murmelte ich und wünschte mir sofort, der Name wäre mir niemals über die Lippen gekommen.

Aus irgendeinem merkwürdigen Grund fiel es mir leicht, mit Seth zu reden, trotzdem musste ich meine Zunge besser hüten.

Er stieß einen leisen Pfiff aus. »Nolan Easton? Kopf der Easton Investment Unternehmen? Der unglaublich reiche Nolan Easton?«

»Ja«, bestätigte ich gepresst.

»Trotzdem kann ich nicht glauben, dass er sie sitzen gelassen hat«, antwortete Seth.

»Das hat er auch nicht«, gestand ich. »Ich habe mit ihm Schluss gemacht. Er konnte seinen Schwanz nicht in der Hose lassen und ich wollte nicht mein ganzes Leben damit vergeuden, so zu sein, wie er mich haben wollte.« Ich hüstelte nervös. »Können wir jetzt bitte zum Thema zurückkehren?«

»Noch nicht.« Er gab nicht auf. »Ich versuche immer noch zu verstehen, warum ein Mann irgendetwas an Ihnen ändern sollte. Nicht dass mir Ihr aktuelles Betätigungsfeld gefällt, aber Sie widmen sich ihm mit Leidenschaft. Sie sind wunderschön. Sie sind klug. Sie scheinen genau zu wissen, was Sie wollen. In Anbetracht der Umstände kann ich nicht behaupten, einen Sinn für Humor an Ihnen beobachtet zu haben, doch ich nehme an, dass Sie den durchaus besitzen. Was wollte der Kerl mehr?«

Ich ignorierte seine Frage. »Ich habe drei ältere Brüder«, verriet ich ihm, »ich muss einen Sinn für Humor haben, sonst würden sie mich vollkommen verrückt machen.«

Er stützte seine Arme auf den Tisch und beugte sich vor. »Sie haben meine Frage nicht beantwortet, Riley. Was wollte er noch?« Seine Stimme war tief und einnehmend.

»Das ist nicht wichtig. Die Verlobung liegt eine Weile zurück und ich bin glücklich. Ich habe endlich hier in Citrus Beach mein eigenes Zuhause gefunden und ich bin ziemlich zufrieden damit, allein zu leben. Hier ist es sehr viel schöner als in San Diego. Ruhiger.«

Es war viel, viel besser, als mit einem Mann zusammen zu sein, der mir das Gefühl gab, weniger als nichts zu sein.

»Wann genau sind Sie hierhergezogen? Und wo leben Sie jetzt?«

»Vor fast zwei Jahren«, brummte ich. Langsam wuchs meine Ungeduld, zum Geschäftlichen zurückzukehren. Es war unklug, so viel von meinem persönlichen Leben an einen Gegner preiszugeben – auch wenn er ein guter Zuhörer sein mochte. »Ich hatte eine Eigentumswohnung, doch vor Kurzem habe ich das Strandhaus Ihrer Schwester erworben. Dort habe ich mich niedergelassen. Jade und Eli leben in dem größeren Haus nebenan, daher wusste ich vorher, dass ich nette Nachbarn haben würde.«

»Ich wohne gleich in der Nähe am Strand«, meinte Seth und klang überrascht. »Ich habe Sie noch nie dort gesehen.«

»Wie ich bereits sagte, ich bin gerade erst eingezogen.«

Ich wand mich auf meinem Stuhl hin und her. Ich kannte das Gefühl nicht, befragt zu werden. Normalerweise war ich diejenige, die Fragen stellte.

Er schenkte mir ein schelmisches Grinsen, das mein Herz hüpfen ließ. »Willkommen in der Nachbarschaft«, sagte er scherzend.

»Danke«, erwiderte ich unbehaglich. »Und jetzt sagen Sie mir, was Sie von mir haben wollen, damit Sie das Grundstück aufgeben.«

Er ließ sich Zeit mit der Antwort und die Stille schien sich endlos auszudehnen.

Ich trank den Rest meines Tees, während ich auf seine Antwort wartete.

Spielte er mit mir?

Oder hatte er tatsächlich einen Vorschlag zu machen?

Wahrscheinlich Ersteres – da ich ihm in Bezug auf juristische Dienste nicht viel zu bieten hatte. Ich hätte schwören können, dass Eli Stone ihm sein Team von Wirtschaftsanwälten zur Verfügung stellte. Wofür sollte er eine Anwältin in Sachen Umweltschutz brauchen?

»Falls Sie mit mir spielen, ist dieses Treffen beendet«, drohte ich knapp.

»Ich spiele nicht mit Ihnen«, erwiderte er eindringlich. »Ich frage mich lediglich, wie ich Ihnen erklären soll, was ich will.«

»Falls es akzeptabel ist, werde ich den Vertrag noch heute aufsetzen«, bot ich ihm an.

»Es ist eigentlich nicht der Vertrag, über den ich nachdenke«, erklärte er gedankenverloren.

Mein Gott, ich war nervös, und das war ich nicht gewohnt. Ich war mir ziemlich sicher, dass es nicht an dem extragroßen Chai lag, den ich gerade getrunken hatte.

Es lag an ihm.

Vielleicht an der Art, wie er mich musterte.

Oder dass er den Blick mit seinen stahlgrauen Augen niemals von mir ließ.

Ich konnte seine Miene nicht lesen, und das ärgerte mich maßlos. Als Anwältin war ich ziemlich gut darin geworden, genau zu bestimmen, woran mein Kontrahent gerade dachte und was für ein Motiv ihn bewegte.

»Nennen Sie mir einfach Ihre Bedingungen«, sagte ich ärgerlich. »Ich werde dann die Einzelheiten ausarbeiten.«

Ich zwang mich, ihm in die Augen zu blicken, denn ich rechnete damit, meine Willenskraft mit seiner messen zu müssen. Doch dann tat es mir leid, überhaupt in seine Richtung geschaut zu haben.

Mir stockte der Atem, als ich mich in einem stürmischen Blick verlor, der mich nie wieder loslassen würde.

Mich verblüffte die besitzergreifende Art, mit der er mich musterte.

Mich verwirrten die Emotionen, die ich in seinen Augen sah.

Und mich hypnotisierte das wollüstige Verlangen, das in seiner stählernen Iris zuckte wie Blitze, als er mich mit seiner Miene bannte. Ich konnte seinem eindringlichen Blick nicht ausweichen, der mich auf meinem Platz festhielt.

Hitze explodierte zwischen meinen Schenkeln und ich wusste, ich errötete wie ein Teenagermädchen, das sich zum ersten Mal verliebt hatte. Mein Verstand flehte meinen Körper an, keine Reaktion zu zeigen, doch mein dummer Körper hörte nicht darauf.

Seine Stimme war heiser und erregend, als er schließlich sagte: »Ich brauche eine Frau, Riley. Und diese Frau müssen Sie sein.«

KAPITEL 5

Riley

Sehr geehrter Mr. Sinclair,
nach sorgfältiger Abwägung Ihres Angebots bin ich
zu dem Schluss gekommen, dass ich ablehnen muss ...

»*V*erdammt!«, fluchte ich ärgerlich und nahm die Finger von der Tastatur meines Laptops.

Den ganzen Tag versuchte ich nun schon, diese simple E-Mail zu schreiben, doch ich konnte sie einfach nicht zu Ende bringen.

Es wäre wirklich relativ einfach, das Rückzugsgebiet für die Zwergseeschwalben zu bekommen. Genau das, was ich wollte.

Das Problem bestand jedoch darin, dass es einen persönlichen Preis von mir forderte.

Ich hatte Seths Angebot nicht gleich angenommen. Ich konnte es nicht. Ich hatte ihm erklärt, ich bräuchte Zeit, um über seinen Vorschlag nachzudenken.

Wie auch immer, ich kannte mich nur allzu gut und konnte die Gelegenheit nicht einfach so verstreichen lassen, etwas zu bekommen, für das ich nun schon seit Monaten kämpfte. Die

Lage der Vögel war bedrohlich und es gab nur noch so wenige Plätze, an denen sie sicher nisten konnten. Die Tatsache, dass sie in Citrus Beach aufgetaucht waren, grenzte fast an ein Wunder. Wie konnte ich die Chance verstreichen lassen, der bedrohten Spezies einen sicheren Platz zur Reproduktion zu geben?

Ich war beinahe erleichtert, als ich hörte, dass es an der Tür klingelte. Ich brauchte jetzt etwas Ablenkung.

»Jade!«, rief ich aus, als ich die Tür öffnete. »Du bist zu Hause.«

Eli und Jade verbrachten viel Zeit in San Diego und normalerweise sah ich sie erst am Wochenende in ihrem Haus nebenan.

Lachend trat sie durch die Tür. »Seltsam, nicht wahr? Es ist merkwürdig, an einem Montag hier zu sein. Aber Eli wollte hierbleiben, um etwas mit Seth zu besprechen. Und die Forschungseinrichtung kann ab und zu auch ohne mich auskommen. Ich habe dort genügend kompetente Wissenschaftler, die in meiner Abwesenheit die Forschungen vorantreiben.«

Insgeheim erschaudernd fragte ich vorsichtig: »Eli will doch Seth nicht wegen des Naturschutzgebietes ansprechen, oder?«

Ich wollte unbedingt einen Konflikt in Jades Familie vermeiden. Es war offensichtlich, dass Seth Jade über alles liebte.

Sie schüttelte den Kopf und ließ sich an dem Tisch neben den Glasschiebetüren nieder. »Nein. Nicht seitdem du mir erzählt hast, Seth hätte dir ein Angebot gemacht. Ich sterbe vor Neugier, ob ihr euch über die Bedingungen einigen könnt.«

Ich brütete nun schon seit Tagen über Seths Vorschlag. Gestern Abend hatte ich Jade eine SMS geschickt und ihr mitgeteilt, dass die Möglichkeit bestände, mit ihrem Bruder einen Handel abzuschließen. Doch ich hatte nicht damit gerechnet, dass sie heute hier auftauchen würde, um darüber zu reden.

Ich ging in die Küche und begann, Tee zu kochen. »Möchtest du einen Kaffee oder etwas anderes?«

Jade hob die Hand. »Nein, ich brauche nichts. Eli hat mich heute Morgen bereits in *Maya's Bistro* eingeladen und dort habe ich eins von Skyes wunderbaren Croissant-Sandwiches gegessen und tonnenweise Kaffee getrunken.«

Ich wusste, dass Jades Schwägerin, Aidens Frau, ihr Café von Grund auf überholt hatte. Seit dessen Wiedereröffnung Ende des Sommers hatte ich es immer schon mal aufsuchen wollen. »Wie läuft das Geschäft für sie?«

Jade strahlte. »Ausgezeichnet. Es ist entzückend nach seiner kompletten Renovierung, und das Essen ist gut und liegt im Trend. Und noch dazu schmeckt es köstlich. Ich kann mir vorstellen, dass es im Sommer sehr beliebt sein wird.«

»Das freut mich«, erwiderte ich ernst, während ich Milch und Zucker in meinen Tee gab. »Ich würde es gern bald mal besuchen.«

Sie nickte. »Das solltest du. Ihre Sandwiches sind kleine Kunstwerke.«

Ich setzte mich ihr gegenüber an den Tisch. »Nun gut, also bezüglich Seths Angebot …«

»Nun sag schon. Können wir das Nistgebiet retten?«, fragte sie atemlos.

Ich lächelte sie schwach an. Jade legte eine solche Leidenschaft an den Tag, wenn es darum ging, Arten zu erhalten. Ihre innovative Forschungsarbeit mit DNA in ihren Laboratorien ging über meinen Verstand, doch sie besaß einen ausgeprägten Weitblick. »Ja, das können wir. Aber das Angebot ist ausgesprochen unkonventionell.«

»Was will er?«, erkundigte Jade sich.

»Mich«, erwiderte ich knapp.

Jades Augen wurden rund und verwirrt. »Ich verstehe nicht.«

Ich seufzte. »Ich verstehe es selbst nicht ganz. Aber dein Bruder sagte, wenn er Millionen von Dollar an dem Gelände verliert, will er weitere große Investoren suchen und sich intensiv nach anderen Baugrundstücken umsehen, wo er sein Resort errichten könnte. Was bedeutet, dass er sich mehr unter die Elite von San Diego mischen muss. Er erhält zahlreiche Einladungen zu exklusiven Partys und Wohltätigkeitsveranstaltungen, hat aber beschlossen, nicht mehr daran teilzunehmen, sobald er gemerkt hat, dass er ständig von ambitionierten Frauen oder deren Müttern belagert wird. Er will, dass ich ihn einige Monate lang als seine Scheinfreundin begleite. Das gäbe ihm mehr Freiraum, um mit potenziellen Investoren und Immobilienmogulen zu reden.«

»Meint er das ernst?«, ächzte Jade.

Ich nickte. »Er war vollkommen ernst.«

»Oh Riley«, sagte sie sanft, »das bringt dich in eine ziemlich unangenehme Situation, nicht wahr? Die Chancen stehen gut, dass du deinem Ex-Verlobten von Angesicht zu Angesicht gegenüberstehen würdest, richtig?«

Ja, so ist es, und Jade kennt noch nicht einmal all meine Gründe, warum ich mich von diesen Leuten fernhalten will.

Ich trank einen Schluck Tee, bevor ich antwortete: »Es wäre unangenehm. Doch falls dir das ein besseres Gefühl gibt, ich glaube nicht, dass Seth das klar ist. Den ganzen Morgen habe ich versucht, einen Weg zu finden, sein Angebot abzulehnen. Aber ich kann es einfach nicht, Jade. Es ist zu wichtig, dieses Gelände zu schützen, um diese Chance einfach so wegzuwerfen. Und ehrlich, dein Bruder würde Millionen verschenken, nur für ein paar Monate meiner Zeit.«

Sie legte den Kopf schief. »Du magst ihn«, stellte sie fest.

Ich verdrehte die Augen. »Ich denke, *mögen* ist ein zu starkes Wort. Er ist annehmbar, wenn er sich nicht gerade wie ein Arschloch verhält.«

Zugegeben, als wir uns vor ein paar Tagen im *Coffee Shack* begegnet waren, war er in der Tat ziemlich nett gewesen. Bis er mit dem Angebot, ich sollte mich als seine feste Freundin ausgeben, die Bombe hatte hochgehen lassen.

»Seth ist eigentlich ein ziemlich netter Mann, und das sage ich nicht nur, weil er mein Bruder ist«, erklärte Jade. »Er mag sich vielleicht mehr hinter einem Schutzwall verschanzen, seitdem er in die Geschäftswelt eingetreten ist, aber er hat für unsere Familie einiges getan, das keiner von uns je wiedergutmachen kann. Er hat stets auf alles verzichtet, nur um Owen, Brooke und mir etwas so Schlichtes wie ein Eis oder Süßigkeiten kaufen zu können. Und ich glaube nicht, dass er es auch nur einen einzigen Tag bereut hat. Sein einziger Wunsch war, uns lächeln zu sehen. Mit sechzehn hat er bereits angefangen, auf Baustellen zu arbeiten, nur um Noah zu unterstützen. Und dann hat Aiden seine Arbeit als Fischer aufgenommen, sobald er alt genug war, um zu arbeiten. Meine Brüder wollten vermeiden, dass es uns an etwas fehlte. Sie haben uns eine Kindheit gegeben, während sie selbst keine hatten.«

Ich hatte keine Ahnung, warum ich bei ihren Worten mit den Tränen kämpfte.

Oder vielleicht wusste ich es auch, wollte aber nicht den Geschäftsmann Seth mit dem Mann in Verbindung bringen, dem seine Familie über alles ging.

»Du hast eine wunderbare Familie«, sagte ich ehrfürchtig.

Sie fragte sanft: »Du nicht? Du sagtest, du liebst deine Brüder.«

Ich hatte Jade nicht viel über meine Familie erzählt. »Ja, ich liebe sie, außer wenn sie versuchen, mich von einem Mann abzubringen, den sie nicht für gut genug für mich halten.«

Jade schnaufte. »Ich glaube, diesen Beschützerinstinkt legen alle älteren Brüder an den Tag. Meine drei haben Eli so hart in die Mangel genommen, es hat mich überrascht, dass er durchgehalten hat.«

Ich grinste. Ich hatte beobachten können, wie Jade und Eli einander ansahen. Ich war nicht gerade erstaunt, dass ihr Ehemann die Inquisition über sich hatte ergehen lassen. Wenn Jade Eli bitten würde, von der nächsten Brücke zu springen, würde er es tun, ohne Fragen zu stellen. Und andersherum genauso. Die beiden waren so verliebt, dass es beinahe widerlich war. Doch eben auch süß. Ich konnte das wahrscheinlich nicht nachvollziehen, weil meine persönlichen Erfahrungen mit Männern nicht gerade umwerfend waren. »Er liebt dich«, sagte ich schlicht.

Jades Miene wurde weich. »Ich liebe ihn auch. Es fühlt sich merkwürdig an, einen Mann zu haben, der mich so sehr liebt, wie Eli es tut. Ich hatte niemals zuvor einen Mann, der mich so akzeptiert hat, wie ich bin. Einschließlich meines Ticks für die Wissenschaft. Ehrlich, zuvor hat es in meinem ganzen Leben niemals einen Mann wie ihn gegeben. Er war es also wert, auf ihn zu warten.«

Ich lächelte angesichts des verblüfften Ausdrucks auf ihrem Gesicht. Es war, als würde Jade immer noch versuchen herauszufinden, wie es geschehen konnte, dass sie bei Eli gelandet war. Zugegeben, oberflächlich gesehen waren sie sehr unterschiedlich, doch die beiden passten einfach zueinander.

»Genug jetzt von mir und Eli«, sagte sie bestimmt. »Was wirst du bezüglich Seth unternehmen? Und warum um alles in der Welt hat er dich für das Täuschungsmanöver ausgesucht? Oh, warte! Vielleicht weiß ich es. Du lässt dich nicht von ihm beeindrucken, richtig?«

»Ich habe ihn in gewisser Hinsicht zweimal gerettet«, erklärte ich. »Er wurde im *Coffee Shack* von Frauen belästigt und ich habe ihnen vorgetäuscht, Seth und ich wären zusammen, um sie zu verscheuchen.«

Plötzlich verdunkelte sich Jades Gesicht. »Das macht mich so wütend«, stieß sie hervor. »Ich habe das auch schon gesehen. Nicht eine einzige von diesen Frauen hätte mit ihm eine ernsthafte Beziehung führen wollen, als er noch kein Vermögen besaß.«

»Warum nicht? Ich weiß, er ist dein Bruder, aber er ist heiß.«

Verteufelt heiß, doch ich würde Seths kleiner Schwester nicht erzählen, dass sein muskulöser, durchtrainierter Körper, sein dunkles Haar und seine rätselhaften aschgrauen Augen in einer Frau das Verlangen erweckten, innerhalb von Sekunden ihr Höschen auszuziehen.

»Ich habe nicht gesagt, sie hätten ihn nicht ficken wollen«, erklärte sie angewidert. »Aber er war immer pleite. Ein Arbeiter, der im Schweiße seines Angesichts sein Geld verdiente und jüngere Geschwister unterstützen musste.«

»Aber das ist doch eigentlich bewundernswert«, wandte ich ein.

»Die meisten Frauen sehen das aber nicht so, Riley. Er war keine gute Partie, weder als fester Freund noch als Ehemann.«

Für einen Augenblick wurde auch ich wütend wegen der Art und Weise, wie er behandelt worden war. »Einige Frauen würden alles dafür geben, einen Mann zu haben, der sich so loyal, verantwortungsbewusst und hingebungsvoll um seine Familie kümmert«, erwiderte ich.

»Nicht viele«, meinte sie unglücklich. »Und meine Brüder wissen das aus eigener Erfahrung. Deshalb ist Seth wahrscheinlich so begierig auf dieses Täuschungsmanöver. Was wirst du tun?«

»Ich weiß es nicht«, gab ich ehrlich zu. »Er möchte, dass ich auf der Wohltätigkeitsveranstaltung, die Eli für dich in San Diego gibt, zum ersten Mal als seine Begleiterin auftrete. Ich muss mich entscheiden, da sie bereits an diesem Wochenende stattfindet. Wirklich, er fordert nicht allzu viel im Gegenzug für das Gelände. Ich vermute, er hätte dir mit der Zeit nachgegeben, Jade. Er weiß, wie wichtig dir die Sache ist. Aber ich bin mir nicht sicher, ob ich das Risiko eingehen will, dass er es dir einfach so übergeben wird. Ich will auf keinen Fall, dass ihr beide, du und Eli, Probleme in der Familie bekommt.«

Jade biss sich auf die Lippe. »Und ich will nicht, dass du etwas tust, was du nicht willst.«

Ich grinste. »Ich muss zugeben, es macht mir nichts aus, deinem Bruder die Frauen vom Hals zu halten, weil ich vermute, dass sie sich nur einen reichen Mann angeln wollen. Aber ich würde es vorziehen, nicht zu diesen Leuten in San Diego zurückkehren zu müssen. Ich bin glücklich hier.«

»Dann tu es nicht«, ermutigte Jade mich. »Wir werden uns etwas anderes einfallen lassen. Ich gehöre auch nicht in diese Welt. Ich tue es nur, um Spenden zu sammeln. Und Eli fühlt sich so wohl in dieser Gesellschaft, dass es sich leicht aushalten lässt.«

»Es ist zum größten Teil so trivial«, klagte ich. »Es ist alles nur ein Spiel, um zu sehen, wer wen austricksen kann. Aber ich kann damit umgehen, denke ich. Ich habe genügend Erfahrungen darin gesammelt, mich scheinbar anzupassen.«

Jade warf mir einen zweifelnden Blick zu. »Bist du sicher?«

Ich nickte bestimmt. Während der Unterhaltung mit Jade war ich zu einem Entschluss gelangt. »Ich werde es tun. Und es wird nicht so schlimm sein, weil ihr beide, du und Eli, an diesem Wochenende dort sein werdet.«

»Müssen wir ein Kleid für dich kaufen?«, fragte Jade neckend.

»Das sollten wir vielleicht tatsächlich tun«, erwiderte ich. »Ich habe keine Abendkleider mehr, nur noch Arbeitskostüme und Jeans.«

»Seth wird sich in Schale werfen«, bemerkte Jade grinsend. »Allen meinen Brüdern steht ein Smoking gut zu Gesicht.«

»Er sieht auch ziemlich gut in einem maßgeschneiderten Anzug aus«, plapperte ich drauflos, ohne nachzudenken.

»Ich wusste es«, sagte Jade begeistert. »Du fühlst dich zu ihm hingezogen.«

Ich hob eine Braue. »So wie eine Gottesanbeterin zu ihrem Partner«, knurrte ich. »Aber vergiss nicht, dass das Weibchen dem Männchen den Kopf abreißt, sobald die Paarung vorüber ist.«

Jade brach in Gelächter aus. »Er ist nicht so schlecht«, meinte sie, als sie sich erholt hatte. »Wenn du erst den wahren Seth kennenlernst, wirst du ihn tatsächlich mögen. Wie jeder meiner Brüder kann er manchmal eine richtige Nervensäge sein, aber sie alle besitzen Eigenschaften, die das wieder wettmachen.«

»Ich werde mich auf dein Wort verlassen müssen«, murmelte ich. »Ich streite mich jetzt schon seit Monaten mit ihm herum und bis zu seinem Angebot hat er kein bisschen nachgegeben.«

»Oh, ich habe nicht behauptet, er sei nicht stur«, antwortete sie mit Humor in der Stimme.

»Und das soll eine gute Eigenschaft sein?«

»Ehrlich, ich glaube, das ist ein Charakterzug, den ihr gemeinsam habt. Du verteidigst deine Position ebenso hartnäckig.«

»Ich bin Anwältin«, erinnerte ich sie. »Ich werde dafür bezahlt, Einspruch zu erheben.«

Lächelnd erhob Jade sich. »Danke, Riley. Aber bitte denke immer daran, falls dies auf irgendeine Weise schmerzhaft für dich werden sollte, kannst du aussteigen. Ich weiß, wie sehr es dir missfällt, im Rampenlicht zu stehen. Wir können unser Problem auch auf andere Weise lösen.«

»Schon in Ordnung«, versicherte ich ihr gespielt fröhlich. »Ich muss lediglich einige Grundregeln festlegen und alles wird gut. In ein paar Monaten werden wir das Grundstück sicher in Händen halten, sodass es ein geschützter Brutplatz für die Zwergseeschwalben werden kann.«

Wir verabschiedeten uns und ich ging wieder in mein Heimbüro.

Diesmal bereitete mir das Schreiben an Seth keine Probleme.

Wenn wir schon diese Maskerade aufführten, dann zu meinen Bedingungen, mit wenig Spielraum für Verhandlungen.

KAPITEL 6

Seth

Lieber Mr. Sinclair,

nach sorgfältiger Überlegung habe ich mich entschieden, Ihr Angebot anzunehmen, doch nur unter folgenden Bedingungen.

GRUNDREGELN

Regel Nr. 1: Ich werde mich angemessen kleiden, aber unter keinen Umständen ist es Ihnen erlaubt, mir vorzuschreiben, was ich zu den jeweiligen Veranstaltungen tragen darf.

Regel Nr. 2: Es ist Ihnen nicht gestattet, von mir zu verlangen, auf den Veranstaltungen mit einem anderen Mann zu tanzen, selbst wenn es Ihrem Geschäft zugutekommen würde.

Regel Nr. 3: Sie werden sich jeglicher Kritik enthalten, falls Ihnen an meinem Verhalten etwas missfällt, es sei denn, es sind keine anderen Personen anwesend. Wir werden unsere Diskussionen unter vier Augen führen.

Regel Nr. 4: KEIN SEX. ÜBERHAUPT NICHT. NIEMALS.

Regel Nr. 5: SIE WERDEN UNTER ALLEN UMSTÄNDEN IHRE FINGER VON MEINEM HINTERN LASSEN.

Regel Nr. 6: Sie müssen mich jederzeit respektvoll behandeln.

Falls Sie diesen Bedingungen zustimmen, schicken Sie mir doch bitte eine Liste mit den Veranstaltungen, die Sie besuchen möchten. Dann werde ich den Vertrag aufsetzen.

Riley

»Meint sie das ernst?«, brummte ich laut vor mich hin. Es war Dienstag und ich saß allein in meinem Büro.

Okay, ich mochte vielleicht ein kleines Problem mit den Regeln vier und fünf haben. Natürlich würde ich in Versuchung geraten, diesen kurvigen Hintern zu streicheln, und ganz bestimmt wollte ich Sex mit ihr haben.

Aber der Rest der Regeln war totaler Schwachsinn.

Wenn ich Riley an meiner Seite hätte, würde ich sie niemals nicht respektieren. Und es ärgerte mich maßlos, dass sie glaubte, das in ihre Grundregeln einflechten zu müssen.

Niemals in meinem ganzen Leben hatte ich eine Frau missachtet. Mein Gott, ich hatte Schwestern. Und ich würde nicht wollen, dass irgendein Mann eine von ihnen anders behandelte als mit äußerster Höflichkeit.

Ich starrte auf die anderen Regeln und fragte mich, warum ich sie auffordern sollte, mit einem anderen Mann zu tanzen. Ganz sicher nicht.

Es lag nicht in meiner Natur, alles kontrollieren zu wollen, also machten die anderen Regeln auch keinen Sinn. Als würde ich jemals zensieren wollen, was sie für Kleider trug. Riley könnte mich nackt begleiten, falls sie es wollte.

Warte! Das kannst du vergessen!

Ich wollte gewiss nicht, dass ein anderer Mann sie nackt sah. Allein der Gedanke verursachte mir Magenschmerzen. Aber glaubte sie wirklich, es würde mich kümmern, wenn sie sich kleidete, wie auch immer es ihr gefiel?

Was zum Teufel meinte sie damit, ich dürfte sie nicht kritisieren? Welches Arschloch würde das einer Frau wie Riley antun?

Die Wahrheit war, ich würde mich verdammt glücklich schätzen, mit ihr zusammen zu sein, selbst wenn es nur ein Schauspiel war.

»Verdammt noch mal!«, brummte ich mit rasselnder Stimme, als ich zum Telefon griff und ihre Nummer wählte.

Glücklicherweise hatten wir unsere Nummern ausgetauscht, bevor sie das *Coffee Shack* verlassen hatte, sodass wir miteinander reden konnten, nachdem sie Zeit gehabt hatte, über mein Angebot nachzudenken.

Wenn ich ehrlich sein soll, hätte ich wahrscheinlich irgendwann nachgegeben und allein meiner Schwester zuliebe das Resort nicht gebaut. Ich wusste, im Laufe der Zeit hätte ich aufgegeben, denn es hätte meiner Schwester wehgetan, wenn ich große Gebäude errichtet und so ihre geliebten Vögel verscheucht hätte.

Obwohl ich es nicht zugeben wollte, konnte ich das traurige Gesicht meiner Schwester nicht ertragen.

Die Idee, Riley dazu zu bewegen, mich zu verschiedenen Veranstaltungen zu begleiten, war für mich lediglich ein einfacher Weg gewesen, den sturen, hinreißenden Rotschopf, den ich nicht aus dem Kopf bekam, weiterhin zu sehen.

Ja, es wäre nett, eine Begleiterin für jede Veranstaltung zu haben, die ich besuchen wollte. Es würde mir die Sache wirklich erleichtern. Aber ich wollte mich nicht selbst belügen und mir einreden, das wäre der einzige Grund für meinen Handel mit ihr.

In Wahrheit wollte ich nicht nur eine Begleiterin. Ich wollte sie. Und wenn ich das Gelände einfach aufgegeben hätte, hätte für uns kein Grund mehr bestanden, uns zu treffen. Für mich war das vollkommen unakzeptabel.

»Kanzlei Riley Montgomery«, zirpte sie, als sie den Anruf entgegennahm.

»Was zum Teufel sollte diese E-Mail, Riley?«, polterte ich los, ohne mich mit einer Begrüßung aufzuhalten.

»Seth?«, fragte sie vorsichtig.

Ich hasste mich dafür, dass es mir gefiel, den Klang meines Namens aus ihrem Mund zu hören. »Mit wie vielen anderen Männern stellen Sie noch solche Grundregeln auf? Was zum Teufel haben Sie sich dabei gedacht, einen solchen Schwachsinn zu schreiben?«

»Ich weiß nicht, was Sie meinen«, erwiderte sie mit ihrer Anwältinnenstimme. »Ich habe lediglich ein paar Bedingungen aufgestellt. Falls Sie denen nicht zustimmen, sehe ich keinen Grund, weiter zu verhandeln.«

»Hören Sie auf, mir diesen Unsinn zu erzählen, Riley«, bellte ich. »Hat Ihnen in der Vergangenheit wirklich jemand so etwas angetan?«

»I-Ich verstehe nicht«, sagte sie mit ungewöhnlich unsicherer Stimme.

Verdammt! Ihr Zögern versetzte mir einen Stich in die Brust. Jemand hatte sie wirklich schlecht behandelt. »Dann lassen Sie es mich ganz klar ausdrücken. Regel eins, zwei, drei und sechs sollten vollkommen unnötig sein und ich bezweifle, dass Sie sie aufgestellt hätten, wenn sie nicht ein solches Verhalten meinerseits befürchteten. Zugegeben, die Regeln vier und fünf haben vielleicht ihre Berechtigung, denn es wird mir nicht leichtfallen, die Finger von Ihrem wunderschönen Hintern zu lassen, wenn wir unbeobachtet sind. Und ich denke, Sie wissen bereits, dass ich Sie gern in meinem Bett hätte, doch nur, wenn Sie das auch wollen. Aber das hat in einem verdammten Vertrag nichts zu suchen.«

Am anderen Ende der Leitung herrschte vollkommene Stille, bis sie schließlich murmelte: »Sie akzeptieren also die Bedingungen?«

Verdammt! Da war es wieder. Dieses Zögern. Diese Unsicherheit. Ich versuchte, mich ein wenig zu zügeln. »Ich will damit sagen, dass ich Sie niemals und unter keinen Umständen respektlos behandeln würde. Es kümmert mich weder, was Sie tragen, noch, was Sie sagen, und ich soll verflucht sein, wenn ich von Ihnen verlangen würde, sich an irgendeinen Perversling ranzumachen, nur weil es meinem Unternehmen nutzen würde. Mein Gott, Riley. Welcher Mann würde so etwas tun?«

»Da gibt es einige«, erwiderte sie.

Erleichtert nahm ich zur Kenntnis, dass sie ihren streitbaren Tonfall wiedergefunden hatte.

»Einige? Wie Ihr Ex-Verlobter?«

»Das war nicht gerade taktvoll«, antwortete sie trocken.

»Er muss ein Arschloch gewesen sein«, stellte ich fest.

»Deshalb sind wir auch nicht mehr verlobt«, erwiderte sie grimmig.

Nun ja, zumindest hatte sie den Hurensohn zum Teufel geschickt. Doch das hielt mich nicht davon ab, mit der Faust auf den Schreibtisch zu schlagen.

Ich besaß zwei kleine Schwestern, denen meine Brüder und ich beigebracht hatten, sie selbst zu sein, einzigartig zu sein. Keiner von uns hätte sie jemals nach unseren eigenen Vorstellungen zurechtbiegen wollen.

Sicher, wir hatten jeden Liebhaber, den sie jemals gehabt hatten, genauestens überprüft, aber nur weil wir sichergehen wollten, dass ihnen von keinem Mann Gefahr drohte und dass die Männer für Brooke und Jade gut genug waren.

Beschützerinstinkte? Ja.

Kontrollfreaks? Nein.

»Falls Sie sich besser fühlen mit diesen Klauseln, dann behalten wir sie bei.« Ich würde niemals eine vertragliche

Verpflichtung brauchen, um Riley mit Respekt zu behandeln, doch in Anbetracht ihrer Vorgeschichte war ich mittlerweile nicht mehr so gekränkt wie vor meinem Anruf. »Aber Nummer vier und fünf sollten Sie weglassen.«

»Auf. Keinen. Fall«, erwiderte sie trotzig. »Ich mag es nicht, wenn Männer mir in der Öffentlichkeit den Hintern begrapschen.«

»Und im Privatleben?«, fragte ich hoffnungsvoll.

»Ebenso wenig. Seth, nichts hiervon ist real. Es ist doch nur ein Täuschungsmanöver, um Ihnen zu helfen.«

Sie hatte recht. Doch das zuzugeben machte mich nicht gerade glücklich. »Also gut. Setzen Sie den Vertrag auf«, sagte ich in geschäftsmäßigem Ton.

Ich bemerkte, dass sie Regel Nummer vier nicht erwähnt hatte, und hoffen durfte ich ja schließlich.

Im gegenseitigen Einverständnis konnten Vertragsbedingungen geändert werden.

Wenn nicht, musste ich mich einfach damit zufriedengeben, mehr Zeit mit ihr verbringen zu können. Riley war viel mehr wert als nur einen schnellen Fick.

Ich konnte nicht leugnen, dass ich hoffte, ihre Meinung bezüglich Nummer vier ändern zu können. Mit der Zeit.

Es war schon so lange her, dass ich eine Frau so sehr begehrt hatte. Verflucht, mein Schwanz war vielleicht für keine Frau jemals so hart geworden wie für Riley.

»Sonst noch etwas? Ihrerseits, meine ich.« Es hörte sich so an, als würde sie sich Notizen machen, denn das Klicken einer Tastatur erklang.

»Zeichen der Zuneigung sind ein Muss«, meinte ich nachdenklich. »Wenn wir vorgeben, zusammen zu sein, wird man das von uns erwarten.«

Ich konnte sie vielleicht nicht ficken oder ihren Hintern begrapschen, aber ich weigerte mich zu glauben, dass es mir nicht erlaubt sein sollte, sie auf irgendeine andere Weise zu berühren.

Das war zu viel verlangt, wenn wir so viel Zeit miteinander verbringen und vortäuschen wollten, zusammen zu sein.

Am anderen Ende der Leitung herrschte Schweigen, bis sie schließlich fragte: »Welche Art Zuneigung?«

Zur Hölle, sie klang nervös, was überhaupt kein gutes Zeichen war. »Simple Berührungen«, erwiderte ich vage. »Außer dem Begrapschen Ihres Hinterteils.«

»Also gut«, sagte sie schnippisch, »ich werde Sie berühren. Und Sie dürfen mich berühren. Gelegentlich.«

Mein Schwanz zuckte; ihm gefiel die Möglichkeit, diese Frau auf alle erdenklichen Arten zu berühren. »Dann werde ich Sie Samstagabend abholen. Achtzehn Uhr dreißig?«

Die Wohltätigkeitsveranstaltung begann um neunzehn Uhr dreißig, aber die Fahrt nach San Diego würde eine Weile dauern.

»Ich kann mit meinem Wagen fahren«, wandte sie zögernd ein.

»Nein. Darüber lasse ich nicht mit mir verhandeln. Sie fahren immer mit mir. Meine feste Freundin würde niemals ihr eigenes Auto benutzen. Wir würden zusammen fahren.«

»Einverstanden«, murmelte sie und tippte immer noch eifrig auf ihrer Tastatur.

Oh verdammt, sie klang unsicher, und das kannte ich an Riley definitiv nicht. Und es gefiel mir ganz und gar nicht.

Im Allgemeinen war die Frau selbstsicher bis zur Sturheit. Und ich begann, ihre Widerspenstigkeit zu mögen. Meistens.

»Noch etwas?«, erkundigte sie sich nervös.

»Entspannen Sie sich«, beruhigte ich sie. »Ich werde Sie nicht in Verlegenheit bringen. Ich mag vielleicht ein Arbeiter sein, doch ich weiß, wie man sich in der Öffentlichkeit höflich und angemessen verhält. Außer jemand macht mich wirklich wütend.«

Sie lachte gepresst auf. »Um Sie mache ich mir keine Sorgen. Eher um mich.«

Okay. Sie fühlte sich unter diesen Leuten nicht wohl. Offensichtlich machte der Gedanke sie nervös. »Geben Sie sich so, wie Sie möchten, Riley. Machen Sie sich keine Sorgen, dort nicht hineinzupassen. Sie müssen niemandem etwas beweisen.« Ich zögerte, bevor ich vorsichtig fragte: »Brauchen Sie irgendetwas für diese Veranstaltungen? Ich stehe für alles gerade, was immer Sie benötigen.«

»Wie zum Beispiel?« Sie klang verwirrt.

»Kleidung, Schuhe oder Ähnliches. Selbstverteidigungswaffen, damit niemand Ihnen an den Hintern greift. Ich möchte nicht, dass Sie die Kosten für etwas auf sich nehmen, das sie nur als meine Begleiterin benutzen.«

Ich wusste eigentlich nichts über ihre finanzielle Situation, aber ich konnte mir kaum vorstellen, dass eine Anwältin für Umwelt und Naturschutz viel verdiente. Und ich wusste mit Gewissheit, dass sie bezüglich der Streitfrage um das besagte Grundstück gratis arbeitete.

»Ich werde schon klarkommen«, versicherte sie eilig. »Ich werde auf Waffen zu meiner Verteidigung verzichten. Ich werde wohl kaum jemanden niederschießen, weil er mir an den Hintern greift.«

»Aber ich vielleicht«, murmelte ich vor mich hin.

»Was haben Sie gesagt?«

»Nichts«, wehrte ich mit lauterer Stimme ab.

»Darf ich Sie etwas fragen?« Plötzlich verstummte das Geklapper auf der Tastatur.

»Alles. Schießen Sie los.«

»Sind Sie wirklich bereit, sich unter diese Leute zu mischen? Sie entsprechen nicht gerade den durchschnittlichen Partygängern.«

Machte Sie sich Sorgen, ob ich von besagter Gesellschaft akzeptiert werden würde, weil ich neureich war? Oder ein ehemaliger mittelloser Bauarbeiter? »Ich gehe nicht dorthin, um in ihre Kreise eingeführt zu werden, Riley. Es ist mir vollkommen gleichgültig, ob irgendeiner von denen mich mag oder nicht. Es geht nur ums Geschäft. Ich habe bereits einige Veranstaltungen mit Eli besucht. Deshalb weiß ich auch, dass ich eine Begleiterin benötige. Ich habe bereits erkannt, dass der größte Teil der Elite aus reinen Snobs besteht. Sie besuchen diese Veranstaltungen nur, um zu sehen und gesehen zu werden, nicht wegen des wohltätigen Zwecks. Selbst Eli würde sich mit den meisten von ihnen außerhalb einer solchen Veranstaltung nicht abgeben, obwohl er in diesen Kreisen aufgewachsen ist. Wir können es als eine Art Spiel betrachten, wie etwas, das wir nicht ernst nehmen.«

Sie stieß, wie es schien, erleichtert den Atem aus. »Dann komme ich damit klar.«

»Möchten Sie morgen mit mir zu Abend essen? Dann könnten wir den Vertrag durchsehen.«

»Nicht nötig«, wehrte sie brüsk ab. »Ich schicke Ihnen das Dokument ins Büro.«

Ich grinste. Das war die Riley, die ich kannte.

Stur.

Unabhängig.

Und jedem privaten Kontakt ausweichend.

»In Ordnung, schicken Sie ihn mir«, stimmte ich zu, wobei ich inständig hoffte, sie würde Punkt Nummer vier vergessen, wenn sie den offiziellen Vertrag aufsetzte.

KAPITEL 7

Riley

Als schließlich der Samstagabend gekommen war, stand ich vor dem Spiegel und wusste, meine Mutter würde meine Kleiderwahl definitiv nicht begrüßen. Wie immer.

Mein neues Cocktailkleid war in einem tiefen Waldgrün gehalten, ein Farbton, der gut zu meinem flammend roten Haar passte. Ich hatte mich für etwas wenig Aufregendes entschieden. Doch der Saum endete über den Knien. Die Ärmel waren dreiviertellang, denn es wurde kühler.

Sitzt der Ausschnitt zu tief?

Ich schüttelte den Kopf. Mein Verstand sagte mir, es hatte nichts Skandalöses an sich. Ja, der V-Ausschnitt spielte mit meinen Brüsten, zeigte jedoch absolut nichts.

Ich beäugte die silberfarbigen Riemensandaletten, wobei mir bewusst war, dass meine Mutter Schwarz zu formellen Anlässen diktiert hätte. Ich liebte jedoch glitzernde Schuhe und besaß eine Schwäche für Farbe. Viel Farbe. Ich war es schon leid gewesen, stets langweiliges Schwarz tragen zu müssen, als ich kaum dem Teenageralter entwachsen war.

Leider hatten weder meine Mutter noch Nolan je meinen eigenen Stil befürwortet.

Diese Farbe ist entsetzlich unpassend.

Deine Schuhe sollten schwarz sein.

Dein Haar ist unordentlich.

Und so weiter und so fort.

Ich lächelte meinem Spiegelbild zu.

Glücklicherweise brauchte ich von beiden keine Bestätigung mehr.

Meine Haare hatte ich mit einer großen, hübschen, silberfarbigen Spange aufgesteckt, doch einzelne Locken umrahmten mein Gesicht.

Mein Make-up mochte etwas kräftiger ausgefallen sein als gewöhnlich, war jedoch weit davon entfernt, übertrieben zu wirken.

Seufzend griff ich nach der winzigen silberfarbenen Handtasche und holte meinen schwarzen Cashmeremantel aus dem Schrank.

Trotz meiner aufmunternden Worte an mich selbst verspürte ich immer noch eine gewisse Nervosität.

Hatte ich mir nicht das Versprechen gegeben, niemals dorthin zurückzukehren? Und hier stand ich nun, bereit, die erste einer langen Reihe von Wohltätigkeitsveranstaltungen in den Kreisen meiner Mutter zu besuchen.

Denk an das Grundstück. Was ich tue, ist nur Mittel zum Zweck. Und außerdem wird Seth dort bei mir sein.

Stirnrunzelnd ging ich in die Küche. Warum war es wichtig, dass ich Seth Sinclair an meiner Seite hatte?

Seltsamerweise war es wichtig. Seitdem er mir zu verstehen gegeben hatte, dass es ihm vollkommen gleichgültig war, was andere Leute über ihn dachten, war ich weitaus entspannter.

Er war mein Begleiter und wenn es ihm gleichgültig war, dann musste ich es ebenso halten.

Die ganze Maskerade hatte einen Zweck. Wir hatten ein Spiel zu spielen.

Und wenn ich immer daran dachte, würde alles glatt laufen.

Ehrlich, ich konnte für Seth eine Bereicherung sein.

Ich wusste, wer unter der Elite das größte Portemonnaie besaß, und wer nur so tat als ob.

Es würde mir nicht wehtun, ihn auf einige der netteren Gäste hinzuweisen, die vielleicht gute Investoren für ihn abgeben würden. Oder auf Männer, die ihre Geschäfte auf dem Immobiliensektor am ehrlichsten führten.

Ich legte Handtasche und Mantel auf die Arbeitsplatte und nahm eine Tasse aus dem Schrank, begierig auf eine Tasse Tee, da ich süchtig danach war. Seit dem heutigen Morgen hatte ich keine mehr getrunken.

Ich frage mich, ob Seth glaubt, ich hätte als Anwältin finanzielle Schwierigkeiten.

Da er mir angeboten hatte, für meine Garderobe aufzukommen, dachte er offensichtlich, ich wäre aus irgendeinem Grund knapp an finanziellen Mitteln.

Sein Angebot war ziemlich nett und so etwas hatte ich von Seth Sinclair nicht erwartet. Doch es war vollkommen unnötig.

Meine Gedanken schweiften zu seinen Bemerkungen, die er vor einigen Tagen zu meinen Grundregeln geäußert hatte. Es hatte mich überrascht, dass er wegen einiger Bedingungen wütend geklungen hatte. Als hätte ich ihn beleidigt.

Vielleicht ist es tatsächlich so.

Die meisten Neureichen wollten unbedingt in den Kreis der Superreichen integriert werden und waren übertrieben besessen davon, zu sein wie sie.

Ich hätte es ihm natürlich nie gesagt, doch es hatte mich begeistert, als er sagte, es wäre ihm vollkommen gleichgültig, was ich trug und wie ich mich verhielt, und dass er niemals von mir verlangen würde, einem Mann auf dem Tanzboden schöne Augen zu machen, um sein Geschäft voranzutreiben.

Ich soll verflucht sein, wenn ich von Ihnen verlangen würde, sich an irgendeinen Perversling ranzumachen, nur weil es meinem Unternehmen nutzen würde.

Komisch, aber ich konnte immer noch sein zorniges Knurren in meinem Kopf hören.

Kichernd stellte ich meine Tasse unter die Kaffeemaschine.

Solch eine Erklärung hatte ich von meinem Ex nie zu hören bekommen. Und Seths Worte hatten mir irgendwie ein Gefühl der Freiheit gegeben.

Meine Gedanken wurden unterbrochen, denn es klingelte an der Tür.

Ich warf einen Blick auf die Küchenuhr und stellte fest, dass es später war, als ich gedacht hatte.

Sehnsuchtsvoll blickte ich zu meiner Tasse, die darauf wartete, mit heißem Wasser für den Tee gefüllt zu werden.

Keine Zeit. Aber später …

Mit klappernden Absätzen eilte ich zur Vordertür und öffnete sie.

Mir stockte der Atem, als ich Seth Sinclair auf der Türschwelle stehen sah.

Zu sagen, ein Smoking stände ihm gut, wäre eine Untertreibung gewesen.

Er sah umwerfend darin aus. Das Herz konnte einem stehen bleiben. Und es schien, als fühlte er sich vollkommen wohl in dieser formellen Kleidung.

Mein Herz raste und ich starrte ihn an wie eine Idiotin.

Er ging an mir vorbei, ohne auf eine Einladung zu warten.

Ich riss mich zusammen und schloss die Tür, während ich den männlichen Moschusduft gemischt mit einem sehr leichten Aftershave genoss, der die Luft um uns herum erfüllte.

Hör auf zu sabbern, um Himmels willen. Dies ist nicht die Wirklichkeit. Es ist kein Rendezvous. Überhaupt nicht. Niemals.

»Hey«, begrüßte ich ihn mit einiger Verzögerung, während ich mich zu ihm herumdrehte.

»Hallo, meine Schöne«, erwiderte er heiser. »Sie sehen umwerfend aus, Riley.«

Ein lustvolles Schaudern glitt an meiner Wirbelsäule entlang. »Sie auch«, sagte ich ehrlich.

»Ich habe Ihnen etwas mitgebracht«, sagte er grinsend und hielt einen großen Pappbecher in die Höhe. »Einen extra großen Chai Mokka Latte für unterwegs.«

Er hat sich daran erinnert.

Ich hatte keine Ahnung, warum es mich so rührte, dass er sich an mein Lieblingsgetränk vom *Coffee Shack* erinnerte.

»Sie sind mein Lebensretter«, sagte ich dankbar, als ich ihm den Becher aus der Hand nahm. »Seit heute Morgen habe ich keinen Tee mehr getrunken.«

»Dann müssen Sie tatsächlich gelitten haben«, neckte er mich.

»Das habe ich wirklich. Ich bin süchtig danach«, gab ich zu.

»Fertig?«, fragte er, während er mich weiter anstarrte.

Ich nickte zustimmend. »Ich hole schnell Handtasche und Mantel.«

Ich ging in die Küche, um die Sachen von der Arbeitsplatte zu holen, und eilte dann zur Tür zurück.

Doch bevor ich die Türklinke ergreifen konnte, trat Seth an mich heran und legte seine Hände auf das Holz, sodass ich zwischen seinen Armen in der Falle saß, ohne dass er mich berührte.

»Habe ich Ihnen schon gesagt, wie stolz ich sein werde, eine Frau wie Sie als Begleiterin zu haben, Riley, auch wenn es nur ein Täuschungsmanöver ist?«, fragte er heiser.

Ich hielt den Atem an und legte den Kopf in den Nacken, um ihn anzublicken. Sein Gesichtsausdruck war unergründlich und beinahe harsch. Sein kantiger Kiefer wirkte angespannt und seine Augen schienen todernst.

Aus irgendeinem merkwürdigen Grund bedeutete mir das Kompliment viel. »I-Ich bin wirklich froh, dass ich Ihnen die Frauen vom Leib halten werde«, stotterte ich, während ich fasziniert die intensive Spannung zwischen uns wahrnahm.

Hitze strömte zwischen meine Schenkel und meine Brustwarzen waren so hart wie Diamant, als mein Körper auf Seths pure Männlichkeit und das nackte Verlangen reagierte, das ich in seinen sturmbewegten Augen sehen konnte.

Als er seinen Mund auf meinen senkte, stöhnte ich erleichtert gegen seine Lippen.

Mein Herz begann, unkontrolliert zu galoppieren, als Seths Kuss mich vollkommen verzehrte.

Ich hätte ihm am liebsten die Arme um den Hals geschlungen, um ihn zu ermutigen, viel mehr zu tun, doch ich hielt immer noch Handtasche, Mantel und den Becher Tee umklammert.

Nur unsere Lippen vereinten sich, doch es verstärkte die Erotik, dass wir uns nur an dieser einen Stelle berührten. Alles Verlangen strömte hier zusammen.

Sein verführerischer Duft umgab mich wie eine Decke mit einer Begierde, der ich nicht entkommen wollte.

Der Kuss war vorbei, bevor ich bereit dazu war.

»Das hätten wir nicht tun sollen«, flüsterte ich, als er den Kopf hob.

Denn jetzt fühlte ich zu viel.

Brauchte zu viel.

Und mein ganzer Körper sehnte sich nach ihm.

Er legte mir zärtlich eine Hand an die Wange und strich mit dem Daumen über meine Lippen. »Entspann dich, Riley. Es war nur ein Kuss. Ich denke, das mussten wir hinter uns bringen. Ausdruck der Zuneigung, erinnerst du dich? Fühlst du dich jetzt wohler?«

Oh Gott, nein!

Ich fühlte mich kein bisschen ruhiger.

Mein Körper schrie nach Befriedigung, sodass ich sogar am liebsten seinen unsagbar heißen Körper angesprungen und ihn angebettelt hätte, mich zu ficken, bis ich nicht mehr geradeaus gehen könnte.

»Hast du mich deshalb geküsst?«, fragte ich heftig atmend mit einer Stimme, die in nichts der meinen glich.

Er schüttelte den Kopf und trat einen Schritt zurück. »Nein, aber es schien mir eine gute Entschuldigung zu sein.«

»Es war ein Fehler, Seth. Und der darf sich nicht wiederholen«, sagte ich eiskalt.

Mein Kopf wurde klarer. Der Kuss hatte für einen Augenblick meinen Verstand umnebelt, doch ich wusste, mich auf Seth Sinclair einzulassen wäre ein Fehler, zu dem ich nicht bereit war.

»Es war kein Fehler, Riley. Wir fühlen uns zueinander hingezogen. Früher oder später werden wir beide auf diese Chemie reagieren.«

Keine Chance. Der Kuss war ein Fehler. Doch mit ihm zu schlafen wäre eine unbeschreibliche Katastrophe.

»Wir sollten aufbrechen«, stellte ich brüsk fest, bemüht, den Eindruck des Kusses abzuschütteln.

Der Schlag meines Herzens hatte sich wieder verlangsamt, doch ab und zu stolperte es noch. Ich trat ein paar Schritte von Seth zurück, um mir eine Pause von den intensiven Gefühlen zu gestatten, die er in mir auslöste.

»Es wird geschehen, Riley«, warnte er mich.

»Nein«, widersprach ich bestimmt. »Regel Nummer vier des Vertrages, erinnerst du dich?«

»Und ich denke, ich habe dir gesagt, dass mein Sexleben sich niemals nach einem verdammten Vertrag richten wird.« Er klang gereizt.

»Du hast ihn unterschrieben.«

»Ich tat es in dem Bewusstsein, dass sich Bedingungen leicht ändern lassen.«

»Ich weigere mich zu verhandeln«, antwortete ich eindringlich.

»Wir werden sehen«, wich er aus.

Als ich die Tür hinter uns schloss, war mir bewusst, dass ich vorsichtiger sein musste. Mich von einem Mann wie Seth verführen zu lassen gehörte nicht zu meinen Plänen für die Zukunft.

Überhaupt nicht. Niemals.

KAPITEL 8

Seth

Ich hatte einen Blick auf die wahre, leidenschaftliche Riley Montgomery erhascht, doch in den Stunden, die auf den Augenblick folgten, in dem sie diesen überwältigenden Kuss mit mir geteilt hatte, zeigte sie nicht einen Hauch jener Verwundbarkeit.

Für sie drehte sich alles ums Geschäft.

Das Grundstück zu bekommen, indem sie das Spiel mitspielte. Und das machte mich maßlos wütend.

Ich wollte sie kennenlernen, herausfinden, warum sie sich so sehr dagegen sträubte, etwas mehr aus unserem Zusammensein werden zu lassen als ein geschäftliches Arrangement.

Doch Riley blieb mir ein Rätsel, obwohl wir den größten Teil des Abends zusammen verbracht hatten.

»Vielleicht möchtest du gern Mr. Rutledge kennenlernen«, flüsterte sie dicht an meinem Ohr, um dann mit dem Kopf in Richtung eines älteren Mannes zu weisen, der allein an einem kleinen, mit feinem Leinen bedeckten Tisch saß. »Unsagbar reich und bekannt als ehrlicher, geradliniger Geschäftsmann.«

Ich wandte den Kopf, um sie anzusehen, was ein verdammter Fehler war.

Während des ganzen Abends war mein Schwanz nicht ein einziges Mal vollkommen erschlafft und jedes Mal, wenn ich sie ansah, erstand er wieder zu voller Pracht.

Mit ihr zu tanzen war eine einzige Quälerei gewesen, die ich jedoch liebend gern ertragen hatte, nur um ihren üppigen Körper in meinen Armen halten zu können.

Wie erwartet befanden sich mehr als genug Snobs unter den Gästen, doch da Eli und Jade die Gastgeber waren, schienen viele von ihnen ihr bestes Benehmen zu zeigen. Es war, als wäre jedem einzelnen bewusst, dass er nie wieder von Eli Stone zu einer Veranstaltung eingeladen würde, wenn er aus der Reihe tanzte. Mein Schwager besaß keinerlei Toleranz für boshafte Narren.

Riley und ich hatten gegessen und getanzt und dann hatte ich beobachten können, wie sie sich, ohne auch nur einmal in Verlegenheit zu kommen, durch den Saal gearbeitet hatte.

»Deine Hausaufgaben hast du gemacht«, lobte ich sie.

Sie hatte mir bereits mehrere Leute vorgestellt, über die sie offensichtlich Erkundigungen eingezogen hatte, und sie hatte bei jedem einzelnen recht behalten. Ich hatte mit einigen neuen, sehr interessierten potenziellen Investoren Kontakt aufgenommen und von einigen zum Verkauf stehenden Grundstücken erfahren. Jetzt sehnte ich mich langsam nur noch danach, der überkandidelten Gesellschaft zu entkommen.

Ich konnte das Spiel nur für eine gewisse Zeit mitmachen.

Im Saal war es nicht allzu laut. Das Orchester spielte, doch ziemlich verhalten. Man hörte es nur im Hintergrund – außer man hielt sich auf der Tanzfläche auf. Die Leute schienen sich in Grüppchen über anregende Themen zu unterhalten oder den neuesten Klatsch auszutauschen. Ich konnte es nicht genau sagen, da Riley und ich die meiste Zeit herumgingen und uns meist nicht sehr lange bei den einzelnen Gruppen aufhielten.

Riley hatte gute Arbeit geleistet und die einzelnen Leute so gut eingeschätzt, dass ich Elis angebotene Hilfe nicht nötig hatte.

Ich blickte mich im Saal um. Ich musste zugeben, dass es mir immer noch unwirklich erschien, mich überhaupt unter diesen Leuten aufzuhalten. Nicht dass ich jemals angestrebt hätte, einen Abend unter einem Haufen Snobs zu verbringen, doch die Tatsache, dass ich reich genug war, um hier zu sein, war ziemlich unglaublich.

Mich hier auf dieser Wohltätigkeitsveranstaltung aufzuhalten erinnerte mich daran, dass ich mich immer noch wie ein Hochstapler fühlte.

Mein Aufstieg aus der Armut in den Reichtum wirkte immer noch unwirklich auf mich, doch ich wusste, solange ich niemals vergaß, wo ich herkam, konnte ich all dies als Spiel betrachten.

Ich zog ein Bier immer noch einem Glas Champagner vor.

Ich betrachtete es immer noch als die beste Weise, einen Tag zu verbringen, wenn ich angeln ging.

Es gefiel mir immer noch, im Freien und in Bewegung zu sein, obwohl dieses Bedürfnis sich immer öfter auf einen langen Lauf beschränkte, bei dem ich anständig ins Schwitzen geriet.

Zugegeben, ich gewöhnte mich langsam daran, in der Geschäftswelt brutal aufzutreten, doch alles in allem hatte das Geld meine Geschwister und mich nicht allzu sehr verändert. Es machte einem das Leben jedoch leichter.

»Möchtest du noch etwas trinken?«, fragte ich Riley.

Sie schüttelte den Kopf und lächelte zu mir auf. »Nein danke. Bei zwei Gläsern liegt meine Grenze. Aber ich wünschte, es gäbe hier eine Tasse Tee.«

Ihr Lächeln traf mich wie ein Schlag in die Magengrube. Sie sah so elegant aus und war so wunderschön, dass ich nicht klar denken konnte.

Es gab keine einzige Frau auf der Veranstaltung, die sich mit Riley vergleichen konnte. Und jedes Mal, wenn irgendein

Hurensohn in ihre Richtung blickte, hätte ich ihn am liebsten zusammengeschlagen.

Wahrscheinlich lag es auch an meinen Beschützerinstinkten, warum ich auf die drei Männer aufmerksam wurde, die gerade auf Riley zeigten.

Umgehend vergaß ich, warum ich mich auf dieser Party aufhielt. Meine ganze Aufmerksamkeit konzentrierte sich auf die potenzielle Bedrohung.

»Wirst du mit Mr. Rutledge sprechen?«, erkundigte Riley sich neugierig.

»Noch nicht«, erwiderte ich und ließ die drei Männer, die sich nun in unsere Richtung bewegten, nicht aus den Augen.

Dunkles Haar. Blondes Haar. Und die Haare des anderen irgendetwas dazwischen.

Zu mehr Beobachtungen blieb mir keine Zeit, denn schon hatte der Dunkelhaarige seine fleischigen Arme von hinten um Rileys Schultern gelegt.

»Hey, meine Schöne«, sagte er, »wie wär's mit einem Tanz?«

Verdammt! Augenblicklich sah ich rot. »Wie wäre es, wenn Sie Ihre verdammten Hände von ihr nehmen, bevor ich sie Ihnen breche?«, knurrte ich und sprang auf, um Riley aus seinem Griff zu befreien. Ich trat zwischen ihn und die Frau, die ich als die Meine betrachtete, zumindest für heute Abend.

»Sie gehört Ihnen nicht, Mann«, sagte der Kerl lässig, doch seine Augen glitzerten tödlich und dunkel.

»Im Augenblick gehört sie zu mir«, bellte ich. »Falls ich es Ihnen beweisen soll, können wir das draußen erledigen.«

Ich würde dafür sorgen, dass er nicht mehr in der Lage sein würde, den Weg zurück ins Gebäude zu finden.

Im Laufe der Jahre hatte ich an genügend Prügeleien teilgenommen und es machte mir nichts aus, mir die Hände schmutzig zu machen. Das Arschloch hatte Riley ohne ihre Erlaubnis angefasst, was bedeutete, ich wollte seinen Kopf.

Jetzt. Auf der Stelle.

Gerade streckte ich die Hand aus, um den Kerl am Kragen zu packen und ihn nach draußen zu zerren, als Riley sich plötzlich zwischen uns schob. »Nein, Seth. Nicht.«

Ich starrte sie verblüfft an, weil sie sich freiwillig in Gefahr begab, doch sie blickte mich so flehentlich an, dass ich es nicht ignorieren konnte.

»Er hat dich angefasst, Riley«, wandte ich zornig ein. »Nenn mir einen guten Grund, warum ich ihm nicht den Kopf abreißen sollte.«

»Weil er mein Bruder ist«, sagte sie mit fester Stimme. Dann deutete sie auf die beiden Männer neben dem Dunkelhaarigen, den ich noch vor ein paar Sekunden hatte zu Boden schlagen wollen. »Alle drei sind meine Brüder.«

Ich brauchte einen Moment, bis ihre Worte in meinen durch Zorn vernebelten Verstand drangen.

Verflucht noch mal!

Ja, Riley besaß Brüder. Sie hatte es erwähnt. Doch ich hatte nicht erwartet, sie hier in dieser Gesellschaft anzutreffen.

Schnell stellte sie uns einander vor. »Seth, dies sind Hudson, Jaxton und Cooper. Meine älteren Brüder.«

Hudson, das Arschloch, das ich beinahe zusammengeschlagen hätte, grinste mich unverschämt an. Dann streckte er mir die Hand entgegen. »Hudson Montgomery«, sagte er barsch. »Es freut mich, dass Sie meine kleine Schwester so eifrig beschützen.«

Ich schüttelte ihm widerwillig die Hand, denn ich war noch nicht vollkommen in die Realität zurückgekehrt. »Seth Sinclair.«

Sobald ich aber Cooper, den Blonden, und Jaxton, den mit der Haarfarbe »irgendwo dazwischen« begrüßt hatte, wurde ich ein wenig ruhiger.

Ich beobachtete, wie Riley jeden von ihnen begeistert umarmte. »Ich wusste nicht, dass ihr hier sein würdet.«

Hudson zuckte mit den Schultern. »Wir mögen Eli und Jade.«

Während die Geschwister sich weiter unterhielten, begann mein Verstand zu arbeiten.

Hudson Montgomery.
Jaxton Montgomery.
Cooper Montgomery.
Montgomery Mining Company.
Endlich ging mir ein Licht auf.

Es handelte sich um die bekannten Montgomery-Brüder.

Stirnrunzelnd blickte ich zu *Riley Montgomery.*

Montgomery Mining war das größte Unternehmen seiner Art in der ganzen Welt. Und das schon seit Jahrzehnten.

Offensichtlich gehörte Riley zu dieser Dynastie, ebenso wie ihre drei Brüder.

Warum zum Teufel erfahre ich das erst jetzt?

»Montgomery Mining?«, fragte ich laut. »Sie drei stehen an der Spitze des Konzerns, habe ich recht?«

Hudson nickte. »Ja, so ist es. Und ich nehme an, Sie sind einer der verlorenen Sinclairs.«

Mist! Wie ich es hasste, wenn Leute so über unsere Familie redeten!

»Wir waren niemals verloren«, verbesserte ich ihn mit rasselnder Stimme. »Ich wusste immer, wo ich mich gerade aufhielt.«

»Nichts für ungut«, schaltete sich Cooper ein. »Wir alle bewundern Ihre Familie. Jade ist eine unglaubliche Frau. Sie hat uns erzählt, wie ihr Jungs euch ein Bein ausgerissen habt, um ihr eine Ausbildung zu ermöglichen. Und Eli ist ein Freund.«

Jaxton fügte hinzu: »Wenn man Sie als verloren geglaubten Sinclair bezeichnet, ist das keine Diskriminierung, Seth. Es ist ein Kompliment, wenn man bedenkt, wie hart Sie alle gearbeitet haben, um einander zu unterstützen. Keiner von Ihnen war auf Geld angewiesen, um Erfolg zu haben. Doch wenn es eine Familie verdient hat, aufgespürt zu werden und ein Vermögen zu erben, dann ist es die Ihre.«

»Ich weiß nicht, wie viele Leute in diesem Saal es zum Erfolg gebracht hätten ohne Geld im Rücken«, überlegte Hudson.

Vielleicht hatte ich überreagiert. Ich war ein wenig empfindlich in Bezug auf diese Angelegenheit, weil mein Vater ein Bigamist gewesen war, was mich und meine Geschwister zu Bastard-Sinclairs machte.

Ich entspannte mich und stellte fest, dass ich die kleinen Wortgefechte mit den Brüdern genoss, während wir uns locker unterhielten.

Die Montgomery-Brüder verhielten sich nicht im Geringsten großspurig, obwohl sie unanständig reich waren. Ja, sie trugen die erforderliche formelle Kleidung, doch sie wirkten, als fühlten sie sich in der Gesellschaft um uns herum noch unwohler als ich.

Bin ich der Einzige, der bemerkt, wie sehr sie sich danach sehnen, dieser Atmosphäre zu entkommen?

Ich konnte in ihnen eine gewisse Geistesverwandtschaft spüren, daher verwandelte sich meine anfängliche Zurückhaltung in Zuneigung.

Ich war begierig darauf, den Abend zu beenden, und sie offensichtlich auch.

»In welchem Verhältnis stehen Sie zu unserer Schwester?«, fragte Hudson unverblümt.

»Wir sind Freunde«, antwortete Riley hastig.

Freunde? Verdammt! Doch ich ließ ihr die Erklärung durchgehen. Vorerst.

Hudson hob eine Braue. »Ihre Reaktion vor ein paar Minuten sah mir aber nicht nach Freundschaft aus. Seth und ich hätten uns beinahe geprügelt. Und gehört ihm nicht das Grundstück, das du versuchst, für bedrohte Vögel zu erwerben? Ich dachte, ihr beide läget im Streit miteinander, anstatt hier herumzuturteln.«

»Seth gibt das Gelände auf«, informierte Riley ihren Bruder, wobei sie ihn strahlend anblickte. »Es wird ein Naturschutzgebiet werden.«

»Ist das wahr?« Hudson sah zu mir.

Ich zuckte mit den Schultern. »Ich wäre wahrscheinlich sowieso nicht damit durchgekommen, auf dem Gelände zu bauen, da Jade meine kleine Schwester ist.« Ganz gewiss würde ich Hudson nichts über das Abkommen erzählen, das ich mit seiner jüngeren Schwester getroffen hatte.

Jaxton lachte. »Wahrscheinlich nicht. Es tut mir leid, dass Sie diese Gelegenheit nicht wahrnehmen konnten. Citrus Beach wächst.«

»Es wird andere geben.« In diesem Augenblick wusste ich, dass ich meine Schwäche für meine Familie preisgab, doch das war mir gleichgültig. Gewisse Grenzen wollte ich mit meiner Kompromisslosigkeit nicht überschreiten und dazu gehörte, meine Schwester nicht zu betrüben.

Ich mochte mir zwar durch Manipulation meinen Weg in Rileys Leben erschlichen haben, indem ich auf meine Baupläne bestanden hatte, doch ich war kein totales Arschloch. Das Grundstück aufzugeben war unvermeidlich gewesen. Ich hatte es nur nicht einfach so verschenken wollen. Nicht wenn ich die Chance hatte, den Rechtsstreit zu nutzen, um Zeit mit einer streitlustigen, wunderschönen Anwältin zu verbringen, die gleich beim allerersten Mal, als ich sie sah, meine Aufmerksamkeit erregt hatte.

»Sie können den Schlag verkraften«, fügte Cooper hinzu. »Es mag vielleicht kein gutes Gefühl sein, aber Eli hat mir von einigen Projekten erzählt, an denen Sinclair Properties arbeitet.«

Das Geld würde ich nicht vermissen, daher war es für mich keine große Sache. Gewiss, es hätte mein Unternehmen kräftig vorangebracht. Wie auch immer, Sinclair Properties brauchte einen solchen Anstoß eigentlich nicht, um weiterzuwachsen. Außerdem gab es genügend andere lukrative Geschäfte, die den Verlust ausgleichen würden.

»Falls Sie an Investoren interessiert sind, ich denke, keiner von uns wäre abgeneigt einzusteigen«, meinte Cooper begeistert.

Ganz gewiss würde ich die Gelegenheit nicht verstreichen lassen, die Montgomery-Brüder als Investoren zu bekommen.

Schnell planten wir ein Treffen, um die Möglichkeit zu diskutieren.

Ich war definitiv interessiert. Neben der Tatsache, dass den Montgomery-Brüdern schier endlose finanzielle Mittel zur Verfügung standen, um sie in Sinclair Properties zu investieren, besaßen sie unendlich viel Erfahrung, die sie mit mir teilen konnten.

Sie waren also in zweierlei Hinsicht wertvoll für mich, doch ich versuchte, nicht zu zeigen, wie begierig ich darauf war, mit ihnen ins Geschäft zu kommen.

Ehrlich, wenn ich die Montgomery-Brüder für Sinclair Properties gewinnen konnte, brauchte ich kaum noch Rückendeckung von anderer Seite, um das Unternehmen zu vergrößern.

Bevor wir getrennter Wege gingen, zögerte ich. Mir lag noch eine Frage auf dem Herzen: »Sind Sie nicht Schatzsucher?«

Wenn meine Erinnerung mich nicht täuschte, reisten die drei Brüder auf der Suche nach verloren gegangenen Artefakten um die Welt.

Immerhin war ich ein Mann und gewiss interessiert an ihren Abenteuern. Meine Brüder und ich hatten stets davon geträumt, nach verlorenen Schätzen zu suchen, wahrscheinlich weil wir so verdammt arm gewesen waren. Ich konnte es kaum erwarten, etwas über ihre Suche zu erfahren, denn sie waren tatsächlich erfolgreich.

»Geschäftlich liegt unser Schwerpunkt auf Diamanten- und Edelsteinabbau. Die Schatzsuche ist eher ein Hobby«, erwiderte Hudson.

»Es gefällt uns allen dreien«, erklärte Cooper. »Doch unsere Schürfprojekte müssen an erster Stelle stehen. Montgomery betreibt dieses Geschäft seit Generationen. Das ist unser Vermächtnis.«

Ich zog eine Braue in die Höhe und blickte in Rileys wunderschöne Augen. »Ist es auch dein Vermächtnis?«

Sie schüttelte den Kopf. Ich vermutete, es steckte mehr dahinter, doch jetzt war der falsche Zeitpunkt, sie zu drängen.

Während Riley ihre Brüder zum Abschied umarmte, zog Hudson mich auf die Seite. »Ich kaufe Ihnen den Schwachsinn von wegen Freundschaft nicht ab. Wenn Sie ihr wehtun, bringe ich Sie um«, drohte er.

Ich nickte knapp mit dem Kopf. »Ich verstehe. Ich habe auch zwei jüngere Schwestern.«

Ich hatte Hudsons Botschaft nur zu gut verstanden, doch in dieser Position fühlte es sich nicht so gut an wie in der Rolle des beschützerischen älteren Bruders. Eli gegenüber hatte ich das Gleiche empfunden, als es offensichtlich wurde, wie verrückt Jade nach ihm war. Noah, Aiden und ich hatten ihn ziemlich in die Zange genommen und auf die gleiche Weise bedroht, wie Hudson es jetzt mit mir tat.

Notiz an mich selbst: Entschuldige dich bei Eli dafür, dass du damals ein solches Arschloch gewesen bist, als er begann, sich mit deiner kleinen Schwester zu verabreden.

Nachdem wir die Unterhaltung mit Rileys Brüdern beendet hatten, holte ich ihren Mantel und zog sie zum Ausgang.

Ich war fest entschlossen herauszufinden, warum meine Begleiterin mir ihre Vergangenheit und ihre gesellschaftlichen Beziehungen verschwiegen hatte.

Ich händigte dem Parkwächter das Ticket für meinen Wagen aus, dann drehte ich mich zu Riley um. »Wann wolltest du mir erzählen, dass du in dieser Welt zu Hause bist? Zur Hölle, du musst darin aufgewachsen sein. Montgomery ist ein Gigant und du bist in unsäglichem Reichtum groß geworden, richtig? Kein Wunder, dass du jeden Menschen auf dieser Veranstaltung gekannt hast. Und ich dachte, du wärst nervös, weil du dich in eine Welt begeben solltest, in der du dich nicht ganz behaglich fühltest. Aber tatsächlich bist du eine von ihnen, oder nicht? Warum zum Teufel hast du mir das nicht erzählt?«

KAPITEL 9

Riley

Ich war mir nicht sicher, warum ich angesichts Seths Beschuldigung beinahe zurückgewichen wäre.

Wirklich, ich schuldete ihm keine Erklärung. »Ist das wichtig?«, antwortete ich schnippisch. »Ist es wirklich nötig, dass ich dir meinen familiären Hintergrund erkläre, um meine Seite des Vertrags zu erfüllen?«

In seinen Augen flackerte kurz ein Funke Enttäuschung auf und beinahe hätte ich mich entschuldigt.

Beinahe.

Dann erinnerte ich mich schnell daran, dass unsere Beziehung nur auf dem Papier begründet war. Ein Handel, den wir abgeschlossen hatten, damit ich das Baugrundstück in ein Schutzgebiet umwandeln konnte.

In Wirklichkeit steckte hinter dieser Maskerade nichts Persönliches. *Überhaupt nichts.*

Ich hatte das Gefühl, er könnte mit seinem stählernen Blick durch mich hindurchsehen, doch ich wusste, er konnte es nicht. Gott sei Dank. Es gab viel zu viele Dinge, die ich vor ihm verbergen wollte. Die überhaupt niemand wahrnehmen sollte.

Tief in meiner Seele war ich verletzt. Das wollte ich niemandem verraten, der es gegen mich hätte nutzen können.

»Das ist doch alles Schwachsinn«, stieß Seth hervor. »Du hättest mich warnen können, Riley.«

Manchmal fand ich es verblüffend, wie schnell er zwischen dem Arbeiter und dem kaltherzigen Milliardär umschalten konnte. Es hätte mich nicht überraschen sollen, da er ja wirklich beides war. Es war faszinierend, sein Chamäleon-gleiches Verhalten aus erster Hand zu beobachten.

War er sich immer noch unsicher, wer von beiden er sein sollte? Oder war es seine Taktik, die Menschen eiskalt zu erwischen?

Das Problem bestand darin, dass er mich aus dem Gleichgewicht brachte, indem er blitzschnell von einer Persönlichkeit zur anderen wechseln konnte.

Vergiss nicht, hier geht es nur ums Geschäft. Es ist nicht real.

Ich musste ihn nicht kennenlernen oder die Facetten seiner Persönlichkeit analysieren. Ich musste lediglich den Handel zu Ende bringen.

»Margaret«, hörte ich plötzlich die scharfe Stimme meiner Mutter, die auf uns zukam.

Verdammt!

Ich hatte es geschafft, ihr den ganzen Abend aus dem Weg zu gehen, da sie sich jedes Mal, wenn ich sie gesehen hatte, eifrig mit anderen Leuten unterhielt.

Ich war so nahe daran gewesen, ihr zu entkommen, doch jetzt hatte sie mich doch noch erwischt.

Seth musterte Carol Montgomery neugierig, als diese vor uns stehen blieb. »Margaret?«, flüsterte Seth nahe an meinem Ohr.

»Später«, entgegnete ich so leise, dass nur er mich hören konnte.

»Wolltest du gehen, ohne mit mir geredet zu haben?«, fragte meine Mutter in dem gespielt herzlichen, aber schnippischen Tonfall, den ich im Laufe der Jahre zu hassen gelernt hatte.

»Du warst beschäftigt«, murmelte ich, wobei ich mich dafür verachtete, mich als die enttäuschende Tochter zu fühlen, obwohl ich jetzt eine gebildete, erwachsene Frau war.

Wie gewöhnlich sah die Frau, die mich geboren hatte, tadellos gepflegt aus. Ihr schwarzes Abendkleid hatte sie mit gleichfarbigen Schuhen kombiniert und ich wusste bereits, ihre Garderobe war maßgeschneidert, um ihren schlanken Körper perfekt zur Geltung zu bringen.

Carol Montgomery war eine hübsche Frau, obwohl sie bereits in den Sechzigern war. Sie hätte weder die zahlreichen Schönheitsoperationen noch die Botox-Behandlungen gebraucht, denen sie sich regelmäßig unterzog, doch meine Mutter konnte nicht mit Würde alt werden. Ihre Haare waren wie üblich in einem dunklen Braunton gefärbt. Auf keinen Fall hätte sie sich mit dem leuchtend roten Haar gezeigt, das die Natur ihr verliehen hatte.

»Du solltest uns einander vorstellen, Margaret«, rügte sie mich wie eine strenge Lehrerin eine aufsässige Schülerin.

Ich schenkte ihr ein aufgesetztes Lächeln. »Gewiss«, erwiderte ich und fiel mit mehr Leichtigkeit in meine anerzogene Rolle zurück, als mir lieb war. »Seth, dies ist meine Mutter, Carol Montgomery. Mutter, dies ist Seth Sinclair.«

»Sehr erfreut«, schnurrte sie, während sie Seth die Hand schüttelte. Dann wandte sie sich wieder mir zu. »Margaret, hast du zugenommen?«

Ich zuckte zusammen, aber warum hätte ich auch erwarten sollen, dass meine Mutter sich anders verhalten würde als üblich. »Ein paar Pfund.«

Eher schon fünf oder zehn, aber wer zählte die schon – außer meiner Mutter.

»Und dieses Kleid, Margaret?«, fragte sie weiter. »Eine Frau mit Kurven sollte so etwas gewiss nicht tragen. Ganz zu schweigen von der grellen Farbe. Vielleicht solltest du über die Wahl deiner Schuhe auch noch einmal nachdenken.«

Gott, ich wusste, sie würde die silberfarbenen Schuhe hassen.

»Mir gefällt die Farbe meines Kleides.« Endlich hatte ich zu meiner rebellischen Haltung wiedergefunden.

Sie gab ein unwilliges Geräusch von sich, bevor sie erwiderte: »Es ist nicht dein Stil, Liebling. Es steht dir so viel besser, wenn deine Beine bedeckt sind.«

»Mir gefällt mein Kleid«, murmelte ich.

»Ich sehe, du hast deine natürliche Haarfarbe wieder angenommen.« Sie klang unbeschreiblich verärgert.

Als wäre es eine Schande, als Rotschopf geboren zu werden.

Ich lächelte sie gekünstelt an. »Warum nicht? Ich habe sie von dir geerbt.«

»Sie ist ein absolut umwerfender Rotschopf«, mischte Seth sich ein. »Und sie sieht heute Abend in diesem Kleid atemberaubend aus. Nur zu Ihrer Information, es gibt Männer, denen kurvige Frauen besser gefallen als ein Gerippe. Ihre Tochter raubt mir den Atem. Riley ist einzigartig, was unglaublich attraktiv wirkt, darauf haben Sie mein Wort.«

Meine Mutter starrte Seth an, als wäre er ein lästiges Insekt, doch mein Herz hüpfte vor Freude.

Niemand hatte sich meiner Mutter je widersetzt und ich war überrascht und ein wenig gerührt, Rückendeckung zu bekommen. Das war eine neue Erfahrung und ich fühlte mich ein wenig wohler in meiner Haut.

»Dann sind Sie offensichtlich anders, Mr. Sinclair«, antwortete meine Mutter in einem Ton, der zum Ausdruck brachte, dass sie dies nicht als Kompliment gemeint hatte.

Seth grinste sie frech an. »Ich ziehe es vor, *anders* zu sein anstatt alltäglich.«

»Wie charmant«, erwiderte sie mürrisch.

Meine Mutter befand sich in einer Position, die ihr sicher nicht gefiel. Einerseits wollte sie Seth nicht brüskieren, weil er so reich war, ganz zu schweigen von der Tatsache, dass er der Bruder der Frau war, die Eli Stone geheiratet hatte, aber andererseits missfiel ihr sein flapsiges Auftreten. Carol Montgomery war es gewohnt, dass die Leute ihr nach dem Mund redeten, was ihr ausnehmend gut gefiel.

Da erblickte ich Seths schwarzen Range Rover, der von dem Parkwächter geholt worden war und nun vorm Eingang hielt. Ich seufzte erleichtert auf. »Wir müssen gehen, Mutter. Ich hoffe, du genießt den restlichen Abend«, sagte ich höflich.

Ich hütete mich, sie zu berühren oder gar zu umarmen. Es wäre ihr peinlich gewesen.

»Nett, Sie kennengelernt zu haben, Carol«, verabschiedete sich Seth und nickte ihr zu, bevor er mir die Beifahrertür öffnete.

Meine Mutter warf einen skeptischen Blick auf seinen Range Rover, enthielt sich aber Gott sei Dank jeglichen Kommentars.

Ihrer Meinung nach sollte ein Mann einen Wagen fahren, der teuer und luxuriös wirkte.

Seths Fahrzeug jedoch entsprach dem ganz und gar nicht.

Es war offensichtlich, dass sie weder einen Geländewagen noch irgendein anderes Fahrzeug billigte, das nicht ebenso viel kostete wie das Haus mancher Leute.

Fröhlich hüpfte ich in den sportlichen Wagen und lehnte mich entspannt in dem flauschigen Beifahrersitz zurück. Im Gegensatz zu meiner Mutter gefiel mir dieses komfortable Gefährt sehr gut.

Für einen Durchschnittsbürger wäre es noch teuer genug. Das Fahrzeug passte gut zu dem Mann hinter dem Steuer.

Ich seufzte hörbar auf, als es sich sanft in Bewegung setzte und wir uns auf den Rückweg nach Citrus Beach machten.

»Erklärst du mir, was da gerade abgelaufen ist?«, fragte er schließlich heiser, als er in die Auffahrt zur Schnellstraße einbog.

»Was meinst du?«, erwiderte ich ausweichend. Ich begrüßte die Dunkelheit, sodass ich nicht seinem scharfen, abschätzenden Blick ausgesetzt war.

»Du könntest damit beginnen, mir zu erklären, wer Margaret ist«, schlug er vor.

»Das bin ich«, erklärte ich. »Mein wahrer Name lautet Margaret Riley Montgomery. Doch ich lasse mich seit meiner Kindheit Riley nennen. Meine Brüder hassten den Namen Margaret und mir selbst gefiel er auch nicht gerade gut. Meine Mutter ist die Einzige, die mich so nennt, außer meinem Ex. Und meinem Vater, der jedoch nicht mehr lebt. Er starb vor zehn Jahren an einem Schlaganfall.«

»Das tut mir leid«, sagte Seth mit heiserer Stimme. »Ich weiß, wie schwer es ist, ein Elternteil zu verlieren.«

»Danke«, erwiderte ich steif.

Seine Stimme klang warm und drückte echtes Mitgefühl aus, was mich daran erinnerte, dass er seinen einzigen wahren Elternteil in sehr jungem Alter verloren hatte.

»Und jetzt könntest du mir erklären, warum deine Mom eine wandelnde Selbstbewusstseinszerstörerin ist«, drängte er mich.

»Ich darf sie niemals ›Mom‹ nennen«, verbesserte ich ihn. »Sie reagiert nur, wenn ich sie mit ›Mutter‹ anrede. Und ich kann mich nicht erinnern, dass sie jemals nicht so kritisch gewesen wäre.«

»Das kann man nicht mehr als kritisch bezeichnen. Sie misshandelt mit Worten. Du siehst heute Abend umwerfend aus. Und das Kleid? Ich will nicht darauf eingehen, wie elegant und sexy es ist. Oder wie sehr ich jede deiner Kurven liebe. Welche Mutter würde einem jemals einreden wollen, dass ihre Tochter nicht perfekt ist?«

»Meine«, seufzte ich. »Sie ist fest in ihrer Welt verankert, Seth. Sie tut alles dafür, jeglichen Klatsch über sie zu vermeiden.«

»Also ist das Ganze für sie kein Spiel«, schloss er. »Aber sie kann doch nicht ernsthaft glauben, dass die Meinung dieser Leute so wichtig ist, dass sie in Kauf nimmt, dich zu verletzen.«

»Sie kann mich nicht mehr verletzen«, erwiderte ich. »Ich habe mich daran gewöhnt.«

»Glaubst du das wirklich?«, hakte er mit sanfter, leiser Stimme nach, wobei sein zorniger Tonfall sich in einen des Mitgefühls verwandelte.

»Gewiss. Ich bin eine erwachsene Frau.«

»Es trifft dich immer, Riley. Gleichgültig, wie alt du bist. Mein Vater war Bigamist. Wir waren die Familie, die er verworfen hat. Zugegeben, wir haben es erst erfahren, als wir alle erwachsen waren, doch immerhin war er unser Erzeuger. Daher war es für uns alle ein Schlag ins Gesicht. Es hat wehgetan. Vielleicht nicht so sehr wie in deinem Fall, weil du bei deiner Mutter aufgewachsen bist. Ich glaube dir deine Ausrede nicht, dass du dich daran gewöhnt hast, dauernd psychisch niedergemacht zu werden. Sie ist deine Mutter. Der Mensch, der dich bedingungslos lieben sollte.«

»Du hast leicht reden«, verteidigte ich mich. »Meine Familie war niemals wie deine. Bei uns hing alles von Bedingungen ab. Und nichts war jemals gut genug. So ist es immer gewesen, soweit meine Erinnerung reicht.«

»Aber deine Brüder scheinen dich bedingungslos zu lieben«, wandte er ein.

Ich wand mich auf meinem Sitz hin und her. Normalerweise redete ich nicht über meine Familie. »Ich erwidere diese Liebe. Allerdings sind wir eigentlich nicht zusammen aufgewachsen. Mein Vater hat sie alle drei aufs Internat geschickt, daher waren sie kaum zu Hause.«

»Mein Gott!«, explodierte Seth. »Gibt es so etwas überhaupt noch?«

»Internate?«

»Ja.«

Ich nickte, obwohl er mich nicht sehen konnte. »Für reiche Leute ja.«

»Und du?«, fragte er gereizt. »Haben sie dich auch weggeschickt?«

»Nein.« Ich musste zugeben, dass es nur allzu viele Momente in meiner Kindheit gegeben hatte, in denen ich mir gewünscht hatte, woanders hingehen zu können, doch ich war zu Hause geblieben.

»Ich verstehe deine Welt nicht«, knurrte Seth.

»Es ist nicht mehr meine Welt«, widersprach ich. »Und es fällt einem schwer zu erkennen, dass es noch eine andere Lebensweise gibt, wenn man mittendrin aufwächst. Da ich nichts anderes kannte, kam mir unser Leben normal vor. Obwohl ich nicht in einem Internat lebte, besuchte ich Privatschulen, in denen ich ebenso isoliert von der Außenwelt mit meinesgleichen lernte. Erst als ich in Harvard studierte, wurde mir bewusst, dass manche Menschen ihre Kinder tatsächlich lieben – bedingungslos.«

»Trotzdem habe ich das Gefühl, dass es dich noch beschäftigt, obwohl du dich nicht mehr in diesen Kreisen bewegst«, bemerkte Seth.

»Es ist ein langer Prozess«, erwiderte ich unbehaglich. Ich hasste es, dass er mich durchschaute, obwohl ich alles darangesetzt hatte, meine Unsicherheiten zu verbergen. »Es geht mir viel besser, seitdem ich meine eigenen Wege gehe.«

»Ich denke, ich weiß, warum du mit einem dieser reichen Kerle verlobt warst«, überlegte er.

»Es durfte niemand Geringeres sein als ein führender Kopf der Gesellschaft. Ich glaube, ich habe mich mit Nolan verlobt, um meiner Mutter zu gefallen. Damals suchte ich immer noch ihre Anerkennung. Ihrer Meinung nach war er in jeglicher Hinsicht perfekt.«

»Und, war er das?«, fragte Seth mürrisch.

»Nein. Doch Schwächen wie seine kommen in dieser höflichen Gesellschaft nicht zur Sprache, leider. In dieser Welt regiert das Geld. Und er besitzt definitiv eine Menge davon. So viel, dass niemand den Mund aufmacht. Es wird getuschelt, ja, aber niemand redet laut darüber.«

»Und was ist mit euch beiden geschehen?«

»Ich habe die goldene Regel gebrochen«, erklärte ich. »Ich habe nicht nur etwas laut ausgesprochen, sondern es sogar während eines sehr exklusiven Balls herausgeschrien.«

»Er hat dich betrogen?«, riet er.

Ich holte tief Luft. »Er war nicht nur untreu, sondern hat mit einem fünfzehn Jahre alten Mädchen geschlafen.«

Ich schluckte heftig. Die tödliche Stille im Wagen schien sich endlos auszudehnen.

KAPITEL 10
Riley

»**M**achst du Witze?«, durchbrach Seth schließlich zornig das lange Schweigen.

Ich war erleichtert, dass sich zum ersten Mal jemand anderes außer meinen Brüdern und mir über Nolans widerliche Tat entsetzte.

»Ich wünschte, es wäre so«, entgegnete ich. »Ich habe ihn mit dem Mädchen auf dem Ball erwischt. In einem Schlafzimmer. Sie war halb entkleidet. Sie hat es nicht abgestritten. Ihre Mutter hatte Nolan für eine gute Partie gehalten, falls es ihrer Tochter gelingen sollte, ihn mir auszuspannen. Ich packte sie und zerrte sie aus dem Schlafzimmer in den Ballsaal zurück. Penny, so hieß das Mädchen, hat mir alles erzählt. Ich habe Nolan wütend in Hörweite des Tanzbodens zur Rede gestellt, was äußerste Missbilligung hervorgerufen hat.«

»Der Hurensohn sollte im Gefängnis sitzen«, knurrte Seth.

»Ihre Eltern weigerten sich, Anzeige zu erstatten. Sie hegten immer noch die Hoffnung, Nolan würde sie irgendwann heiraten.«

»Er ist wahrscheinlich alt genug, um ihr Vater sein zu können«, vermutete Seth angeekelt.

»Er ist zwanzig Jahre älter als sie«, bestätigte ich.

»Was ist aus ihrer Beziehung geworden?«

Ich lächelte in die Dunkelheit. »Ich konnte sie überzeugen, ihr Leben als Teenager zu genießen, anstatt zu versuchen, sich einen väterlichen Ehemann zu angeln. Sie besucht mich so oft wie möglich in Citrus Beach. Im nächsten Jahr wird sie nach Harvard gehen. Sie ist klug, Seth. Ja, sie ist immer noch ein wenig durcheinander, aber ich denke, sie wird ihren Kopf wieder klar bekommen.«

»Mit deiner Hilfe?«, fragte er bewundernd.

»Vielleicht«, antwortete ich. »Ich konnte ihr nicht böse sein. Sie war noch ein Kind.«

»Du bist eine erstaunliche Frau, Riley Montgomery«, sagte er mit heiserer Stimme.

»Ach was«, widersprach ich, »es war das einzig Richtige.«

»Er ist ein Idiot.« Seth klang immer noch wütend. »Er hatte doch dich. Was könnte ein Mann sich mehr wünschen? Du hast ihn also zum Teufel gejagt und ihm obendrein noch seine Beute weggenommen?«

»Ja. Der Vorfall war der Auslöser, mich endlich mit einem glatten Schnitt von dieser Gesellschaft zu trennen. Ich hätte nicht gedacht, dass ich jemals zurückkehren würde.«

»Warum hast du mir von alledem nichts erzählt, Riley? Ich hätte dich niemals gezwungen, dich in eine Situation zu begeben, in der dich schlechte Erinnerungen einholen.« Seine Stimme war voller Reue.

»Wirst du mich also aus dem Vertrag entlassen?«, erkundigte ich mich hoffnungsvoll.

Er schwieg ein paar Minuten, bevor er antwortete. »Nicht vollständig. Aber Schluss mit Veranstaltungen in dieser Gesellschaft. Falls deine Brüder sich entschließen, bei mir einzusteigen, verzichte ich auf weitere Investoren.«

»Das werden sie.« Ich kannte meine Brüder gut genug, um zu erkennen, wann sie an einem bestimmten Geschäft interessiert waren. »Sie wollen einsteigen. Und du wirst keine besseren Männer als Investoren finden. Sie sind ehrlich, manchmal zu ihrem eigenen Nachteil. Sie könnten dich in gleichem Maße unterstützen wie Eli.«

»Genau das hoffe ich.« Er klang nachdenklich. »Es ist also unnötig, unser Spiel aufrechtzuerhalten. Ehrlich, all dieser pompöse, aufgeblasene Mist ist ohnehin nichts für mich. Ich passe mich an, wenn es sein muss, doch ich möchte es lieber nicht zur Gewohnheit machen.«

»So wie Eli? Er bewegt sich regelmäßig in diesen Kreisen, aber größtenteils zu wohltätigen Zwecken, glaube ich.«

»Wenn es einen guten Grund gibt, bin ich auch bereit dazu. Also ja, ich werde die Wohltätigkeitsorganisationen unterstützen, aber ich werde nicht zu irgendwelchen Veranstaltungen gehen müssen, um mich mit den Reichen und Berühmten zu vergnügen oder kleine Sticheleien auszutauschen. Mir ist bewusst geworden, dass sie zum größten Teil schlechte Gesellschafter sind.«

Ich lächelte. »Es gibt Ausnahmen. Leute wie meine Brüder und Eli.«

»Ich habe gespürt, dass deine Brüder auch nicht gerade begeistert waren, sich dort aufhalten zu müssen.«

»Sie hassen es«, informierte ich ihn. »Sie begeben sich lieber auf eine abenteuerliche Schatzsuche, als in einem Smoking in einer Menschenmenge zu ersticken. Ich denke, sie sind nur gekommen, weil sie Jade mögen.«

»Ein guter Grund.« In seiner Stimme klang ein Lächeln mit.

Ich konnte nicht abstreiten, ein wenig neidisch zu sein, aber es war schön, eine Familie zu sehen, die nicht so geschädigt war wie meine. Die Sinclairs waren durch die Hölle gegangen und auf der anderen Seite herausgekommen. Die älteren Geschwister hatten offensichtlich als Elternfiguren für die jüngeren fungiert und ich war mir sicher, dass die drei ältesten jungen Männer einander in ihrem gemeinsamen Ziel unterstützt hatten, die Familie zusammenzuhalten.

Welche Familie musste so hart kämpfen, um zusammenbleiben zu können?

»Und was machen wir jetzt?« Ich wollte wissen, wie ich den Vertrag erfüllen konnte. Nicht weil ich es musste, sondern weil ich es wollte. Seth brachte ein Opfer und ich wollte im Gegenzug etwas für ihn tun.

»Wir verabreden uns einfach regelmäßig.« Er schien zu dieser Lösung fest entschlossen.

»Was?« Ich musste ihn falsch verstanden haben.

»Ich sagte: ›Wir verabreden uns.‹ Abendessen, *Coffee Shack* und andere Dinge, die wir beide gern tun. Das ist doch ganz normal, oder nicht?«

Ich war verblüfft. »Wir können uns nicht einfach so regelmäßig verabreden. Ohne Grund.«

»Warum nicht? Wir mögen einander, wir fühlen uns zueinander hingezogen und ich sehe keinen Grund, warum wir uns nicht vergnügen können, anstatt zu arbeiten.«

Ich hatte eine Menge Argumente, warum das keine gute Idee war. »Ich verabrede mich nicht. Das habe ich seit Nolan nicht mehr getan. Ich brauche keinen Mann in meinem Leben. Ehrlich, ich ziehe es vor, allein zu sein.«

Er schwieg einen Moment, bevor er wieder das Wort ergriff. »Angesichts deiner Vorgeschichte bezüglich der Verlobung verstehe ich das. Aber ich verlange ja nicht von dir, nicht mehr du selbst zu sein, Riley. Ich verstehe auch, dass du keinen Mann brauchst. Ich nehme an, du stehst auf eigenen Füßen und besitzt dein eigenes Vermögen.«

»So ist es. Meine Brüder haben mich ausbezahlt, denn sie wussten, dass ich mich nicht an Montgomery Mining beteiligen wollte. Doch selbst wenn ich nicht reich wäre, würde ich ebenso denken. Ich habe eine Ausbildung. Ich kann für mich selbst sorgen.« Ich wollte eigentlich nicht so aggressiv reagieren, aber ich war es leid, das Gefühl zu haben, ein Nichts zu sein, wenn ich nicht einem geeigneten Mann angehörte.

Gleichgültig wie merkwürdig attraktiv Seths Angebot, sich regelmäßig zu verabreden, auch scheinen mochte.

»Ich bin nicht gerade ein Frauenheld, Riley«, meinte er bedauernd. »In Wahrheit hatte ich überhaupt noch nicht viele Verabredungen. In meiner Jugend hatte ich keine Zeit und außerdem wollten nur sehr wenige Frauen sich mit einem Bauarbeiter treffen, der obendrein noch die Verantwortung für seine Geschwister trug. Und jetzt kann ich den Frauen kaum entkommen, die sich niemals mit mir eingelassen hätten, bevor ich Milliardär wurde.«

Mein Herz zog sich zusammen. Offensichtlich gab es eine Menge dummer Frauen in Citrus Beach und Umgebung. »Jeder Mann, der sein Leben seiner Familie und den damit einhergehenden Verpflichtungen widmet, ist doch eine wunderbare Wahl, was auch immer er für einer Tätigkeit nachgehen mag.«

»Ich bin froh, dass du so denkst. Gilt die Abmachung?«

»Ich meine nicht mich. Ich meinte alle anderen Frauen.«

»Wovor zum Teufel hast du Angst, Riley?«, drängte er leise und eindringlich.

Trotz meiner äußeren harten Schale, die ich um mich herum aufgebaut hatte, fürchtete ich mich vor vielen Dingen, und Seth Sinclair war wahrscheinlich das Gefährlichste von allen. »Ich habe keine Angst«, log ich. »Ich sehe nur nicht, zu was das führen soll. Ich werde nicht mit dir schlafen, Seth.«

»Da muss ich wohl etwas nicht mitbekommen haben. Ich denke nicht, dass ich das von dir erbeten habe«, erwiderte er frustriert. »Ich habe dich nur gefragt, ob du mit mir ausgehen und etwas Spaß haben willst. Ob Sex oder nicht, können wir später entscheiden.«

Spaß haben?

Ich hatte wirklich keine Ahnung, wie man Zerstreuungen genoss. Während meines Heranwachsens hatte ich all meine Energie dafür aufwenden müssen, mir einen relativ gesunden geistigen Zustand zu bewahren. »Ich bezweifle, dass ich überhaupt weiß, wie man das macht.«

»Sex haben? Keine Sorge. Ich werde es dir beibringen.«

Er redete auf so unschuldige Weise, dass ich kurz auflachte. »Nein. Ich weiß nicht, wie man Spaß hat. Nicht wirklich. Schon als Kind habe ich mich nicht wie ein solches verhalten. Und mein Studium in Harvard nahm mich voll und ganz in Anspruch. Ich studierte, weil ich unabhängig sein wollte. Danach habe ich mich dummerweise mit einem Mann verlobt, den mir meine Mutter als Ehemann ausgesucht hatte, weil ein Teil von mir sich immer noch wünschte, sie würde mich als eine Tochter betrachten, auf die sie stolz sein konnte. Nolan war nicht gerade der geborene Spaßmacher. Er hatte keine anderen Interessen außer ein gutes Bild bei der Elite abzugeben und minderjährige Mädchen zu ficken.«

»Mein Gott. Unsere Familie war zwar arm, doch wir haben unseren jüngeren Geschwistern jeden Spaß geboten, den wir uns leisten konnten«, erklärte Seth. »Meine Brüder und ich haben die Wasserschlachten, Fahrradtouren und Strandtage mit unserer Familie geradezu geliebt, denn wir selbst hatten auch unseren Spaß dabei.«

Kurz dachte ich daran, wie idyllisch es für Owen, Brooke und Jade gewesen sein musste, von ihren größeren Brüdern aufgezogen zu werden. Zumindest hatten sie sicher gewusst, dass sie umsorgt und geliebt wurden.

»Warum können wir nicht einfach auseinandergehen und es gut sein lassen?« Doch meine Seele sträubte sich dagegen, obwohl es die vernünftigste Lösung gewesen wäre. »Es ist ja nicht so, als gäbe es eine Zukunft für uns. Es wäre verlorene Zeit.«

»Keine Minute, in der ich mit dir zusammen bin, wäre jemals vergeudet, Riley«, widersprach er.

Ich war froh über die Dunkelheit. Ich spürte, wie meine Augen sich mit Tränen füllten, und blinzelte sie zurück.

Noch niemals hatte ich einen Mann gehabt, der einfach mit mir zusammen sein wollte. Ohne Bedingungen. Ohne Verhaltensregeln. Ohne mich zu kritisieren.

»Warum ich?« Diese Frage hatte ich ihm schon länger stellen wollen. Tief in meinem Inneren wusste ich, dass Seth nicht darauf aus war, sich mit jeder Frau, die ihm begegnete, zu verabreden. Oder sie in sein Bett zu bekommen. Er war kein Mann, der mit anderen Frauen flirtete. Während des ganzen Abends hatte er kein einziges Mal eine Frau auch nur beäugt, was ihn so sehr von Nolan unterschied. Meinem Ex-Verlobten schien es nie wichtig gewesen zu sein, dass er mit mir zusammen war. Für ihn war ich eher ein Objekt als eine Partnerin gewesen.

»Warum du?«, wiederholte er. »Vielleicht gefallen mir Frauen, die mit mir streiten«, sagte er schmunzelnd.

Das war eine interessante Antwort, denn mit Nolan hatte ich mich nicht gestritten. *Überhaupt nicht. Niemals.* Ich hatte akzeptiert, was immer er mir auch an den Kopf geworfen hatte.

Nichtsdestotrotz war ich jetzt eine andere Frau als damals. »Das werde ich wahrscheinlich sehr oft tun«, warnte ich ihn, während ich spürte, dass ich bereits nachgab.

Wäre es wirklich so schlimm, etwas Zeit mit Seth zu verbringen? Immerhin hatte ich dem im Vertrag zugestimmt. Und jetzt konnten wir uns in einer weitaus stressloseren Atmosphäre treffen.

In Wahrheit wollte ich vielleicht sogar Zeit mit ihm verbringen, obwohl ich wusste, ich würde wahrscheinlich mit der Gefahr spielen, mich an ihn zu binden.

Er war beschützerisch.

Er war lustig.

Er liebte und wurde geliebt, bedingungslos.

Gott weiß, der Mann war attraktiv, was ein Problem werden würde.

Bin ich wirklich so weit, ich selbst zu bleiben, wenn ich mit einem Mann zusammen bin?

Dessen war ich mir nicht sicher, aber ich fühlte, ich war bereit, meinen Kopf aus der Schale zu strecken, die ich um mich herum aufgebaut hatte.

»Unter denselben Bedingungen«, sagte ich, bevor ich mich stoppen konnte. »Kein Sex. Kein Begrapschen meines Hinterteils –«

»Kein Herummäkeln«, beendete er meine Aufzählung. »Ich denke, du weißt inzwischen, dass ich das nicht tun würde, Riley. Ich hoffe es zumindest.«

»Dann denke ich, haben wir eine Verabredung. An denselben Tagen und um dieselben Uhrzeiten, die wir bereits vereinbart haben?«

Sein Gelächter dröhnte durch den Wagen. »Müssen wir wirklich jede Kleinigkeit planen? Es handelt sich um Verabredungen, nicht um Geschäftstermine.«

Ich runzelte die Stirn. »Ich denke nicht. Aber ich möchte sichergehen, dass ich das passende Outfit habe, was immer wir auch unternehmen mögen.«

Diese ganze Geschichte um die Verabredungen brachte mich durcheinander und ich hatte bereits das Gefühl, die Kontrolle über mich zu verlieren. Alles genau zu planen ließ mir die Sache normaler erscheinen.

Seth sagte nichts mehr, während er von der Schnellstraße abbog und zu meinem Haus fuhr.

Tatsächlich äußerte er sich erst zu meiner Bemerkung, als wir vor meiner Tür standen.

Als ich den Schlüssel ins Schloss steckte, ergriff er mich sachte am Arm und drehte mich zu sich herum. »Ich werde es jetzt noch ein einziges Mal sagen und dann hoffe ich, dass ich es niemals mehr betonen muss. Aber selbst wenn ich es noch hundertmal sagen müsste, wäre es auch in Ordnung. Ich mag dich genau so, wie du bist, Riley. Es kümmert mich nicht, was du tust, wie du dich kleidest oder wie du dich ausdrücken willst. Ich will wirklich einfach nur mit dir zusammen sein. Hast du das verstanden?«

In meiner Kehle bildete sich ein Kloß, als ich die Wahrheit in seinen sturmbewegten Augen sah.

»Nein. Eigentlich habe ich es nicht verstanden.« Meine Stimme klang fremd, als ich zu sprechen versuchte. Vielleicht weil der Kloß in meiner Kehle tatsächlich mein Herz war. »Ich bin an Bedingungen gewöhnt. Ich fühle mich wohler, wenn ich weiß, was der andere will.«

Er fasste zärtlich unter mein Kinn und hob es an. »Nein, so ist es nicht. Du bist es nur nicht gewohnt, spontan zu sein. Du hast Angst, die Kontrolle zu verlieren, weil du nur wenigen Menschen traust. Aber ich bin bereit zu warten, bis du mir Vertrauen schenkst. Ich werde dir nicht wehtun, Riley.«

Vielleicht doch!

Nur nicht so, wie er es sich vorstellte.

Was, wenn ich ihm eines Tages vertrauen würde?

Was, wenn ich mich daran gewöhnte, mit einem Mann zusammen zu sein, der nichts von mir wollte außer meiner Gesellschaft?

Mir war bewusst, dass er mich gleich küssen würde. Ich konnte die Spannung zwischen uns spüren. Sie war so dick, dass man sie mit einem scharfen Messer hätte schneiden können. Es störte mich, dass ich mich verzweifelt danach sehnte, intim mit ihm verbunden zu sein. Mein Körper zitterte vor freudiger Erwartung und meine Sinne waren erfüllt von seinem männlichen, verlockenden Duft. Ich wollte ihm näher sein. Ich wurde von einer nicht zu beschreibenden Quelle angezogen.

Was zum Teufel tue ich?

Ich wandte mich ab, um den Augenkontakt zu unterbrechen, und fummelte am Türschloss. »Dieselben Bedingungen. Zwei Monate. Danach nichts weiter. Da es dein Vertrag ist, kannst du dir aussuchen, wohin wir gehen und was wir machen.«

»Ich werde dich zu Rate ziehen«, erwiderte er amüsiert.

»Gut.«

Um Himmels willen! Ich muss von ihm wegkommen, bevor ich ihm die Kleider vom Leib reiße.

»Du kannst weglaufen, Riley, aber ich garantiere dir, ich werde dich einfangen«, sagte er mit heiserer Stimme direkt hinter mir.

Nicht heute Abend.

Als ich schließlich ins Haus trat, raste mein Herz.

»Gute Nacht, Seth«, stieß ich atemlos hervor.

»Gute Nacht, meine Schöne«, antwortete er und musterte mich begehrlich, bevor er zu seinem Auto zurückging.

Ich schaltete das Licht ein und lehnte mich gegen die Tür, die ich hastig hinter mir geschlossen hatte.

Ich atmete heftig und fragte mich, warum ich nicht vollkommen erleichtert war, dass ich so einfach hatte entkommen können.

KAPITEL 11

Seth

»Entweder sie macht mich glücklich oder sie bringt mich um«, erklärte ich meinen Brüdern Aiden und Noah, als wir am nächsten Morgen an Noahs Küchentisch saßen und Kaffee tranken.

Gerade hatte ich meinem älteren Bruder und dem anderen, nur etwas jüngeren, mein Herz ausgeschüttet und ihnen die Lage erklärt, in die ich mich mit Riley gebracht hatte.

Für Aiden und mich war es nicht ungewöhnlich, dass wir uns mehrmals in der Woche trafen, doch Noah mussten wir normalerweise zu Hause aufsuchen, um ihn buchstäblich aus seinem Heimbüro zu zerren.

In unserer Jugend war mein ältester Bruder stets für uns alle da gewesen, obwohl er wie verrückt gearbeitet hatte, um unsere Familie zusammenzuhalten. Doch in jüngster Zeit sahen wir nicht viel von ihm. Er war stets damit beschäftigt, eine neue App zu entwickeln. Diesen Berufszweig hatte er gewählt, als wir zu Geld gekommen waren. Vorher hatte er für verschiedene Firmen gearbeitet, um seine Ausbildung in Computerwissenschaften praktisch anzuwenden.

Ich musterte Noahs Gesicht, das deutliche Spuren der Erschöpfung zeigte.

Keinem von uns gefiel es, dass Noah jetzt überarbeiteter schien als vor unserer Erbschaft.

Ich will damit nicht sagen, dass nicht auch Aiden hart für sein Ziel arbeitete, ein Fischereiimperium aufzubauen, doch seine Tochter Maya und seine Frau Skye standen für ihn an erster Stelle. Im Unterschied zu Noah hatte Aiden noch ein Leben außerhalb seiner beruflichen Ambitionen.

Ich erinnerte mich ungern daran, dass ich in unserer Jugend durch eine Dummheit beinahe Aidens Leben ruiniert hätte, doch zumindest war er jetzt glücklich.

Leider konnte man das von Noah nicht sagen. Mein ältester Bruder mochte vielleicht behaupten, dass er tat, was er wollte, doch es fiel mir schwer, ihm das zu glauben. Es war, als versuchte er, irgendwelchen verborgenen Dämonen zu entkommen, indem er sich in Arbeit vergrub.

Ungefähr zum hundertsten Mal seit unserer Erbschaft fragte ich mich, was es war, das Noah außerhalb seiner Arbeit in der übrigen Welt zu meiden versuchte.

»Ehrlich, ich halte es für klug von ihr, sich von dem Leben abzuwenden, das sie einst geführt hat«, stellte Aiden fest. »Ich bin ihr einmal begegnet, als sie mit Jade zusammen war. Sie wirkte nicht arrogant.«

»Ich kenne sie zwar nicht«, brummte Noah, »aber ich denke, es ist für jeden besser, sich nicht mit dieser oberflächlichen, reichen Gesellschaft abzugeben.«

Ich grinste Noah an. »Ich weise dich nur ungern darauf hin, Noah, aber du bist jetzt auch einer dieser reichen Männer.«

Er zuckte mit den Achseln. »Ich bin zwar reich, passe aber nicht zu diesen Leuten.«

»Das trifft auf uns alle zu«, bemerkte Aiden. »Und höchstwahrscheinlich wird das auch immer so bleiben. Gott sei Dank. Ich bin verdammt glücklich in meiner jetzigen Situation.

Ich habe alles, was ich mir wünsche. Doch das hat nichts mit materiellen Dingen zu tun.«

»Und ich hätte dir das beinahe verdorben«, wandte ich reumütig ein.

»Darüber bin ich hinweg«, meinte Aiden ernst. »Ja, ich war sauer, doch selbst dann war mir stets bewusst, dass du das Herz auf dem rechten Fleck hast.«

Zum ersten Mal hatte mir mein Bruder versichert, dass er mir vollkommen vergeben hatte, was ich ihm damals angetan hatte, um seine Beziehung mit Skye zu vereiteln. Ich war erleichtert, dass er mir nicht länger zürnte, und mein Herz fühlte sich ein wenig leichter an.

»Und jetzt lasst uns mal überlegen, wie wir dir zu deinem Glück verhelfen können, Seth«, fügte Aiden hinzu. »Bist du sicher, dass du die Sache mit Riley weiterverfolgen willst, obwohl sie keine Neigung zeigt, sich zu verabreden oder eine Beziehung einzugehen?«

»Ich glaube, eigentlich will sie es«, überlegte ich. »Ich denke, sie hat einfach nur Angst. Offensichtlich hat sie mit ihrem Ex ziemlich schlechte Erfahrungen gemacht.«

Das Einzige, das ich meinen Brüdern nicht mitgeteilt hatte, war Rileys persönlicher Schmerz bezüglich Nolan Eastons abwegiger Partnerinnenwahl, als er sie betrogen hatte. Es hatte sie so fertiggemacht, dass er mit einem minderjährigen Teenagermädchen geschlafen hatte, dass mir bewusst war, dass diese Tatsache etwas ungeheuer Persönliches für sie war. Daher hatte ich die Einzelheiten diskret umschifft.

Noah trank gierig einen Schluck von seinem Kaffee, als hätte er ihn dringend nötig. »Ich denke, du musst es ihr hoch anrechnen, dass sie die Beziehung zu ihm abgebrochen hat. Und dass sie ein anderes Leben will.«

»Das tue ich«, bestätigte ich. »Das gefällt mir besonders an ihr. Sie ist einzigartig und bemüht sich sehr, ihre eigene Persönlichkeit zu finden, obwohl ich deutlich sehe, dass sie bereits sie selbst ist. Vielleicht muss sie einfach lernen, loszulassen, zu lachen und Spaß zu haben, ohne dass irgendjemand in ihrer Umgebung sie verurteilt.«

Noah musterte mich misstrauisch. »Hier geht es um viel mehr als nur Spaß, Seth, und das weißt du.«

Mist! Manchmal hasste ich es wirklich, dass Noah mich besser kannte, als es unter Brüdern normalerwiese üblich ist. Bereits in jungen Jahren hatte er sich für uns alle verantwortlich gefühlt, obwohl Aiden und ich nur ein paar Jahre jünger waren. Ich wäre nicht so weit gegangen zu behaupten, er hätte uns den Vater ersetzt. Zumindest nicht Aiden und mir. Dazu war der Altersunterschied zu gering. Doch er betrachtete sich definitiv als der Patriarch der Familie.

»Sie hat eine Kein-Sex-Klausel in den Vertrag eingearbeitet«, gab ich unglücklich zu. »Und es ist mir nicht gestattet, meine Hand auf ihren Hintern zu legen.«

Ich runzelte die Stirn, als Aiden in teuflisches Gelächter ausbrach.

»Du wirst dich also mit ihr treffen, und obwohl du dich zu ihr hingezogen fühlst, darfst du sie nicht berühren?«, schnaufte Aiden. »Das klingt nach selbst auferlegter Folter, Mann.«

Ich schob meine leere Kaffeetasse beiseite und verschränkte die Arme vor der Brust. »Mach dich nur lustig«, knurrte ich. »Ich bin mir ziemlich sicher, dass Skye dir am Anfang auch nicht erlaubt hat, sie zu berühren.«

Hurensohn! Aiden fand offensichtlich Vergnügen an all dem.

»Du hast recht«, gab er zu. »Aber zumindest wusste ich, dass ich eine Zukunft mit ihr haben könnte, falls ich sie überzeugen konnte, dass wir zusammengehören, was mir gelungen ist. Und außerdem war Maya da, die uns verband. Riley hingegen hat dir bereits gesagt, dass sie an einer langfristigen Beziehung kein Interesse hat.«

Ich hob eine Braue. »Ich vielleicht auch nicht«, sagte ich schnippisch.

Jetzt schaltete sich Noah ein. »Doch, das hast du, und gerade das macht mir Sorgen. Ich möchte nicht, dass diese Frau dich zerstört. Du hattest eigentlich noch nie richtige Verabredungen mit Frauen, Seth. Warum sie? Warum nicht jemand, der dich in Zukunft glücklich machen kann?«

Ich zuckte mit den Schultern. »Garantiertes Glück gibt es nicht, wenn du beginnst, dich mit jemandem zu verabreden, und außerdem gibt es keine andere Frau, mit der ich mich regelmäßig treffen möchte. Sie sind jetzt alle nur hinter meinem Geld her. Verdammt, Frauen, die mich vor meiner Erbschaft nicht einmal wahrgenommen haben, finden mich plötzlich unwiderstehlich. Da bin ich doch lieber mit Riley zusammen. Zumindest weiß ich, dass sie nicht hinter den Dollars her ist.«

Aiden warf mir einen abschätzenden Blick zu. »Das hat sie auch nicht nötig, da sie selbst vermögend ist. Liegt darin ihre Anziehungskraft?«

Ich schüttelte den Kopf. »Nein, ich fühle mich zu ihr hingezogen, seitdem sie mich das erste Mal im *Coffee Shack* gerettet hat. Und damals hatte ich keine Ahnung, dass sie reich ist.«

»Du bist verloren«, stellte Noah fest.

»Ich glaube, ich kann sie überzeugen, dass nicht jeder Mann ein Kontrollfreak ist«, informierte ich meine Brüder. »Okay, ja, ich gebe zu, dass ich sie vor schlechten Erfahrungen, die sie bereits zur Genüge hinter sich hat, beschützen will, doch ich werde sie gewiss nicht kritisieren, genau so zu sein, wie sie sein will. Es war nicht nur ihr Verlobter, der ihr psychisch zugesetzt hat. Ihre Mutter ist auch die reinste Plage. Ich glaube nicht, dass Riley jemals von irgendjemandem unterstützt worden ist.«

»Vielleicht solltest du dranbleiben«, meinte Aiden nachdenklich. »Wenn du dich derart zu ihr hingezogen fühlst, ist es vielleicht die Mühe wert.«

»Da bin ich mir nicht so sicher«, sagte Noah skeptisch. »Die meisten Frauen bedeuten Schwierigkeiten. Manche mehr als andere, nehme ich an. Aber ich bin mir nicht sicher, ob überhaupt irgendeine Frau die Mühe wert ist.«

Aiden warf Noah einen enttäuschten Blick zu. »Manche sind es wert«, widersprach er.

Ich wusste, mein jüngerer Bruder verteidigte seine eigene Ehe mit einer Frau, an die er sein Herz verloren hatte, seit er erwachsen war.

Noah blickte Aiden entschuldigend an. »Ich rede nicht von Skye. Sie ist eine seltene Ausnahme. Und außerdem hättest du Maya nicht, wenn es sie nicht geben würde.«

Ich grinste. Noah betete Aidens Tochter geradezu an, genau wie jeder andere in unserer Familie.

Und wieder brach Aiden in dröhnendes Gelächter aus und sah zu Noah hinüber. »Du betest meine Frau an, weil sie dich ständig zum Abendessen einlädt. Sie ist so nett, dass sie sich um deinen arbeitsbesessenen Hintern sorgt.«

»Ich habe sie nicht darum gebeten«, erwiderte Noah grimmig.

»Sie tut es, weil sie dich als Familienmitglied betrachtet und sich Sorgen macht, weil du kaum aus deinem Büro herauskommst.«

»Wie ich bereits sagte, sie ist eine Ausnahme«, wiederholte Noah mürrisch. »Aber Riley ist eine vollkommen Unbekannte.«

»Ich mag sie sehr gern«, erklärte ich. »Ja, ich finde sie attraktiv. Aber ich mag auch ihre Persönlichkeit. Sie hat eine verdammte Kämpfernatur.«

Ich dachte immer noch daran, wie Riley Easton seine kindliche Beute abgerungen und Penny gelehrt hatte, sich selbst wertzuschätzen.

Das Problem war jedoch: Wer war jemals für Riley da gewesen? Sie war von niemandem gerettet worden. Sie hatte sich allein aus ihrer misslichen Umgebung befreien müssen.

Sie mochte zwar ihren Brüdern nahestehen, doch wie sie selbst gesagt hatte, hatte sie in ihrer Kindheit kaum Kontakt zu ihnen gehabt.

»Sei einfach vorsichtig«, beharrte Noah. »Nach allem, was du uns erzählt hast, könnte die Geschichte sehr unglücklich für dich ausgehen, wenn du dich zu sehr an sie bindest.«

»Es geht doch nur um ein paar Rendezvous«, behauptete ich. »Ich will ihr ja nicht gleich einen Heiratsantrag machen oder so.«

»Ich muss mich Noahs Warnung anschließen«, sagte Aiden bedauernd. »Ich beginne langsam zu glauben, dass ein Sinclair so ziemlich am Ende des Weges angelangt ist, wenn er den richtigen Menschen findet. Dann gibt es niemand anderen mehr. Ich selbst habe mich vor einem Jahrzehnt in Skye verliebt und sie niemals vergessen. Jade ist Eli innerhalb kürzester Zeit in tiefer Liebe zugeneigt gewesen und nie hat es jemand anderen für sie gegeben. Dasselbe mit Brooke und Liam. Und soweit ich weiß, geht es all unseren Halbgeschwistern ebenso. Ich denke, sobald wir uns in jemanden verlieben, sind wir ihm gegenüber loyal, wir können nicht anders, selbst noch, nachdem der Betreffende uns vielleicht verlassen hat.«

Ich blickte Aiden finster an. Ich wollte nicht einmal daran denken, Riley könnte mich jemals verlassen. Aber Aiden könnte recht haben mit seiner Behauptung, ein Sinclair hätte nur die eine Chance, wenn er sich erst einmal in jemanden verliebt hatte. »War nicht ich derjenige, der dir geraten hat, Skye nicht zu verurteilen, bevor du die ganze Wahrheit wusstest?«, fragte ich ihn.

»Ich habe nicht gesagt, du solltest dich nicht mit ihr verabreden«, meinte Aiden. »Ich gebe dir lediglich den Rat, Vorsicht walten zu lassen. Du bist dickköpfig, daher bezweifle ich nicht, dass du ihre Meinung über Männer ändern kannst, falls sie am Ende deine Gefühle doch noch erwidert. Aber wie du schon sagtest, es gibt keine Garantie.«

»Ich finde, du solltest dich nicht mit ihr verabreden«, sagte Noah verdrießlich. »Besser du vermeidest eine mögliche Katastrophe.«

Ich starrte meinen ältesten Bruder an. »Du hast also vor, dein Leben lang Single zu bleiben?«

»Ja«, erwiderte Noah, ohne zu zögern. »Ich habe bereits meine Geschwister aufgezogen und ich verspüre kein Verlangen nach noch mehr Kindern in meiner Umgebung. Davon habe ich genug. Warum sollte ich mich also mit einer Ehe belasten? Doch hier geht es nicht um mich, Seth, sondern um dich.«

Aiden grinste mich an und ich war mir ziemlich sicher, dass wir beide das Gleiche dachten. Wir hofften beide, Noah würde eines Tages sein Herz an eine Frau verlieren, sodass er von seinem Arbeitseifer ablassen würde. Gott weiß, mein Bruder verdiente es, ein eigenes Leben zu haben und sein Glück zu finden, jetzt, da all seine Geschwister zu Erwachsenen herangereift waren.

»Es wird mir gut gehen«, beruhigte ich Noah. »Verdammt, ich könnte selbst ein wenig Vergnügen gebrauchen. Du hast recht, ich habe mich kaum jemals mit einer Frau verabredet. Vielleicht muss ich noch an meinen diesbezüglichen Fähigkeiten arbeiten. Im Unterschied zu dir hätte ich gern weibliche Gesellschaft.«

Ich fragte mich, ob Noah sich im Laufe der Jahre überhaupt einmal Zeit genommen hatte, mit einer Frau zu schlafen.

Ich konnte mir kaum vorstellen, dass er es nicht getan hatte.

»Vielleicht könntest du mit Riley zum Grillen zu uns kommen«, schlug Aiden vor. »Jetzt, da sie Jades Haus gekauft hat, sind wir beinahe Nachbarn.«

Ich warf ihm einen dankbaren Blick zu. Unsere Häuser lagen alle nahe beieinander, direkt am Strand. Es war nur ein kurzer Fußweg von Haus zu Haus.

Aiden unterstützte mich offensichtlich jetzt bei meiner Geschichte mit Riley, obwohl Noah dagegen war.

»Wahrscheinlich komme ich auch«, murmelte Noah. »Ich möchte dieses Mädchen einmal selbst unter die Lupe nehmen.«

Okay, ich war geschockt. Noah ging kaum einmal aus dem Haus, außer einer von uns heiratete oder es geschah etwas anderes Wichtiges in unserem Leben. Daher suchten Aiden und ich ihn stets zu Hause auf.

»Danke. Lasst mich wissen, wann es euch passt, Jungs, und ich werde Riley fragen.« Ich blickte Noah warnend an. »Aber werde bitte nicht ausfällig.«

Er zog eine Braue in die Höhe. »Wann habe ich mich jemals anders als diskret verhalten?«

Ich hätte ihm mehrere Gelegenheiten nennen können. Wie zum Beispiel, als Noah, Aiden und ich Eli und Liam in die Zange genommen hatten. Doch statt auf diese Vorfälle hinzuweisen, verzichtete ich auf eine Bemerkung.

Ehrlich, wenn ich den Eindruck gehabt hätte, Noah brächte sich in Schwierigkeiten, hätte ich ihm auch davon abgeraten. Während unseres Heranwachsens hatten wir zwar miteinander gestritten, doch vor allem hatten wir einander beschützt.

Aiden erhob sich. »So gern ich mich auch weiter mit euch unterhalten würde, ich habe einen Termin mit einem potenziellen Kapitän.«

»Ich muss auch aufbrechen.« Bis jetzt hatte ich mich noch nicht im Büro blicken lassen und später am Morgen hatte ich noch eine Besprechung.

»Ich habe schon darauf gewartet, mich wieder an die Arbeit machen zu können«, bemerkte Noah, wie vorherzusehen war.

Wann brennt er einmal nicht darauf, wieder in sein Büro zurückzukehren?

Als Noah und ich uns vom Tisch erhoben, gab Aiden mir einen brüderlichen Klaps auf den Rücken. »Viel Glück«, meinte er und klang echt fürsorglich. »Falls du einen Rat brauchst oder jemanden, der dir zuhört, ruf mich an. Du warst auch für mich da.«

»Ich stehe auch zur Verfügung«, brummte Noah. »Aber ich habe keine Ahnung, wie man eine Frau umwirbt.«

Ich grinste. Ich bezweifelte nicht, dass Noah diese Erfahrung fehlte, doch ich wusste es zu schätzen, dass er bereit war, sein Büro zu verlassen, wenn ich ihn brauchte.

»Ich werde dich anrufen«, versprach Aiden mir, bevor er durch die Tür verschwand.

Ich folgte ihm auf dem Fuß.

Obwohl ich den Rat meiner Brüder zu schätzen wusste, hatte ich bereits gewusst, was ich tun würde, bevor ich ihnen mein Herz ausschüttete.

Jetzt war es an der Zeit, die Dinge in Bewegung zu setzen, bevor Riley ihre Meinung änderte.

Es war schon längst überfällig, dass sie sich mit einem Mann verabredete, der sie achten würde.

Und ich wusste, für diesen Job gab es keinen besseren Mann als mich.

KAPITEL 12

Riley

as zum Teufel habe ich mir nur dabei gedacht?
Dieser Gedanke ging mir immer und immer wieder im Kopf herum, als ich am nächsten Morgen an meinem Schreibtisch saß. Was für eine dumme Vereinbarung, mich regelmäßig mit Seth zu treffen!

Während des ganzen Morgens hatte ich versucht, an einem wichtigen Fall zu arbeiten, doch es wollte mir einfach nicht gelingen, meine Gedanken von Seth abzulenken.

Ehrlich, eigentlich wusste ich, warum ich seiner Idee zugestimmt hatte.

Außer mit Nolan war ich eigentlich niemals mit jemandem ausgegangen. Auf dem College hatte ich eine kurze Beziehung mit einem jungen Mann, der mein Erster gewesen war, doch kurz danach hatten wir uns getrennt. Ich war neugierig, wie es wäre, mit einem Mann auszugehen, der mich wirklich mochte und nicht so an mir herummäkeln würde. Als ich mit meinem Ex Veranstaltungen besucht hatte, fühlte ich mich immer wie ein rohes Ei. Jeden Moment rechnete ich damit, einen Tritt zu bekommen, der jegliches Leben aus mir herausquetschte.

Mit Seth würde ich mir keine Sorgen machen müssen, mich unbehaglich zu fühlen. Die einzige Angst, die ich empfand, wenn wir zusammen waren, betraf die sexuelle Spannung, die zwischen uns beiden herrschte.

Ich fühlte mich dann zwar auch unbehaglich, doch auf ganz andere Weise.

Ich kann mit dieser Geschichte mit Seth umgehen. Ich muss aufhören, mich deswegen zu stressen.

Bis jetzt war ich noch kein bisschen mit meiner Arbeit vorangekommen, und das sah mir überhaupt nicht ähnlich.

Ich hörte ein »Ping« von meinem Handy, das mir eine eingehende SMS signalisierte. Normalerweise ignorierte ich mein Telefon, während ich arbeitete, daher überraschte es mich, dass ich es umgehend zur Hand nahm.

Seth: **Lust aufs *Coffee Shack*? Ich muss mal aus dem Büro rauskommen und einen Spaziergang machen. Außerdem brauche ich mein spätmorgendliches Koffein, um zu funktionieren. Ich will dich nicht drängen, doch ich werde dort sein, falls du so dringend deinen Chai brauchst wie ich meinen Kaffee.**

Ich lächelte. Wir waren beide von unserem Koffein abhängig, also hatten wir zumindest etwas gemeinsam.

Ich sollte nicht hingehen. Ich habe Arbeit zu erledigen. Und außerdem lässt er mir die Wahl.

Seth hatte mich nicht etwa dorthin beordert. Er hatte mir lediglich die verlockende Einladung geschickt, mich ihm anzuschließen, falls ich es wollte.

Ich kann nicht dorthin gehen.

Ich werde nicht dorthin gehen.

Es ist eigentlich nicht unbedingt eine Aufforderung zu einer unserer versprochenen Verabredungen.

»Vielleicht liegt darin das Problem«, murmelte ich laut vor mich hin. »Es fühlt sich beinahe so an, als lade er lediglich irgendeinen Freund ein.«

Merkwürdig, genau aus diesem Grund war ich versucht, die Einladung anzunehmen.

Ich seufzte. Ich hatte seit meinem Umzug nach Citrus Beach wirklich noch nicht die Gelegenheit gehabt, allzu viele Freundschaften zu schließen. Ich kannte zwar ein paar Leute oberflächlich, doch ich traf mich eigentlich mit niemandem.

Vor meinem Umzug, als ich noch in San Diego lebte, gab es keinen einzigen Menschen in den Kreisen meiner Mutter, dem ich genügend Vertrauen entgegengebracht hätte, um mich über persönliche Angelegenheiten zu unterhalten. Und wirklich, mit diesen Leuten hatte ich nicht viel gemeinsam.

Freunde hatte es in meinem Leben niemals im Überfluss gegeben und plötzlich wünschte ich mir, welche zu haben.

Oder zumindest einen.

Unbekümmert tippte ich die Antwort ein.

Riley: **In fünfzehn Minuten. Ich muss mit dem Auto fahren.**

Mein Strandhaus war zu weit entfernt, um in das Innenstadtgebiet zu laufen.

Seth: **Das Übliche? Ich bestelle für dich, da ich bereits unterwegs bin.**

Er wollte für mich bestellen? Warum fühlte es sich so fremd an, dass jemand das für mich tun wollte? Vielleicht weil das noch nie jemand getan hatte.

Ich war daran gewöhnt, zum größten Teil wie ein Nichts behandelt zu werden. Zu wissen, dass meine Bedürfnisse wichtig für jemanden waren, war eine ziemlich befremdende Erfahrung.

Ich schrieb zurück, während ich mich bereits erhob.

Riley: **Ja, bitte. Ich würde niemals etwas anderes trinken. Ich bin zu besessen von meinem Chai Mokka Latte. Ich bin unterwegs.**

Ich eilte in mein Schlafzimmer, wobei ich mir auf dem Weg zum Kleiderschrank bereits das zerschlissene T-Shirt über den Kopf zog.

Stirnrunzelnd betrachtete ich meine Garderobe. Auf meine bequeme Jeans würde ich nicht verzichten, doch ich hätte gern etwas Hübscheres als das T-Shirt angezogen, dessen ich mich gerade entledigt hatte.

Vielleicht war ein Einkaufsbummel angesagt, um schönere Kleidung zu erstehen.

Ich wählte einen leichten, dunkelgrünen Pullover, den ich noch nie getragen hatte, und schlüpfte schnell hinein.

Zwischen meinen abgetragenen Outfits für meine Schreibtischarbeit zu Hause und den formellen Kostümen hatte ich nicht viel zur Auswahl im Schrank.

Eine bestimmte Graderobe für Verabredungen hatte ich in den letzten Jahren nicht gebraucht.

Als ich mich vor dem Spiegel wiederfand, um mein Haar zu richten, stoppte ich mich sofort.

Dies ist keine Verabredung.

Wir wollten nur schnell Kaffee trinken.

Ich schnappte meine Handtasche und ging in die Garage zu meinem niedlichen, kleinen, roten Mazda Miata.

Wie Seth hatte ich mich dafür entschieden, keinen übertrieben teuren Wagen zu kaufen. Ich liebte das nicht sehr teure Cabrio, das ich erworben hatte. Es lag gut auf der Straße und es war ein Vergnügen, es zu fahren.

Ich behielt das Verdeck geschlossen, denn ansonsten sähe ich aus wie die *Böse Hexe des Westens*, wenn ich in der Stadt einträfe. Mein feurig rotes Haar war natürlich gelockt und hatte seinen eigenen Willen. Der Wind war nicht gerade mein Freund, was meinen widerspenstigen Schopf betraf.

Als ich am *Coffee Shack* eintraf, erkannte ich, dass ich nervös war, doch ich hatte keine Ahnung warum.

Höchstwahrscheinlich war es der Kuss von gestern Abend, der mich so kribbelig machte. Oder der Beinahe-Kuss, vor dem ich mich gedrückt hatte, als Seth mich zu Hause abgesetzt hatte.

Ich nahm meine Handtasche und stieg aus dem Wagen, während ich dachte, dass all dies so viel einfacher wäre, wenn Seth Sinclair nicht das Verlangen in mir erwecken würde, ihm die Kleiber vom Leib zu reißen und an ihm hochzuklettern wie an einem Baum.

Kopfschüttelnd ging ich zum Eingang.

Warum musste es ausgerechnet er sein, der plötzlich meinen Körper in Brand setzte und meinen Geist zu erotischen Stellen schickte, von deren Existenz ich nicht einmal etwas gewusst hatte?

Sobald ich eingetreten war, sah ich ihn auch schon mit dem Arm in der Luft herumwedeln.

Er saß an demselben Tisch, an dem er auch die beiden anderen Male, als wir uns hier begegnet waren, Platz genommen hatte.

»Hey«, begrüßte ich ihn atemlos und setzte mich ihm gegenüber.

»Das Übliche.« Er schob meinen Chai mit einem Lächeln zu mir herüber, unter dem ich mich vor Erregung wand. Bei Seths Lächeln blieb mir das Herz stehen. Es war höchst faszinierend, da seine rauchgrauen Augen nichts von seinen Geheimnissen preisgaben. In ihren Tiefen schienen so viele Gefühle verborgen, doch ich hatte keine Ahnung, was er gerade dachte. Um ehrlich zu sein, war er mir ein Rätsel.

Ich nahm meinen Chai vom Tisch. »Der ist aber riesig«, bemerkte ich und betrachtete den supergroßen Becher, bevor ich einen Schluck trank. »Normalerweise nehme ich die normale Größe.«

»Du kannst den Rest doch wegwerfen«, schlug er vor.

»Nein!«, rief ich entrüstet. »Es ist ja nicht so, als wollte ich ihn nicht, aber er ist voller Zucker und Milch. Ich versuche, meinen Konsum an diesen Dingen unter Kontrolle zu halten. Meine Hüften vertragen das nicht.«

Er grinste. »Komisch, dass du das sagst. Ich mag deine Hüften. Mir würden sie auch nicht weniger gefallen, wenn sie breiter wären.«

Ich verdrehte die Augen, obwohl ich insgeheim begann, mich an seinen Komplimenten zu erfreuen.

Ich beobachtete ihn, während ich an meinem Chai nippte. Es gab nichts an Seth, das seine Anziehungskraft verminderte, angefangen bei seinem maßgeschneiderten Anzug, in dem er hinreißend aussah, bis zu seinem leicht wuscheligen Haar. Doch das Attraktivste an ihm war wahrscheinlich, dass er weder zu wissen schien, wie umwerfend er aussah, noch dass sein Tausend-Watt-Lächeln genügte, um beinahe jede Frau dahinschmelzen zu lassen.

Ich fand es immer noch merkwürdig, dass Seth niemals eine feste Beziehung gehabt hatte, selbst als er kein Geld hatte. Wenn ich auf dem Markt nach einem Mann Ausschau gehalten hätte, wäre ich auf ihn geflogen, ob er nun mittellos war oder nicht.

»Wie läuft dein Tag?«, erkundigte ich mich höflich. Es war mehr als eine oberflächliche Frage. Es interessierte mich wirklich.

»Ich bin abgelenkt«, erwiderte er unglücklich.

»Ist alles in Ordnung?« Ich war besorgt. Seth war eigentlich kein unaufmerksamer Typ.

»Nein. Ich kann nicht aufhören, an den heißen Rotschopf zu denken, der gestern Abend mit einem einzigen Kuss meine ganze Welt erschüttert hat.«

Mein Herz begann zu rasen. »Vielleicht solltest du ihn dann nicht so bald wiedersehen.«

Er schüttelte dramatisch den Kopf. »Kommt nicht infrage. Wir verabreden uns. Ich will ihn so oft wie möglich sehen.«

Ich rutschte unbehaglich auf meinem Stuhl hin und her. »Mir fällt es auch schwer, mich zu konzentrieren«, gab ich zu. »Ich sagte dir doch, der Kuss war ein Fehler.«

»Er fühlte sich aber nicht wie ein Fehler an, Riley«, brummte er. »Mein größtes Problem besteht darin, nicht zu wissen, wie bald ich dich wieder schmecken darf und wann es mir gestattet sein wird, all die Stellen zu berühren, die ich beim nächsten Mal gern erkunden würde.«

Ich versuchte, seine Bemerkung zu ignorieren, doch es war unmöglich. Allein der Gedanke, wie unsere Körper miteinander verschmolzen, vorzugsweise nackt und Haut an Haut, sandte eine Hitzewelle zwischen meine Schenkel.

Ich konnte mir keinen Ort an meinem Körper vorstellen, an dem ich mich von seinen wunderbaren Lippen nicht gern hätte küssen lassen. Der Mann war einfach zu verlockend.

»Warum können wir nicht einfach nur Freunde sein?«, fragte ich verzweifelt. »Wir müssen ja jetzt nicht mehr schauspielern und uns ›Zeichen der Zuneigung‹ geben.«

»Versteh mich nicht falsch, ich möchte dein Freund sein.« Er durchbohrte mich mit seinem Blick. »Aber wenn wir jetzt mit dieser neuen Beziehung beginnen, werde ich dich nicht hinters Licht führen und behaupten, nicht mehr zu wollen als nur einen Kuss. Ich möchte, dass wir ehrlich zueinander sind, Riley. Du würdest mir nicht vertrauen, wenn ich irgendetwas zurückhalten würde. Und für mich war das kein Theaterspiel gestern Abend.«

Wahrscheinlich würde ich ihm nicht vertrauen, wenn er nicht ehrlich wäre. Doch es war gewiss nicht angenehm zu hören, dass er mich begehrte. Ich war es nicht gewohnt.

»Ich fühle mich auch zu dir hingezogen«, gab ich zu, entschlossen, ebenso offen zu ihm zu sein. »Aber ich habe dir bereits gesagt, dass ich nicht auf einen Mann oder eine Beziehung aus bin.«

»Dann stehe ich dir für die Zeit, die uns bleibt, zur Verfügung. In Wahrheit wissen wir doch beide nicht, wohin dies führt, doch uns ist offensichtlich bewusst, dass wir gern miteinander schlafen würden, bis dieses verdammte Verlangen gestillt ist.«

Mein Kopf fuhr hoch; ich starrte ihn an. »Ich hatte noch niemals Gelegenheitssex.«

Tatsächlich hatte es nur zwei Liebhaber in meinem Leben gegeben. Die eine Beziehung im College hatte schnell ein Ende gefunden, und dann war da noch Nolan gewesen, der keinen Hehl daraus gemacht hatte, dass er mich als körperlich unattraktiv empfand. Offensichtlich liebte er jüngere Frauen. Viel jüngere.

Ich erinnerte mich wirklich nicht gern an den Sex mit meinem Ex-Verlobten. Ich empfand nicht nur Ekel dabei, wenn man bedachte, dass er gleichzeitig auch mit Penny schlief, aber es war nicht einmal gut gewesen.

»Du hattest niemals Gelegenheitssex?«, fragte er. »Ich hatte davon mehr als genug. Ich würde zwar nicht behaupten, dass es vollkommen befriedigend ist, aber es schadet auch nichts, gelegentlich mit einem Kratzen den Juckreiz zu stillen.«

»Kein Interesse«, log ich. »Ich besitze einen Vibrator.«

Ich schauderte, als er mich ansah, als stellte er sich vor, wie ich mich selbst befriedigte.

»Das würde ich liebend gern sehen«, meinte er heiser. »Doch ich glaube immer noch, dass es besser für dich wäre, mit mir zu experimentieren.«

Während ich seinen Blick erwiderte, wusste ich, mit ihm würde ich viel mehr Befriedigung finden. Nackt, im Bett herumrollend, unsere Körper miteinander verschmolzen, während wir beide unseren »Juckreiz stillten«.

Ehrlich, mein sexuelles Verlangen nagte an mir wie ein Ganzkörperausschlag, der nach einem eher heftigen Kratzen verlangte.

»Bitte, dräng mich nicht«, bat ich ihn in einem flehentlichen Ton, den ich hasste.

Normalerweise kannte ich kein Zögern, bei nichts in meinem Leben. *Überhaupt nicht. Niemals.* Doch Seth erweckte eine Unsicherheit in mir, die ich nicht kontrollieren zu können schien.

Als spürte er es, ergriff er meine Hand. »Hey, ich wollte dich nicht drängen. Nimm dir Zeit. Auch wenn es mich vielleicht umbringt, bin ich mehr als bereit zu warten, Riley. In Wahrheit möchte ich sogar gern glauben, dass dies mehr als nur eine sexuelle Affäre werden kann.«

Ein elektrischer Strom vibrierte durch meinen Körper, als er mit dem Daumen über meine Hand fuhr.

Jeder kleinste Kontakt.

Jede kleinste Berührung.

Jede sexuelle Anspielung seitens dieses Mannes, wie subtil sie auch sein mochte, verjagte jeden vernünftigen Gedanken aus meinem Kopf.

In Wahrheit wünschte ich mir, von ihm berührt zu werden, doch dann bereute ich es, denn es riss eine der Mauern nieder, die ich in mir errichtet hatte.

Sicherheit. Sicherheit ist stets besser, als ein Risiko einzugehen.

So lange hatte ich mich nach Sicherheit gesehnt. Jetzt, da ich sie in meinem Alleinsein gefunden hatte, war es mir beinahe unmöglich, sie aufzugeben. Nicht einmal ein klein wenig.

Ich entzog ihm meine Hand. »Wir müssen uns an unsere Abmachung halten, Seth.«

Seine Lippen verzogen sich zu einem hintergründigen Lächeln. »Damit gebe ich mich zufrieden … vorerst.«

Ich lehnte mich in meinem Stuhl zurück und nippte an meinem Chai.

Seth wechselte das Thema, plauderte über seinen Tag und erkundigte sich nach meinem. Auf sexuelle Anspielungen und subtile Berührungen verzichtete er.

Ich war erleichtert und gleichzeitig enttäuscht.

KAPITEL 13

»Ich weiß nicht, wie man das macht«, erklärte ich lachend, während ich beobachtete, wie Seth zwei Angelruten zusammensteckte.

Nachdem ich ihn zwei Wochen lang fast täglich gesehen hatte, verlor ich langsam meine Unsicherheit, ihm meine wahren Empfindungen mitzuteilen.

Während der letzten beiden Wochen hatte ich viel gelacht, mehr als in meinem ganzen Leben.

Mein Begehren, ihn nackt auszuziehen, war noch gewachsen, doch er war seinem Wort treu geblieben und weder drängte er mich, noch benutzte er die brodelnde Chemie zwischen uns, um mich zu manipulieren.

Uns täglich zu sehen war mir beinahe zur Normalität geworden. Um ehrlich zu sein, sehnte ich mich sogar mittlerweile danach. Wahrscheinlich würde ich es jetzt als unnormal empfinden, sein lächelndes Gesicht nicht jeden Tag zu sehen oder auf seinen teuflischen Sinn für Humor verzichten zu müssen.

Es war unwichtig, was wir unternahmen oder wohin wir gingen.

Er hatte angeboten, mich hinzubringen, wo immer ich wollte. Nicht umsonst besaß er ein Privatflugzeug. Ich wäre ihm zwar überallhin gefolgt, doch ich hatte beschlossen, einfach normal zu sein.

Also hatten wir mehrere Restaurants in der Umgebung ausprobiert, einschließlich *Maya's Bistro*, wo ich Aidens Frau Skye kennenlernte, die schnell zu einer der Freundinnen wurde, die ich nie gehabt hatte.

Wir sahen uns Filme an, wobei Seth erfreut entdeckte, dass ich Science-Fiction lieber mochte als Frauenfilme.

Ich schwöre, ich hatte weitere Pfunde zugelegt, da wir uns täglich im *Coffee Shack* trafen, doch ich lernte, nicht darüber zu klagen, da ich jeden Tag am Strand joggte. Da Seth mir außerdem ständig versicherte, dass Frauen mit Kurven sexy aussähen, und mich ermunterte zu essen, was immer ich wollte, verlor ich den beinahe schon paranoiden Anspruch, dünn sein zu müssen.

Seth blickte zu mir auf. »Du wolltest doch unbedingt angeln«, erinnerte er mich.

»Ich habe das noch nie gemacht«, erklärte ich. »Ich werde mit der Angel herumfummeln wie ein Neuling. Und außerdem habe ich jetzt ein bisschen Angst, dass der Steg uns beide nicht tragen wird.«

Ich hatte vorgeschlagen, auf dem alten Steg zu angeln, der sich auf besagtem Baugrundstück am Strand befand. Ich war erstaunt gewesen, als ich zuerst einen Funken Widerstand in seinem Gesicht entdeckt hatte. Doch dann war sein Unwille verflogen und er hatte der Idee beinahe sofort zugestimmt.

»Er wird halten«, meinte er. »Diesen Steg gibt es schon, solange ich mich erinnern kann. Er wurde für die Ewigkeit gebaut.«

»Ich nehme an, du hättest ihn abgerissen, wenn du dein Resort hier gebaut hättest.«

Er nickte und reichte mir eine der Angeln. »Ja, das hätte ich. Tatsächlich konnte ich es kaum erwarten.«

Als er mir zeigte, wie ich die Leine auswerfen musste, wurde ich vorübergehend abgelenkt und dachte nicht weiter über seine Bemerkung nach, bis wir Seite an Seite auf dem Steg saßen und unsere Angelschnüre im Wasser hingen.

»Warum konntest du es kaum erwarten, ihn abzureißen?«, erkundigte ich mich neugierig.

Er schwieg eine Weile, bevor er antwortete: »Als Kind habe ich hier viel Zeit verbracht. Mit Angeln. Meine Mutter brachte uns hierher.«

»Dann hast du also gute Erinnerungen an diesen Ort?« Ich war verwirrt. Mochte er nun den Platz oder hasste er ihn?

»Ein paar«, bestätigte er. »Aber mir war stets bewusst, dass sie nicht hierherkam, um mit Noah, Aiden und mir zu angeln.«

Ich wandte ihm das Gesicht zu. Obwohl ich nur sein Profil sehen konnte, bemerkte ich, dass seine Kiefermuskeln angespannt waren. »Was wollte sie denn sonst hier?«

»Sie kam hierher, um nach meinem leiblichen Vater Ausschau zu halten«, erklärte er heiser. »Dies ist der perfekte Standort, um Flugzeuge zu beobachten, die auf dem kleinen Flughafen starten und landen. Ich glaube, sie erwartete ihn jeden Tag, doch wenn sie wirklich glaubte, er käme, kam sie hierher, um auf ihn zu warten. Nur um dann enttäuscht zu sein, wenn er nicht auftauchte.«

Mein Herz schmerzte, als ich die Verletzlichkeit in seiner Stimme hörte. »Hast du auch Ausschau gehalten?«, fragte ich.

»Zur Hölle, nein. Jeder wusste, dass er nicht kommen würde, außer meiner Mutter.« Seine Stimme klang gepresst.

»Das tut mir leid«, erwiderte ich. »Es muss hart gewesen sein, ohne Vater aufzuwachsen.«

»Jetzt, da wir die Wahrheit über ihn kennen, bin ich überzeugt, dass wir ohne ihn besser dran waren. Meine Halbgeschwister sind als Kinder durch die Hölle gegangen, da er ein gewalttätiger Alkoholiker war. Ich weiß nicht, was meine Mutter je in ihm gesehen hat. Sie hoffte stets, dass er eines Tages zurückkehren würde, denn sie glaubte, mit ihm verheiratet zu sein.«

»Er schaute niemals bei euch vorbei?«

»Um die Wahrheit zu sagen, ich erinnere mich noch nicht einmal wirklich an ihn. Ab und zu ließ er sich kurz blicken, gerade lange genug, um meine Mutter zu schwängern, obwohl er uns Bastardkinder kaum wahrgenommen hat.« Er sprach leise und nachdenklich.

»Er hat noch nicht einmal mit dir geredet?«, wollte ich wissen, verblüfft, dass Seth nie wirklich mit seinem Vater über etwas gesprochen hatte.

»Nein. Er war mehr daran interessiert, meine Mutter von uns wegzubekommen, damit sie allein irgendwohin gehen konnten. Sie war eine wunderschöne Frau.«

»Bastard«, knurrte ich.

Seine Mundwinkel hoben sich zu einem kleinen Lächeln. »Tatsächlich waren wir die Bastarde. Eine ganze Familie illegitimer Kinder, die keine Ahnung hatten, warum er sie so selten besuchte. Du musst wissen, mein Vater war ein Bigamist. Eine Familie an der Ost-, die andere an der Westküste.«

Ich wollte ihm nichts vormachen. Die ganze schäbige Geschichte war überall in den Nachrichten aufgetaucht. »Ich weiß das, aber ich hatte keine Ahnung, dass er euch verlassen hat.«

»Das hat er aber. Ganz und gar. Er war ein gottverdammter Milliardär, doch meiner Mutter hat er keinen Cent gegeben, um für die Kinder zu sorgen, die er gezeugt hatte. Wir haben unser Leben bitterarm verbracht.«

Das hatte ich nicht gewusst und mein Herz zog sich angesichts dieser Ungerechtigkeit zusammen. Für Seths Vater wäre es doch kein Opfer gewesen, seiner Mutter genügend Geld zu geben, um seine eigenen Kinder aufzuziehen. Für mich hörte sich das einfach grausam an. Er hatte genügend Geld und hätte nichts davon vermisst. *Überhaupt nicht.*

»Und die ganze Geschichte hat dich traurig gemacht?« An Seths Reaktion konnte ich sehen, dass ihn die Sache immer noch berührte.

»Nicht so sehr mich wie meine Mutter. Ich war eher total wütend, dass er ihr immer so wehtat. Es brachte uns Kinder um, zu sehen, wie sie wartete und niemals die Hoffnung aufgab, er könnte nach Hause zurückkehren. Sie schuftete sich zu Tode, um für uns zu sorgen, doch mein milliardenschwerer Vater steuerte keinen einzigen Cent bei.«

»Wusste sie, dass er so wohlhabend war?« Ich konnte mir nur schwer vorstellen, dass sie keinen Groll gegen den Erzeuger ihrer Kinder gehegt hatte.

»Das wusste keiner von uns. Mom redete nicht viel über ihn. Ich glaube, sie wollte, dass wir Kinder blieben und uns nicht um die Angelegenheiten Erwachsener sorgen mussten. Sie war ziemlich verschlossen, doch sie muss es gewusst haben. Bei den seltenen Gelegenheiten, wenn er sich sehen ließ, kam er stets in einem Privatflugzeug. Und sie flog mit ihm, wenn er sie für eine Weile entführte. Ich nehme an, er tischte ihr eine glaubhafte Geschichte auf, doch gegen Ende fand sie heraus, dass er eine zweite Familie und eine zweite Frau besaß.«

Ich beobachtete ihn, wie er aufs Meer hinausstarrte, und ich wusste instinktiv, dass er sich in Erinnerungen verlor, was seine Mutter hatte durchmachen müssen.

Jetzt bereute ich es, dass ich ihn gedrängt hatte, hierher zu gehen. Ich hatte nicht gewusst, dass der Ort für ihn so viele schlechte Erinnerungen heraufbeschwören würde.

»Wir können gehen«, bot ich ihm sanft an. »Ich wusste nicht, dass du nicht gern hier bist.«

Er ergriff meinen Arm, als ich aufstehen wollte. »Nicht, Riley«, knurrte er. »Ist schon in Ordnung. Ich glaube, manchmal gibt es eben einige Altlasten, die man nicht so einfach abwerfen kann. Ich bin gern mit dir hier. Dieser alte Steg braucht ein paar glücklichere Erinnerungen, um die alten auszulöschen.«

»Vergiss es«, erwiderte ich zornig, während ich mich wieder auf die Bretter plumpsen ließ. »Du bringst das Benzin und ich werde die Streichhölzer beisteuern. Später werden wir dann das ganze Ding anstecken.«

Er schmunzelte. »Du klingst wie eine Löwin, die versucht, ihr Junges zu beschützen.«

Ich lächelte schwach, denn ich war immer noch sauer. »Das nicht gerade«, wehrte ich ab, »aber ich möchte gern glauben, dass wir Freunde sind. Und Freunde beschützen einander, richtig?«

»Für gewöhnlich«, stimmte er zu. »Du sagst das so, als hättest du niemals einen einzigen Freund gehabt.«

Da er mir sein Herz ausgeschüttet hatte, fand ich es ganz in Ordnung, auch ehrlich zu sein. »Tatsächlich habe ich das auch nicht. Erinnere dich daran, wie ich aufgewachsen bin. Meine Eltern hätten es nicht akzeptiert, wenn ich mich mit irgendjemandem außerhalb unserer sogenannten elitären Klasse angefreundet hätte. Und in diesen Kreisen gab es nicht viele Kinder, die ich gemocht oder denen ich vertraut hätte.«

»Nicht sehr überraschend«, brummte er. »Und auf dem College?«

Ich zuckte mit den Schultern. »Ich war zu beschäftigt mit dem Studium. Eine Zeit lang habe ich mich mit einem jungen Mann verabredet, doch es funktionierte nicht. Wir hatten verschiedene Erwartungen und wir waren jung. Er fand eine andere, die das Gleiche studierte wie er und mit der er viel mehr gemeinsam hatte.«

»Und dann war da Easton, als du nach Hause zurückgekehrt bist?«, riet er.

»Ja«, bestätigte ich traurig.

»Du musst dich einsam gefühlt haben.«

»Ja, aber ich hatte mich daran gewöhnt. Wahrscheinlich sogar so sehr, dass ich mich allein wohler gefühlt habe. Außerdem kannte ich auch nichts anderes. Sogar als ich mit Nolan verlobt war, fühlte ich mich allein. Das Spiel ging immer noch weiter.«

Er schüttelte den Kopf. »Es war kein Spiel für dich, Riley. Es war deine Realität. Ich denke, du wolltest einfach nur in die Gesellschaft passen. Doch das ist dir niemals gelungen, weil du nicht so bist wie sie.«

»Es fällt mir wirklich schwer, mir nicht mehr die Anerkennung meiner Mutter zu wünschen, obwohl ich weiß, dass es vergeblich ist.« Ein schmerzhafter Stich schoss mir durchs Herz.

»Du brauchst sie nicht«, knurrte er. »Ich weiß, es ist hart, den Versuch aufzugeben. Gott weiß, wie meine Brüder und ich nach der Anerkennung meines Vaters gelechzt haben, obwohl er ein Arschloch war. Ich glaube, es ist ein Instinkt, den man nur schwer abschütteln kann. Es ist ganz normal, dass wir uns wünschen, unsere Eltern wären stolz auf uns. Aber ab einem gewissen Punkt musst du dich befreien und sie zum Teufel jagen. Sie war niemals eine Mutter für dich, Riley, und ich hasse es, das sagen zu müssen, aber sie wird es wahrscheinlich auch niemals werden.«

Ich seufzte. »Du hast ja recht. Und ich arbeite daran, seitdem ich Nolan in den Wind geschossen habe.«

»Eines Tages wird es so weit sein«, tröstete Seth mich in seinem tiefen, mitfühlenden Bariton.

»Ich komme dem Ziel jeden Tag etwas näher«, erwiderte ich leichten Herzens. »Es gefällt mir hier in Citrus Beach. Niemand verurteilt mich, weil die meisten Leute keine Ahnung haben, wer ich bin. Für sie bin ich einfach eine Anwältin aus der Stadt. Ehrlich, das gefällt mir.«

»Es ist unwichtig, ob sie es wissen oder nicht«, überlegte er. »Die Menschen, denen es nicht um dich als Person geht, kannst du vergessen, und mit den anderen freundest du dich an.«

Ich warf ihm einen zweifelnden Blick zu. »So wie du dir die Frauen vom Hals hältst, die dir deines Geldes wegen hinterherlaufen?«

Ich hatte noch niemals beobachten können, dass er sie verjagt hätte. Nicht ein einziges Mal. Im Gegenteil, er schien seine Probleme damit zu haben, seinen eigenen Rat zu befolgen.

»Das ist nicht wichtig«, erwiderte er lässig. »Mir gefällt diese Art der Aufmerksamkeit zwar nicht, doch ich nehme sie mir nicht zu Herzen. Ich weiß, worauf sie aus sind, und das bin ganz gewiss nicht ich selbst.«

Mittlerweile war ich ziemlich sauer, dass manche Frauen ihn behandelten, als wäre er nicht mehr als sein Bankkonto. Je mehr Zeit ich mit Seth verbrachte, desto bewusster wurde mir, dass er so viel mehr als Geld zu bieten hatte. »Manche Frauen in dieser Stadt sind verrückt«, murmelte ich. »Du bist ein guter Fang, Geld hin oder her.«

»Wenn ich ehrlich sein will, muss ich zugeben, dass ich mir nicht allzu viel Mühe gegeben habe, als ich noch arm war. Nach ein paar Abweisungen hatte ich meine Lektion gelernt und ich hatte einer Frau wirklich nicht viel zu bieten«, meinte er überzeugt. »Außerdem gab es keine Frau, an der ich wirklich interessiert gewesen wäre. Ich war noch nie in Aidens Lage, der eine Frau kennengelernt hat, die er mehr begehrt als alles andere auf Erden. Das Wunderbare an Skye war, dass sie sich in meinen Bruder verliebte, als er noch bitterarm war. Sie hat ihn selbst gesehen. Das ist selten.«

Ich musste stur geradeaus blicken, damit Seth meine wässrigen Augen nicht bemerkte. Die Tatsache, dass kein weibliches Wesen je ihn selbst gesehen hatte, schien mir entsetzlich traurig. Trotzdem wollte ich nicht, dass er jetzt eine solche Frau finden würde.

Denn ich will ihn für mich selbst.

Ich sträubte mich gegen den Gedanken, doch ich wusste nur zu gut, dass er der Wahrheit entsprach.

Aus irgendeinem Grund gönnte ich keiner Frau diesen umwerfenden, einfühlsamen Mann an meiner Seite … außer mir.

Mir blieb jedoch nicht viel Zeit, über diese Erkenntnis nachzudenken.

Denn plötzlich zerrte es mächtig an meiner Angel, was mich wirklich wunderte.

»Oh mein Gott! Ich habe einen Fisch an der Angel, Seth! Ich habe einen!« Ich wurde so aufgeregt, dass ich mich linkisch aufrappelte und mich an nichts erinnerte, was Seth mich darüber gelehrt hatte, wie man den Haken setzte und den Fisch einbrachte.

Als das Monster noch einmal heftig an der Leine zerrte, verlor ich in meiner Begeisterung das Gleichgewicht und bevor es mir bewusst wurde, stolperte ich vorwärts.

»Riley!«, schrie Seth auf. Er sprang hoch und griff nach mir.

Doch ich taumelte bereits vorwärts und fiel ins Wasser, mit Angel und allem.

Prustend kam ich an die Oberfläche. »Mist! Das Wasser ist kalt«, keuchte ich und wischte mir übers Gesicht.

Ich blickte zu Seth auf, während ich in dem eiskalten Wasser auf der Stelle trat. Seine Miene wandelte sich von Entsetzen zu Belustigung, wahrscheinlich da er erkannt hatte, dass ich nicht verletzt war und offensichtlich schwimmen konnte.

Ich blickte ihn finster an, als sein dröhnendes Gelächter die Luft erfüllte. »Das ist nicht lustig«, sagte ich unglücklich. »Ich glaube, ich habe meinen Fisch verloren.«

Ich hielt die Angel immer noch fest umklammert, doch das wilde Zerren an der Leine hatte aufgehört.

Der Mistkerl lachte nur noch lauter, als könnte er nicht mehr stoppen.

Dann streckte er die Hand aus, um mich aus dem Wasser zu ziehen. »Lass uns zusehen, dass du dich aufwärmst. Das Wasser hat wahrscheinlich nur um die fünfzehn Grad und die Luft ist heute auch nicht gerade warm.«

Nach dem anfänglichen Schock gewöhnte ich mich langsam an das kühle Nass. Immerhin lebten wir in Südkalifornien und obwohl der Pazifik selbst in den Spätsommermonaten gewiss nicht allzu warm war, schwammen ein paar Tapfere an schönen Tagen während des ganzen Jahres darin.

Seth grinste immer noch und ich verspürte plötzlich den Drang, ihm das Lachen zu vertreiben.

Schnell griff ich nach seiner ausgestreckten Hand, doch anstatt mich von ihm hochziehen zu lassen, stütze ich einen Fuß fest gegen einen schweren Pfosten und zog mit aller Kraft.

Wenn er sich über mein Ungeschick lustig machen wollte, sollte es ihm nicht besser ergehen.

Belustigt hörte ich ein heftiges Platschen neben mir.

Als er tropfnass an der Oberfläche auftauchte, formte sich ein teuflisches Lächeln auf meinem Gesicht.

So wie ich war auch er prustend aufgetaucht.

»Findest du es jetzt immer noch lustig?«, erkundigte ich mich und versuchte, nicht zu amüsiert zu klingen.

Er begann wieder zu lachen. »Du hast mich überrascht, Frau.«

»Ich weiß«, sagte ich kichernd. »Das war der Plan.«

Dann begannen wir, wie Kinder im Wasser herumzutollen.

Ich tauchte seinen Kopf unter und er spritzte Berge von Wasser in meine Richtung.

Ich fühlte mich wie ein Kind.

Ich war übermütig.

Und vor allem war ich glücklich.

Schließlich schwamm er auf mich zu, schlang einen Arm um meine Taille und flüsterte mir heiser ins Ohr: »Weißt du, du wirst jeden Tag frecher.«

Obwohl das Wasser so kalt war, glühte mein Körper, sobald er mich berührte.

Das Merkwürdige war, dass er überhaupt nicht unglücklich über mein Benehmen zu sein schien.

KAPITEL 14

Seth

Diese ganze Sache mit der Freundschaft brachte mich um.

Mich mit Riley Montgomery regelmäßig zu verabreden war die größte Quälerei, die ich je erlebt hatte.

»Wenn ich mit ihr zusammen bin, geht es mir schlecht, und es geht mir noch schlechter, wenn ich nicht mit ihr zusammen bin«, knurrte ich, während ich meinen Rücken dem Duschkopf zuwandte und den Schaum von meinem Körper spülte.

Mein Schwanz war hart und meine Hoden waren geschwollen, ob ich nun mit ihr zusammen war oder nicht. Während der letzten Wochen hatte ich mir einige ziemlich nette Fantasien ausgedacht. Doch leider reichten mir diese sexy Vorstellungen nicht mehr.

Eigentlich waren sie von Anfang an nicht sehr befriedigend gewesen.

Mit ihnen hatte ich nur erreicht, dass die Spannung ein wenig gelindert wurde.

Ich versuchte, nicht daran zu denken, dass Riley sich in diesem Moment am anderen Ende des Flurs in einem anderen

Badezimmer in meinem Haus befand, und zwar splitternackt. Sobald wir nach unserem spontanen Bad im See bei mir zu Hause eingetroffen waren, hatte ich sie ins Gästebadezimmer geschickt, da sie sich gern warm duschen wollte.

Es hatte mich meine ganze Kraft gekostet, sie nicht mit mir unter die Dusche in meinem Badezimmer zu zerren.

Ich hatte versprochen, sie nicht zu drängen.

Doch leider hasste ich mich jetzt dafür, ihr mein Wort gegeben zu haben. Jeden. Einzelnen. Tag.

Es gab keinen einzigen Moment, in dem ich sie nicht am liebsten nackt ausgezogen und gegen die nächstbeste Wand gefickt hätte. Hart.

Oder in meinem Bett.

Oder auf dem Küchentisch.

Oder unter der verdammten Dusche, genau dort, wo ich mich jetzt befand.

Das Problem war jedoch, dass sie sich in dem anderen Badezimmer aufhielt.

Um bei der Wahrheit zu bleiben, ich hätte sie leicht auf den Steg ziehen und sie gleich an Ort und Stelle ficken können.

Nachdem ich sie im Wasser so eng an mich gezogen hatte, war ich vollkommen verloren gewesen.

Zum ersten Mal hatte ich diese wunderbaren Kurven an mich gepresst gespürt und ich merkte, dass sie beinahe sofort kapitulierte.

Sie begann, mir zu vertrauen.

Obwohl es mir also fast körperliche Schmerzen bereitet hatte, hatte ich mich zurückgehalten.

Was ich dafür im Gegenzug erleben durfte, war die Schmerzen wert. In den letzten Wochen hatte ich beobachten können, wie Riley begann, loszulassen, Spaß zu haben und ihre Schutzmauern fallen zu lassen.

Unglücklicherweise wirkte sie so noch verlockender auf mich.

Scheinbar bevorzugte ich hinreißende Frauen mit roten, lockigen Haaren und Kurven, die selbst einen Engel zu Fall gebracht hätten. Nicht zu vergessen ihr scharfer Verstand, ihr einzigartiger Sinn für Humor und jetzt, da ich sie kannte, ihr Einfühlungsvermögen.

»Hurensohn«, stöhnte ich.

Ich war es nicht gewohnt, eine Frau so sehr zu begehren, dass ich mich kaum unter Kontrolle hatte.

Ich umfasste meinen schmerzhaft harten Schwanz in dem Bewusstsein, dass ich Dampf ablassen musste.

Mit geschlossenen Augen beschwor ich ein Bild von Riley herauf, nackt, verlangend und stöhnend, während ich mit meinem Kopf zwischen ihre bebenden Schenkel tauchte.

Gleich würde sie kommen und ich war hingerissen, als sie begann, meinen Namen zu schreien.

»Oh Gott, Seth. Bitte. Bring mich zum Höhepunkt.«

Ich rieb noch fester an meinem Schwanz. Es gab nichts Heißeres als die Vorstellung von Riley, die einen Orgasmus bekam, den ich hervorgerufen hatte.

»Ja, bitte!«

Sie warf den Kopf zurück, ihr feuriges Haar ergoss sich wie ein Wasserfall über ein weißes Kissen und sie explodierte mit ekstatischer Miene.

Wunderschön.

Und mein.

Langsam ebbten die Wellen des Höhepunktes ab und als sie sich schließlich erholt hatte, zog sie an meinem Haar. »Du musst mich ficken, Seth. Jetzt sofort!«, verlangte sie mit leiser, wollüstiger, fordernder Stimme.

Sie musste mich nicht zweimal bitten.

Wie ich es liebte, sie so außer Kontrolle zu sehen.

Gierig.

Hungrig.

Ganz auf ihr Verlangen konzentriert.

Und auch ich würde jetzt bekommen, wonach ich mich so sehr sehnte.

Ich konnte spüren, wie meine Hoden sich zusammenzogen, als ich mich schwer gegen die Duschwand fallen ließ.

»Sag mir, was du willst, meine Schöne«, drängte ich, während ich mich an ihrem seidigen, kurvigen Körper hocharbeitete, von dem ich nicht genug zu bekommen schien.

Dann platzierte ich meinen Schwanz vor ihre enge Öffnung.

Sie schlang mir die Arme um den Hals. »Dich«, erwiderte sie mit vor Begierde rauer Stimme. »Ich will einfach nur dich, Seth.«

Ich konnte nicht mehr länger warten. Ich gab Riley genau das, was sie wollte, und ließ mich von ihrer glühenden, glitschigen Hitze umgeben, die ich am liebsten nie wieder verlassen hätte.

Riley.

So verdammt heiß. So verdammt schön.

Ich betrachtete sie und stöhnte, als ich die hemmungslose, urtümliche Freude in ihrem Gesicht sah.

Während ich das Tempo beschleunigte, wusste ich, dass ich sie mit jedem einzelnen Stoß in Besitz nahm.

Riley gehörte mir. Und ich war davon überzeugt, dass sich das niemals ändern würde.

»Mist!«, stöhnte ich, als ich die Augen öffnete und meine Säfte der Erlösung im Abfluss verschwinden sah.

Ich drehte mich herum und hämmerte frustriert mit der Faust gegen die Wand.

Ich gelangte niemals zum Ende meiner Fantasie.

Es fühlte sich in meiner Vorstellung zu gut an, in Riley zu sein, um nicht übereilt kommen zu müssen.

Leider ging mir das mit all meinen erotischen Fantasien so, die sich um Riley drehten.

Als ich mich abduschte, fragte ich mich, ob es überhaupt noch einen Sinn machte, mich selbst zu befriedigen, und ob der Orgasmus die darauffolgende Frustration wert war.

Ich verließ die Duschkabine und schnappte mir die erste Jeans, die mir in die Finger kam, und einen Seemannspullover.

Riley ist vielleicht inzwischen unten.

In Sekundenschnelle war ich aus dem Schlafzimmer heraus und die Treppe hinuntergelaufen.

Ich konnte Riley in der Küche hören, also begab ich mich in diese Richtung.

Sobald ich in der Küchentür stand, blieb ich abrupt stehen und starrte auf den wohlgeformten Hintern, dessen Besitzerin gerade eine Tasse Tee zubereitete.

Die hautenge Jeans saß wie angegossen, also wie sollte ich widerstehen können, darauf zu starren, wenn sich direkt vor meinen Augen eine solche Sicht bot?

Riley trug das Haar noch offen. Es musste noch feucht sein, gemessen an dem leicht dunkleren Rot. Es begann gerade, sich wieder zu locken, und ich musste die Hände zu Fäusten ballen, um stehen zu bleiben und nicht vorwärts zu stürmen und meine Hände in diesen wunderschönen, feuchten Strähnen zu vergraben.

Der kurze Pullover in Babyrosa, den sie angezogen hatte, reichte kaum bis zum Taillenbund ihrer Jeans und da er von einer Schulter heruntergerutscht war, konnte ich erkennen, dass sie vermutlich keinen BH trug.

Gütiger Himmel!

Ich wusste, ich sabberte beinahe, aber welchem alleinstehenden, heißblütigen Mann wäre es nicht so ergangen?

»Entschuldige, dass ich so lange gebraucht habe«, stieß ich mühsam hervor, als ich schließlich die Küche betrat und den Blick von ihrem Körper losriss. »Ich sehe, du hast etwas zum Anziehen gefunden.«

Sie drehte sich herum und ich konnte nichts dagegen tun, dass mein Blick direkt zu ihren Brüsten schweifte.

Riley trug definitiv keinen BH. Ich konnte unter dem rosafarbenen Stoff die Umrisse ihrer Brustwarzen erkennen. Der Pullover war nämlich nicht gerade dick.

»Schau bitte auf mein Gesicht«, verlangte sie mit fester Stimme.

Sie hatte mich dabei erwischt, wie ich ihre Brüste beäugte, doch ich empfand keine Reue.

»Es fällt mir schwer, sie nicht zu betrachten.« Erst jetzt hob ich den Blick zu ihrem Gesicht.

Ich wurde belohnt mit dem entzückenden Rosa ihrer Wangen.

Riley war nicht der Typ, der es gewohnt war zu flirten, daher errötete sie, sobald ich ihr irgendein Kompliment machte.

Diese Reaktion passte nicht so recht zu ihr, da sie in jeder anderen Hinsicht freimütig und offen war.

»Die Jeans, wem auch immer sie gehören mag, ist zu eng. Sie ist definitiv für jemand Zierlicheres gedacht. Für den Pullover gilt das Gleiche«, meinte sie trocken, während sie sich wieder der Kaffeemaschine zuwandte. »Möchtest du Kaffee?«

»Ja, gern.«

Ihre Stimme wirkte etwas steif, daher warf ich ihr einen prüfenden Blick zu. Ich wusste sofort, dass etwas nicht stimmte.

Ich konnte es spüren.

»Hey, ist alles in Ordnung?«

»Alles gut, ja«, erwiderte sie kurz angebunden, während sie den Becher etwas heftiger als nötig in die Kaffeemaschine stellte.

Dann drehte sie sich herum und blickte mich trotzig an, während sie darauf wartete, dass der Kaffee in die Tasse tröpfelte.

Es war nicht alles in Ordnung. Etwas bedrückte sie.

»Es geht mich wirklich nichts an, wenn irgendeine Frau ihre Kleider in deinem Haus lässt«, schnappte sie.

Ach du je!

Ich musterte sie einen Augenblick eingehend, bevor ich erkannte, was wirklich los war.

Sie ist eifersüchtig.

Sie glaubt, die Kleidungsstücke gehören einer Frau, mit der ich im Moment zusammen bin oder es früher war.

Ich war mir sicher, das kurze schmerzvolle Aufflackern in ihren Augen hatte ich mir nicht eingebildet.

Ich trat auf sie zu und hob ihr Kinn, sodass sie mir ins Gesicht blicken musste. »Du bist eifersüchtig«, stellte ich fest.

Sie warf den Kopf herum, schnaubte wütend und wandte sich meiner Kaffeetasse zu. »Ich bin nicht eifersüchtig. Wir sind doch eigentlich nicht wirklich zusammen. Es ist alles reine Fiktion. Milch und Zucker?«

»Nein danke. Aus der Kaffeemaschine trinke ich ihn schwarz.«

Grinsend nahm ich den Becher mit der dampfenden Flüssigkeit entgegen.

Ich hatte keine Ahnung, warum es mich so freute, dass Riley sich über die Frauenkleidung in dem Schrank in meinem Gästezimmer ärgerte.

Verdammt, ich wollte mich nicht beschweren, wenn es sie störte, dass ich vielleicht eine andere Frau ficken wollte.

Auch wenn das keineswegs zutraf.

Für mich war es ein Zeichen, dass unsere Beziehung für sie mehr wurde als nur ein Theaterspiel.

Wie auch immer, ich hatte kurz den Schmerz in ihren Augen aufflackern sehen, und das gefiel mir nicht. »Die Sachen gehören meiner Schwester Brooke. Sie lässt immer ein paar Kleidungsstücke bei mir, weil sie und Liam normalerweise bei mir wohnen, wenn sie zu Besuch von der Ostküste herkommen.«

Sie lehnte sich mit der Hüfte gegen die Arbeitsplatte und sah mich an. »Die Sachen gehören deiner Schwester?«

Ich nickte. »Du kannst gern einen Blick in den Schrank gegenüber werfen, wenn du dich dann besser fühlst. Der beherbergt Liams Kleidung.« Ich nahm an, sie hatte direkt den Schrank mit den Frauenkleidern geöffnet.

»Ich glaube dir«, erwiderte sie und klang erleichtert. »Aber ich war nicht eifersüchtig. Ich war lediglich neugierig.«

»Mach mir nichts vor, Riley. Es hat dich gestört.«

Sie nahm ihre Teetasse von der Arbeitsplatte und trank einen Schluck, bevor sie Antwort gab. »Warum sollte mich das stören?«, fragte sie mit zitternder Stimme. »Du gehörst doch in Wahrheit nicht mir. Ich meine, es sollte mich nicht kümmern, ob du Sachen einer anderen Frau in deinem Haus hast, oder?«

Sie sah ein wenig verängstigt aus, als sie merkte, dass sie wirklich sauer gewesen war.

»Verdammt, doch, du darfst wütend sein. Immerhin verabreden wir uns regelmäßig. Im Moment exklusiv.«

»Ich möchte mich nicht in ein grünäugiges Monster verwandeln«, gab sie zu.

Ich grinste. »Deine Augen sind zwar grün, aber ein Monster könntest du niemals sein.«

»Das ist nicht lustig, Seth«, meinte sie und stellte ihre Tasse wieder auf die Arbeitsplatte. »Ich kann mich nicht erinnern, jemals eifersüchtig gewesen zu sein. *Überhaupt nicht! Niemals!*«

Wahrscheinlich war jetzt nicht gerade der richtige Zeitpunkt, um ihr zu sagen, wie süß sie war, wenn sie *Überhaupt nicht! Niemals!* an ihre Sätze hängte, während sie versuchte, sich selbst einzureden, dass etwas absolut wahr war. Oder wenn sie wünschte, eine Behauptung wäre wahr, obwohl sie es besser wusste.

»Gefühle tauchen auf, wenn man sich auf jemanden einlässt, Riley«, appellierte ich an ihre Vernunft. »Zur Hölle, ich selbst bin eifersüchtig auf jeden Kerl, mit dem du jemals zusammen warst, besonders auf Easton.«

Sie blinzelte heftig. »Wirklich? Warum?«

»Weil du dich ihm einst versprochen hast. Du hast ihm etwas von dir gegeben, das du mir vorenthältst.« Es war an der Zeit, ehrlich zu sein, und ich würde die Wahrheit jetzt ausspucken.

Ich trat noch näher an sie heran und legte meine Hände auf die Arbeitsplatte. Jetzt war sie zwischen meinen Armen gefangen. Sie würde sich nicht von der Stelle bewegen, bis wir alles klargestellt hätten. Falls wir das nicht schafften, wäre es um mich geschehen.

Sie starrte ratlos zu mir auf und mir blieb beinahe das Herz stehen, als sie mir zögernd die Arme um den Hals legte. »Ich habe ihm niemals wirklich etwas gegeben, Seth«, flüsterte sie leise. »Nicht wirklich. Das Einzige, was er bekommen hat, war gelegentlich mein Körper, doch tief in meinem Inneren wusste ich, dass er mich nicht allzu attraktiv fand. Ich schenkte ihm auch meine Treue, obwohl er mir seine verweigert hat. Andererseits hat er mich nie wirklich kennengelernt. Ich habe niemals so mit ihm geredet wie mit dir. Er hat mich nicht ein Mal zum Lachen gebracht. Und ganz gewiss hat er mich nicht so akzeptiert, wie ich war. Nichts war bedingungslos.«

Aus irgendeinem Grund beschwichtigten mich ihre Worte. Ja, ich war nicht gerade begeistert darüber, dass der Hurensohn Zugang zu ihrem Körper bekommen hatte, denn das hatte er nicht verdient.

Ich hätte sie am liebsten gefragt, was zum Teufel sie von ihm gewollt hatte, wenn er sie nicht glücklich machen konnte. Doch ich kannte die Antwort bereits. Sie hatte immer noch versucht, die Anerkennung ihrer Mutter zu erlangen.

»Zwischen uns wird nichts an Bedingungen geknüpft sein. Das weißt du doch, oder?« Sie musste wissen, dass ich nichts an ihr ändern wollte. Nicht ein einziges ihrer roten Haare.

Riley entsprach meiner Vorstellung von Perfektion.

Sie nickte bedächtig. »Ich glaube, das weiß ich. Aber bitte versteh doch, dass es nicht immer einfach zu akzeptieren ist.«

»Ich weiß«, beruhigte ich sie und nahm sie in den Arm.

Zum Teufel mit den Freundschaftsregeln.

Irgendjemand musste diese Frau beschützen und ich würde der Mann sein, der es tat.

Niemand zuvor hatte sie je in Schutz genommen.

Sie hatte ihr ganzes Leben lang versucht, jemand anderes zu sein, nur um ihre Eltern zu erfreuen, denen sie nicht einmal etwas bedeutete.

»Danke für dein Verständnis«, murmelte sie.

Sie kuschelte sich so vertrauensvoll an mich, dass mir bewusst war, in der Hölle gelandet zu sein, trotzdem verspürte ich nicht den geringsten Wunsch, meinem Schicksal zu entgehen.

KAPITEL 15

Riley

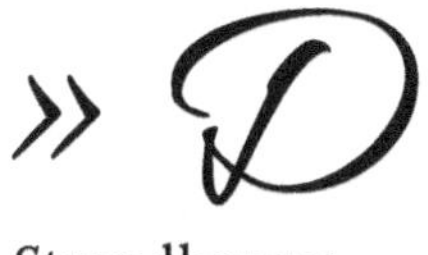as Abendessen war wunderbar, Skye. Danke für die Einladung«, sagte ich zu Aidens Frau. Wir saßen auf der Terrasse ihres Strandhauses.

»Ich weiß es zu schätzen, dass du mich auch eingeladen hast, Skye«, bemerkte Penny schüchtern. »Obwohl ich eigentlich nicht zur Familie gehöre.«

Inzwischen saßen nur noch wir drei draußen auf der Terrasse. Aiden und Seth musizierten im Haus – Aiden spielte Klavier und Seth Gitarre. Skye, Penny und ich hatten uns draußen einen Platz gesucht, nahe genug, um der Musik lauschen zu können, doch weit genug von dem Rest der Familie und den anderen Gästen entfernt, um uns in Ruhe unterhalten zu können.

»Es tut mir leid, dass ich dir nicht mehr Aufmerksamkeit schenken konnte«, erwiderte Skye entschuldigend. »Ich bin froh, dass du hier bist, Penny.«

Pennys Gesicht glühte, weil Skye so nett zu ihr war. Die blauäugige, dunkelhaarige Schönheit strahlte jetzt, da ihre Miene wahres Glück ausdrückte.

Als Seth vor ein paar Tagen vorgeschlagen hatte, an Skyes und Aidens Wochenendgrillparty teilzunehmen, hatte ich bereits geplant, Penny über das Wochenende zu mir zu holen. Großzügig hatte Skye Penny eingeladen mitzukommen.

»Eure Partys machen Spaß«, meinte meine junge Freundin an Skye gewandt. »Alle lachen ständig.«

Skye verdrehte die Augen. »Uns bleibt nichts anderes übrig, als zu lachen. Jade und ich werden mit Testosteron und männlichen Witzen überschüttet. Und jetzt muss es die arme Riley auch damit aufnehmen.«

Ich grinste Skye von meinem Sitz ihr gegenüber an. »Glaub mir, es macht mir nichts aus.« Partys mit den Sinclairs machten wirklich Spaß. Sie unterschieden sich stark von den Festen, die ich gewohnt war. »Aber heute hat mich Noah in die Zange genommen.«

Skye schnappte nach Luft. »Nein!«

Ich nickte. »Doch.«

»Das sieht Noah überhaupt nicht ähnlich. Normalerweise ist er nur daran interessiert, so schnell wie möglich in sein Büro zurückzukehren.«

»Ich hatte das Gefühl, er wollte herausfinden, welche Absichten ich in Bezug auf Seth hege.«

Skye und Penny brachen in Lachen aus.

»Er hat sich so verhalten, als versuchte er, eine Tochter zu beschützen«, bemerkte Penny.

»Na ja, so fürsorglich war er auch wieder nicht«, überlegte ich. »Er hat sich eher so benommen, als befürchtete er, ich könnte Seth das Herz brechen.«

»Da magst du recht haben«, sagte Skye leise. »Seth ist kein Frauenheld und es ist ziemlich offensichtlich, dass er verrückt nach dir ist.«

»Ist er nicht«, erklärte ich rasch. »Wir sind eher Freunde, wirklich.«

»Warum starrt er dann ständig auf deinen Hintern und deine Beine in dieser kurzen Hose?«, neckte Penny mich.

»Ich muss gestehen, mir ist das auch aufgefallen«, meinte Skye.

Ich zuckte mit den Schultern. »Er mag mich vielleicht anziehend finden, aber das ist auch alles.«

»Riley, da ist mehr als Anziehung«, sagte Skye vorsichtig. »Ich denke, wir alle sehen es. Seth war niemals ein Frauenheld und Aiden sagt, Seth habe es noch niemals so ernst mit einer Frau gemeint. Seth mag dich.«

Ich seufzte. »Ich glaube, ich habe es vermasselt, Skye. Ich habe ›kein Sex‹ und ›kein Hinternbegrapschen‹ als Regeln aufgestellt, bevor wir begonnen haben, uns zu verabreden. Und jetzt, da wir nun bereits seit mehr als drei Wochen beinahe täglich zusammen sind, bereue ich es. Ein Teil von mir möchte sehen, wohin die Geschichte mit ihm führen könnte, aber ich habe Angst.«

Skye nickte heftig. »Das verstehe ich. Es geht wirklich ziemlich tief, sobald du erst einmal Sex hattest.« Sie zögerte einen Moment, bevor sie Penny fragte: »Ist es in Ordnung, wenn du dir das alles anhören musst?«

Ich hatte Skye ein wenig über Pennys Vorgeschichte mit Nolan erzählt, daher wusste sie, dass die jüngere Frau von ihm missbraucht und manipuliert worden war.

Penny schniefte, als wäre sie gekränkt. »Natürlich. Ich bin doch keine Jungfrau mehr und beinahe achtzehn. Riley und ich haben über viele unerfreuliche Dinge in unserer Vergangenheit geredet. Deshalb geht es mir jetzt besser. Sie hat mir geholfen, meine Eltern zu verlassen. Ich lebe jetzt bei einer entfernten Cousine, bis ich nächstes Jahr nach Harvard gehe.«

Ich drehte den Kopf, um die hübsche junge Frau neben mir zu betrachten. Penny hatte in den letzten zwei Jahren große Fortschritte gemacht dank der neuen, liebevolleren Umgebung bei ihrer Cousine und mithilfe einer Therapie.

»Du bist eine erstaunliche junge Frau, Penny. Und sehr tapfer«, sagte Skye ermutigend.

Penny blickte mich an. »Ich habe viel Hilfe bekommen. Ich stehe tief in Rileys Schuld für das, was sie für mich getan hat. Aber ich weiß, ich werde es nie wiedergutmachen können.«

»Man tut niemandem einen Gefallen, um es sich zurückzahlen zu lassen«, schalt ich. »Ich bin so froh, dass ich jetzt hier mit dir sitze. Ich bin so stolz auf dich.«

Ich freute mich jedes Mal, wenn Penny einen weiteren Meilenstein erreichte. Sie wusste nicht, dass sie mir mehr gegeben hatte, als ich ihr jemals hätte geben können. Es machte mich glücklich zu wissen, dass ihr als Erwachsene erspart bleiben würde, durch die gleiche Hölle zu gehen wie ich. Und dass sie keinen Abschaum wie Nolan würde heiraten müssen.

Penny schwieg eine Weile, bevor sie sagte: »Du hast mir nicht erzählt, dass Seth Gitarre spielen kann. Er und Aiden musizieren fantastisch zusammen.«

»Ich wusste es auch nicht«, gab ich zu. »Bis heute hat er es niemals erwähnt.«

»Seth und Aiden hängen es nicht an die große Glocke, dass sie ein Talent für Musik haben. Sie haben es sich zum größten Teil selbst beigebracht«, erklärte Skye. »Ich glaube, sie zweifeln beide an ihrem Talent, weil sie keine richtige Ausbildung besitzen.«

»Was sie in Wahrheit als noch größere Talente erscheinen lässt«, erwiderte ich.

Der Großteil der Familie und Freunde, die zum Grillen eingeladen waren, hielt sich im Haus auf, um der Musik zu lauschen. Offensichtlich kam es selten vor, dass die beiden musizierten.

»Da stimme ich dir zu«, seufzte Skye. »Aber ich denke, Aiden, Seth und Noah haben immer noch viele Komplexe wegen ihrer Vergangenheit.«

Ich wandte mich ihr überrascht zu. »Warum?«

»Ich weiß, dass Aiden immer noch mit der Tatsache zu kämpfen hat, dass sie in solcher Armut aufgewachsen sind. Dass er Jade, Brooke und Owen niemals all die Dinge geben konnte, die Kinder haben sollten. Es ist lächerlich, wenn man bedenkt, wie viel Noah, Aiden und Seth aufgegeben haben, um die Familie zusammenzuhalten. Niemand musste Hunger leiden und sie sind eng verbunden aufgewachsen. Vielleicht wurden sie nicht gerade verwöhnt, doch ihre elementarsten Bedürfnisse wurden befriedigt.«

Jetzt meldete Penny sich zu Wort. »Ich glaube, es ist besser, dass sie nicht verwöhnt wurden. Ich habe das schlechte Ergebnis gesehen, wenn Kinder alles haben. Geld wird ihnen viel zu wichtig und sie erwarten, für den Rest ihres Lebens alles serviert zu bekommen. Frauen müssen wirklich lernen, mehr auf sich selbst zu zählen, und darauf verzichten, reiche Männer heiraten zu wollen.«

»Genau«, brummte ich.

»Du bist weise für dein Alter«, sagte Skye sanft zu Penny.

Sie zuckte mit den Schultern. »Nicht wirklich. Ich bin plötzlich in die Welt hinausgestoßen worden und wusste nicht, was ich tun sollte. Riley lehrte mich, unabhängiger zu sein. Wenn sie das nicht getan hätte, wäre ich jetzt mit irgendeinem alten Mann verheiratet, der mich wie seinen Besitz behandeln würde.«

»Du lobst mich viel zu sehr, Penny«, erklärte ich. »Wenn du nicht selbst an dir gearbeitet hättest, ständest du jetzt genau dort, wo du vor zwei Jahren warst.«

»Und ich würde es hassen«, ergänzte sie leidenschaftlich. »Ich bin froh, dass du jetzt mit Seth zusammen bist. Er ist wunderbar. Ich mag ihn sehr. Die Sinclairs sind keine Angeber, obwohl sie megareich sind.«

Ich nahm mein Weinglas vom Kaffeetisch vor uns und trank einen großen Schluck.

Skye lächelte. »Keiner von ihnen wird jemals zum Snob werden. Das garantiere ich. Ich bin jetzt auch eine Sinclair. In dieser Familie musst du nicht das gleiche Blut haben, um dazuzugehören.«

Da musste ich Skye zustimmen. Selbst Noah stand mit beiden Beinen auf der Erde, auch wenn er mich in die Mangel genommen hatte, um herauszufinden, ob ich gut für seinen Bruder war, obwohl das nicht nötig gewesen wäre, denn ich hatte ihm klargemacht, dass Seth und ich nur Freunde waren.

Unglücklicherweise wollte ich jetzt mehr und es schien unmöglich, es zu bekommen. Seth hatte seine Vergangenheit zum größten Teil bewältigt. Ich meinerseits arbeitete noch daran und hatte noch einen weiten Weg vor mir. Er verdiente eine bessere Frau als mich. Eine Frau, die bereits einen klaren Kopf und sich aus den Klauen der Vergangenheit befreit hatte.

Ich entspannte mich und nippte an meinem Wein, während ich der Musik lauschte, die durch die offene Terrassentür flutete.

Seth und Aiden spielten gut. Wirklich gut. Es fiel mir schwer zu glauben, dass sie als Heranwachsende keinen Musikunterricht genossen hatten. Sie klangen, als hätten sie beide ihre Fertigkeiten jahrelang erlernt.

»Ich bin eigentlich nicht wirklich mit Seth zusammen«, sagte ich schließlich. »Das habe ich dir doch erklärt, Penny. Es ist ein Spiel. Ein Experiment.«

Sie verdrehte die Augen. »Bitte, Riley. Ich habe Augen im Kopf. Wie Skye bereits sagte, er ist verrückt nach dir. Empfindest du nicht das Gleiche für ihn?«

Plötzlich richteten sich zwei fragende Augenpaare auf mich, die auf meine Antwort warteten.

Ich schluckte heftig. »Vielleicht. Aber das heißt noch lange nicht, dass ich die richtige Frau für ihn bin. Das bin ich nämlich nicht.«

»Steckt da die Geschichte mit deinem Vater dahinter?«, erkundigte Penny sich sanft. »Glaubst du deshalb, nicht gut genug zu sein?«

Ich warf ihr einen panischen Blick zu und schüttelte den Kopf. Obwohl Skye und ich uns langsam anfreundeten, hatte ich weder ihr noch jemand anderem außer Penny etwas von meiner frühesten Kindheit erzählt. Und ihr hatte ich mein Herz lediglich deshalb ausgeschüttet, weil ich glaubte, ihr damit zu helfen. »Nein, darum geht es nicht.«

Mir war sehr wohl bewusst, dass ich log.

»Was ist damals geschehen?«, wollte Skye jetzt neugierig wissen. »Ist es etwas, das ich noch nicht weiß? Du kannst es mir erzählen, Riley. Um Gottes willen, ich war einmal mit einem Mitglied der Mafia verheiratet. Ich schleppte in diesen Jahren große Ängste und viel Leid mit mir herum. Doch inzwischen habe ich gelernt, dass es viel besser ist, darüber zu reden, statt es in dir zu vergraben.«

»Das ist eine lange Geschichte«, wehrte ich ab.

»So lang nun auch wieder nicht«, meinte Penny.

»Denk daran, dass ich für dich da bin, wenn du reden willst«, erbot Skye sich freundlich. »Ich will dich nicht drängen, über etwas zu reden, das du niemandem erzählen willst. Wenn du so weit bist, bin ich jederzeit für dich da.«

»Oh mein Gott!«, rief Penny aus. »Warst du wirklich mit einem Mafioso verheiratet, Skye?«

Ich wurde beinahe neidisch, als Skye nickte und begann, Penny von ihrer Vergangenheit zu erzählen.

Ich wünschte, ich hätte auch so offen sein können, so selbstsicher.

Skye konnte über ihre Vergangenheit reden, ohne zuzulassen, dass die Gegenwart oder die Zukunft davon beeinflusst wurden.

Leider konnte ich das nicht. Noch nicht.

Als Penny keine Fragen mehr einfielen und sie ihre Bewunderung für Skyes Mut ausgedrückt hatte, begannen die beiden, über Pennys Zukunft zu plaudern.

»Was wird dein Hauptfach sein?«, erkundigte Skye sich.

»Computerwissenschaft«, erwiderte Penny begeistert.

»Sie hat Talent«, verriet ich Skye. »Penny hat sich selbst das Programmieren beigebracht, sie ist also den Studienanfängern weit voraus.«

»Unterstützen deine Eltern dich?«, fragte Skye.

Penny schüttelte langsam den Kopf. »Nein. Als ich mit Nolan nichts mehr zu tun haben wollte und von zu Hause wegging, kauften sie mir für einige Millionen Dollar das Versprechen ab, mich nicht mehr in ihrer Welt blicken zu lassen, was nicht gerade ein Opfer für mich war. Und außerdem bin ich dankbar, auf diese Art mein Studium bezahlen zu können. Das ist doch immerhin etwas.«

Ich musste die Tränen zurückblinzeln, während ich Penny zuhörte. Ich wusste nur zu gut, dass es ihr immer noch wehtat, dass ihre Eltern so einfach auf sie verzichten konnten.

In Skyes Augen las ich ihr Entsetzen, doch sie drängte Penny nicht, mehr zu erzählen. Meine aufkeimende Freundschaft mit Skye hatte mir bereits gezeigt, dass sie unglaublich intuitiv und einfühlsam war. Sie wusste, wann es nichts mehr zu sagen gab.

Ich persönlich glaubte, dass Penny am Ende ohne ihre Eltern besser dran war. Bedingungen. Für alles gab es Bedingungen in unserer Welt. Sie hatte genug durchgemacht.

Ich öffnete den Mund, um das Thema zu wechseln, schloss ihn jedoch wieder, als hinter mir eine männliche Stimme ertönte, die ich nie wieder hatte hören wollen.

»Hallo, Margaret, welch Überraschung, dich hier zu treffen. Ich war bei einer kleinen Zusammenkunft unten am Strand und machte gerade einen Spaziergang, als ich euch drei hier sitzen sah. Und da bist du nun. Und Penelope ebenso. Nett, euch beide wiederzusehen, muss ich sagen.«

Pennys entsetzte Miene reichte, um mich aufspringen zu lassen und mich zwischen sie und die Stimme zu stellen.

Als ich den Blick des braunäugigen Mannes auffing, hätte ich würgen können, aber meine Beschützerinstinkte waren zu stark, um einen Rückzieher zu machen.

»Nolan«, erwiderte ich mit eisiger Stimme, »es ist überhaupt nicht nett, dich zu sehen. Verschwinde. Auf der Stelle.«

KAPITEL 16

Riley

Offensichtlich war Nolan tatsächlich auf einer Strandparty gewesen. Er trug eine Freizeithose und ein Polohemd, was ungewöhnlich für ihn war. Doch wer ging schon in einem Smoking zu einer Strandparty?

»Ich habe dich und Penelope vermisst«, meinte er in dem aufreizend nasalen Tonfall, den ich verachtete.

»Wie hast du uns wirklich gefunden?«, verlangte ich zu wissen.

Ich kaufte ihm den Schwachsinn von wegen »ich war gerade zufällig in der Gegend« nicht ab.

Er zuckte vage mit den Schultern. »Mein Gastgeber mag erwähnt haben, dass er den Eindruck hatte, die Sinclairs gäben eine Party. Ich hatte bis jetzt noch nicht das Vergnügen, ein Familienmitglied der Sinclairs kennenzulernen.«

Ich rauchte vor Zorn. Er hatte sich offensichtlich gekränkt gefühlt, noch nicht mit der Familie bekannt gemacht worden zu sein, die mehr Geld besaß als er. Daher hatte er beschlossen zu versuchen, deren Gunst zu gewinnen. Die Familie mochte zwar die Partys der reichen Kreise nicht besuchen, nichtsdestotrotz wollte niemand einen Sinclair verärgern.

Nicht jetzt, da sie stinkreich waren.

»Du bist nicht eingeladen. Verschwinde«, sagte ich wütend.

Penny konnte es wirklich nicht gebrauchen, dass dieses Arschloch hier auftauchte. Der ängstliche Ausdruck auf ihrem Gesicht genügte, um in mir den Wunsch zu erwecken, Nolan zu Boden zu schlagen.

»Und wie kommt es, dass du und Penelope eingeladen wurdet?«, fragte er ungerührt.

Ich kannte diesen Tonfall. Er war neidisch, was für Nolan durchaus normal war. Gleichgültig, wie viel er auch besaß, er wollte stets mehr.

Jetzt erhob sich Skye. »Die beiden sind mit uns befreundet«, erklärte sie kühl. »Sie hingegen nicht.«

»Oh, mit diesen beiden Frauen verbindet mich definitiv mehr als Freundschaft«, erwiderte er frostig. »Ich habe sie beide vermisst. Ich würde sie gern öfter sehen.«

Mein Gott! Hat der Hurensohn wirklich geglaubt, wir würden einem Dreier zustimmen oder einer Art Harem angehören wollen?

Er muss den Rest seines geringen Verstandes verloren haben.

»Keiner von uns beiden will dich sehen!«, schnauzte ich ihn an.

Er kam auf mich zu, doch ich behauptete meine Position. »Komm schon, Margaret. Du kannst doch hier nicht glücklich sein. Deine Mutter hat mir erzählt, du hättest eine Hütte am Strand und dass du kaum noch Veranstaltungen besuchst. Willst du wirklich noch länger als alte Jungfer und am Rande der Sozialhilfe leben?«

»Ja. In der Tat möchte ich das.« Ich schuldete ihm keine weitere Erklärung.

Meine kleine »Hütte« hatte mehr gekostet, als neunundneunzig Prozent der Bevölkerung sich leisten konnte, und das Haus war wunderschön. Doch er war so besessen vom Materialismus, dass es für ihn nach Armut aussah.

»Du willst mich doch immer noch, Margaret. Und Penelope auch. Ihr habt beide zu viel Angst vor Ablehnung und deshalb traut ihr euch nicht, euch mir zu nähern. Daher komme ich nun zu euch.« Aus seinem Mund klang es so, als täte er uns einen großen Gefallen.

»Du bist der reinste Abschaum«, warf ich ihm unverblümt an den Kopf. »Und ich bin sicher, Penny und ich sind jetzt viel zu alt für dich, da du ja scheinbar auf junge Frauen stehst. Sehr junge.«

Er wirkte geschockt, dann lief sein Gesicht vor Wut puterrot an.

Es wurde vielleicht etwas über Kindesmissbrauch gemunkelt, doch bis jetzt hatte noch niemand Nolan mit diesem Thema direkt konfrontiert.

»Du bist ein Kindesmisshandler, Nolan«, fuhr ich fort, denn mein Zorn brannte zu heiß, um jetzt aufzuhören. »Ein dreckiges Stück Mist, das im Gefängnis sitzen sollte. Und obwohl ich mich vielleicht nicht mehr in deinen Kreisen bewege, sei gewiss, dass ich dich im Auge behalte. Falls du jemals noch einmal ein minderjähriges Mädchen anfasst, werde ich es wissen. Ich kenne immer noch genügend gute Leute in deinem Umfeld, um es zu erfahren, und dann werde ich dafür sorgen, dass du im Knast landest.«

»So wie dein Vater?«, erwiderte er sarkastisch. »Glaubst du wirklich, diese Gerüchte blieben unbeachtet, Margaret? Und er ist jahrelang davongekommen. Niemand konnte ihm etwas anhaben. Die Leute hätten Anzeige erstatten müssen, und das will niemand. Und jetzt lass uns darüber reden, wie wir wieder zusammenkommen. Du, ich und Penelope.«

»Du rührst sie nicht mehr an. Nur über meine Leiche«, knurrte ich.

Plötzlich sprang Nolan einen Schritt auf mich zu und schmetterte mich gegen die Ziegelwand der Terrasse.

Für einen Augenblick sah ich Sterne und dann wurde alles schwarz, doch nur für einen Moment. Als ich zu Bewusstsein kam, spürte ich nichts als seine schleimigen Lippen auf meinen.

»Das muss ein Witz sein«, hörte ich die wütende Bemerkung von Seth, doch ich erfasste sie nicht vollkommen.

Ich war zu beschäftigt damit, meine Sicht wiederzuerlangen.

»Verschwinde von hier, verdammt noch mal«, schrie Skye, die an Nolan zerrte. »Aiden! Hilf uns!«

Als ich wieder halbwegs klarsehen konnte, überwältigte mich der Zorn, dass er tatsächlich die Unverschämtheit besaß, mich anzurühren.

Ich war außer mir, doch das war mir egal.

Ich holte weit aus und schlug kräftig zu. Ich hörte befriedigt, wie meine Hand auf sein Gesicht traf. Dann nutzte ich den Moment seiner Verblüffung, hob mein Knie und rammte es ihm in die Hoden, und zwar so kräftig, dass sie ihm gut zum Hals hätten wieder herauskommen können. Und dann tat ich es noch einmal. Und noch einmal. Bis er unter Schmerzgeheul zu Boden sackte.

»Steh auf, du Schwein«, verlangte ich, obwohl ich spürte, dass ich schwankte.

Ich wäre erst fertig mit ihm, wenn ich ihm so viele Schmerzen verursacht hätte, dass er sich Penny und mir nie wieder nähern würde.

»Riley, nicht«, hörte ich Aiden in mein Ohr ächzen, während er mich an den Schultern zurückzog.

»Sie ist verletzt, Aiden«, sagte Skye außer sich. »Er hat ihren Kopf gegen die Steinwand geschmettert. Sie braucht medizinische Versorgung.«

»Mir geht es gut«, murmelte ich. »Ich muss Penny nach Hause bringen.«

Ich drehte mich herum, um mich neben Penny zu setzen. »Geht es dir gut?«

Sie nahm meine Hände in ihre. »Nicht ich wurde gerade gegen eine Wand geschmettert. Riley, du musst ins Krankenhaus.«

»Mir geht es gut«, versicherte ich ihr, obwohl meine Sicht noch ein wenig verschwommen war.

Noch immer kursierte Adrenalin durch meinen Körper und ich zitterte vor restlichem, nicht verausgabtem Zorn.

Ich holte tief Luft und versuchte, ruhiger zu werden, als Noah und Aiden Nolan von mir wegzerrten.

Sein Gejammer wurde immer noch von den Terrassenwänden zurückgeworfen und es nagte an mir. Daher war ich dankbar, dass sie ihn wegschafften.

»Er kam von irgendeiner Veranstaltung am Strand«, erklärte ich den Brüdern bebend, doch laut genug, um das Stöhnen von Nolan zu übertönen.

»Ich weiß, wo es ist«, informierte Aiden Noah. »Wir sind auch eingeladen gewesen, aber mit diesen Leuten haben wir nicht viel gemeinsam. Wir haben die Einladung abgelehnt.«

»Ich denke, wir bringen ihn persönlich dorthin und überlassen es dem Gastgeber, was er mit ihm macht«, meinte Noah.

»Wer auch immer die Party gibt, hat ihm erzählt, wo ihr wohnt«, erklärte ich Aiden. »Er ist ursprünglich nicht wegen Penny und mir hergekommen. Er wollte euch und eure Familie kennenlernen. Ich glaube, wir waren nur eine Zugabe.«

»Zugabe, mein Gott«, ächzte Aiden. »Ich werde seinem Gastgeber sagen, dass er der Nächste sein wird, der schreit, falls dieses Dreckstück noch einmal einen Fuß auf unser Grundstück setzt.«

»Wo ist Seth?«, fragte ich immer noch zitternd.

»Gegangen«, erwiderte Aiden knapp. »Er sagte, er müsse gehen, da er nicht mit deinem Ex konkurrieren wolle. Er sagte, du hättest ihn geküsst. Ich denke, er hat Easton erkannt. Gott weiß, dieser Idiot ist nicht gerade schüchtern vor einer Kamera.«

Nolan war eine Medienhure, daher war ich sicher, dass Seth wusste, wie er aussah.

»Sie hat ihn nicht geküsst«, verteidigte Skye mich. »Sie war halb bewusstlos. Sie hat ihre Hände allein aus dem Grund auf seine Schultern gelegt, um sich im Gleichgewicht zu halten, nachdem Nolan ihren Kopf gegen die Wand geschmettert hatte. Hat Seth wirklich geglaubt, sie würde jemand anderen küssen?«

»Als ob ich das tun würde«, jammerte ich unter Tränen. Mein Verstand arbeitete immer noch nicht richtig.

»Das würde sie niemals tun«, bemerkte Penny. »Er ist ein absolutes Schwein.«

»Ich muss schon sagen, du hast ihm den Garaus gemacht«, sagte Noah bewundernd.

»Ich war wütend«, versuchte ich zu erklären.

»Aus gutem Grund«, knurrte Aiden, während er und Noah Nolan auf die Füße zogen. »Erinnere mich daran, dich niemals sauer zu machen.« Er wandte mir den Kopf zu und schenkte mir ein schelmisches Grinsen.

»Ruf doch bitte einen Krankenwagen für Riley«, sagte Noah zu Skye. »Wir kümmern uns um den Abschaum.« Er wies mit dem Kopf auf den immer noch winselnden Nolan.

»Ich brauche keinen Krankenwagen«, widersprach ich.

»Ich werde sie fahren«, sagte Skye mit fester Stimme. »Von hier aus sind es nur ein paar Minuten zum Krankenhaus.«

»Ich begleite euch«, beharrte Penny. »Und wir werden ein Nein nicht akzeptieren, Riley. Ich bin in Ordnung. Ich werde bei dir bleiben. Ich habe keine Angst mehr vor ihm. Ich war nur ein wenig geschockt. Aber um dich mache ich mir Sorgen. Bitte lass dich untersuchen. Tu es für mich. Ich kann nicht nach San Diego zurückkehren, bevor ich weiß, dass mit dir alles in Ordnung ist.«

Meine größte Sorge war, Nolan könnte einen Weg finden, sich Penny zu nähern.

In Anbetracht seines jetzigen Zustands waren meine Ängste vielleicht unbegründet, doch er wusste offensichtlich, wo ich wohnte.

Dankbar nahm ich zur Kenntnis, dass Nolans Schreierei verstummte, als Noah und Aiden ihn ins Haus zerrten, um in die Garage zu gelangen.

»Kannst du laufen?«, fragte Skye und schob mir die Hand unter den Oberarm.

»Ich glaube ja«, sagte ich, nun etwas ruhiger.

Jetzt, da Nolan weg war, fühlte ich mich, als könnte ich Bäume ausreißen.

Penny stand auf, ließ meine Hand los und unterstützte mich auf der anderen Seite.

»Ich hätte dir helfen sollen«, meinte sie bedauernd. »Ich war aber einfach wie erstarrt, Riley.«

»Niemand hatte Zeit, zu Hilfe zu kommen, Liebes«, beruhigte Skye sie. »Es geschah alles zu schnell. Denk jetzt nicht darüber nach. Das ist nicht wichtig. Lass uns zusehen, dass wir Riley ins Krankenhaus bringen.«

Die beiden Frauen waren so besorgt, dass ich keine Einwände mehr erhob.

Penny würde bei mir bleiben, daher würde Nolan sich ihr nicht nähern können. Höchstwahrscheinlich würde er ohnehin keinem von uns beiden mehr nahekommen.

In dieser Annahme lag eine gewisse Befriedigung.

Langsam ging ich von den beiden Frauen gestützt ins Haus.

Vor der Garagentür blieb ich stehen.

»Was ist mit Seth? Hat er wirklich gedacht, ich hätte Nolan geküsst? Es tut weh, dass er diese Möglichkeit auch nur in Betracht gezogen hat.«

Skye drängte mich vorwärts und antwortete nicht, bis wir alle drei in ihrem Wagen saßen. »Ich kann mir ehrlich nicht vorstellen, dass er überhaupt etwas gedacht hat. Doch damit will ich nicht sagen, dass ich sein lächerliches Verhalten gutheiße.«

Sie öffnete die Garagentür, bevor sie hinzufügte: »Als du bewusstlos wurdest, sah es von seinem Blickwinkel wahrscheinlich so aus, als würdest du ihn küssen. Du konntest dich nicht sofort wehren und hattest deine Hände auf Nolans Schultern gelegt.«

»Konnte er nicht dableiben, um die Situation zu klären?«, fragte ich unglücklich.

»Das hätte er tun sollen«, murmelte Skye. »Du musst mit ihm darüber reden, dass er immer so vorschnell urteilt. Aiden und ich haben das Gleiche durchgemacht und es hat nur unnötigen Herzschmerz verursacht.«

»Ich bin mir nicht sicher, ob ich überhaupt noch mit ihm reden will. Ich dachte, er vertraut mir.«

Obwohl ich lange gebraucht hatte, um Seth mein Vertrauen zu schenken, glaubte ich, dass wir über das Stadium hinaus gewesen wären, einander nicht zu vertrauen.

»Männer sind dumm, wenn sie eifersüchtig sind. Manchmal verwandeln sie sich innerhalb von Sekunden in grünäugige Monster. Ich nehme an, auch Frauen können das.«

Grünäugige Monster?

Hatte ich mich nicht selbst in ein solches verwandelt, als ich mich über die Frauenkleider in Seths Haus aufgeregt hatte?

Ich war jedoch nicht davongelaufen.

Seth sehr wohl.

Ich hätte genauso gut sein Haus verlassen können, ohne eine Tasse Tee zu machen und abzuwarten, ob es irgendeine Erklärung gab.

Er hätte mir das gleiche Entgegenkommen zeigen können.

»Die Sache ist die, Riley. Seth ist eifersüchtig, weil er eure Beziehung nicht mehr als reine Freundschaft betrachtet«, erklärte Skye auf dem Weg zum Krankenhaus.

»Ich bin nicht sein Besitz«, erwiderte ich.

»Dem stimme ich zu. Und ich glaube kaum, dass er das selbst auch nur für eine Sekunde glaubt. Seine Reaktion beruhte gänzlich auf seiner Verletztheit. Ich habe sein Gesicht gesehen. Er wirkte vollkommen am Boden zerstört, bevor er sauer wurde.«

Mein Herz zog sich zusammen. »Falls ich ihn enttäuscht habe, so war das keine Absicht. Das würde ich freiwillig niemals tun.«

»Das weiß ich. Sobald Seth vernünftig darüber nachdenkt, wird er das auch einsehen. Die Männer der Sinclairs tendieren manchmal dazu, ohne nachzudenken zu reagieren. Und danach bereuen sie es so sehr, dass es beinahe lästig wird.«

Sie machte eine Pause, bevor sie hinzufügte: »Mach dir jetzt keine Sorgen um Seth. Wir müssen uns um dich kümmern.«

»Mir geht es gut«, knurrte ich. »Ich tue dies nur für dich und Penny.«

»Damit kann ich umgehen, wenn wir dich auf diese Art ins Krankenhaus bekommen«, ertönte Pennys leise Stimme von der Rückbank.

»Ich auch«, stimmte Skye lächelnd zu, während sie bei der Notaufnahme vorfuhr.

Ich schenkte beiden ein schwaches Lächeln.

Sie hatten keine Ahnung, wie gut es mir tat, wahre Freundinnen zu haben.

KAPITEL 17

Seth

Was zum Teufel denkt sie sich! Sie kann nicht zu diesem Arschloch zurückkehren!

Ich war vollkommen erschöpft, aber nicht genug, um meinen Ärger und meine Frustration zu kompensieren.

Bumm! Bumm! Bumm!

Ich hatte eine ausgedehnte Joggingrunde hinter mir und befand mich jetzt in dem Fitnessraum meines Hauses, wo ich wie ein Wilder auf einen Sandsack einschlug, der von der Decke baumelte.

Körperlich mochte ich mich zwar verausgabt haben, doch mental war ich immer noch so zornig, dass ich mich scheinbar nicht genug austoben konnte, um das Bild von Riley zu vertreiben, die willentlich Easton küsste.

Bumm! Bumm! Bumm!

»Hurensohn«, fluchte ich und schlug noch einmal heftig auf den Sack ein, bevor ich mich vornüberbeugte und nach Luft schnappte.

Ich streifte die Handschuhe ab und richtete mich auf. Welche Art Folter sollte ich mir jetzt auferlegen?

Ich äugte zu meinem Ergometer hinüber und entschied, dies wäre das Nächste auf meiner Aktivitätenliste. Ich konnte mich ordentlich ins Schwitzen bringen, sobald ich einmal anfing.

Ich hätte mich durch alle Geräte in meinem Fitnessraum gearbeitet, wenn ich danach vor lauter Erschöpfung und Muskelschmerzen nicht mehr an Riley hätte denken müssen.

Ohne Zweifel würde ich den Anblick niemals vergessen, wie Easton die Frau, die ich begehrte, mit seinen Küssen verschlang, doch ich wünschte mir verzweifelt, den Schmerz lindern zu können, zumindest ein wenig.

Ich hatte es mit eigenen Augen gesehen.

Die Erinnerung war noch frisch.

Riley hatte sich willentlich dem Kuss hingegeben.

Falls dem nicht so gewesen wäre, hätte ich den Hurensohn umgebracht.

Die Wahrheit war, ich mochte sie so sehr, dass ich ihr wünschte, alles zu bekommen, was sie glücklich machen konnte.

Und er wird sie verdammt unglücklich machen.

Und genau der Punkt brachte mich um.

Vielleicht würde sie niemals aufhören können, um die Anerkennung ihrer Mutter zu kämpfen.

Vielleicht konnte sie es nicht.

Mist! Ich wusste nur zu gut, dass ich in Kürze auf ihrer Türschwelle stehen würde, um sie davon zu überzeugen, dass sie nicht mit einem solch schleimigen Kerl zusammen sein und das Gefühl haben konnte, ihm zu gehören.

Denn sie gehörte zu mir.

Riley hatte vom ersten Moment, in dem ich sie gesehen hatte, zu mir gehört. Ich mochte das damals nicht erkannt haben, doch jetzt wusste ich es. Ich war mir dessen vollkommen sicher.

Ich konnte sie glücklich machen. Auf der Grillparty hatte sie gelächelt, gelacht und war frohen Mutes gewesen, bis diese Wanze aus der Wand gekrochen war.

Hatte sie ihn eingeladen?

Es gab keine andere vernünftige Erklärung, warum Easton dort aufgetaucht war.

»Was zum Teufel machst du hier?«, ertönte plötzlich die Stimme meines Bruders Noah hinter mir.

Ich fuhr herum. »Ich wohne hier, verdammt noch mal«, schoss ich zurück, nicht in der Stimmung für einen von Noahs patriarchalischen Ratschlägen. Ich wusste bereits, dass ich nicht in Betracht ziehen sollte, mit Riley zu reden, nachdem sie einen anderen Mann geküsst hatte. »Was machst *du* hier? Wie bist du hereingekommen?«

Er hielt einen Schlüsselbund in die Höhe. »Du hast mir einen Schlüssel gegeben. Und du hast nicht auf die Türklingel reagiert. Dein Range Rover stand in der Garage, daher nahm ich an, dass du zu Hause bist.«

»Ich trainiere. Ich habe im Augenblick keine Zeit zum Reden«, knurrte ich.

Er starrte mich prüfend an. »Mir scheint, du hast dein Training für heute bereits hinter dir. Du triefst vor Schweiß am ganzen Körper.«

»Ist mir scheißegal«, keuchte ich. »Ich fühle mich so besser.«

Noah ignorierte mich und ging zu dem kleinen Kühlschrank in der Ecke. Er holte eine Flasche Wasser heraus und reichte sie mir. »Trink das, damit du nicht dehydrierst.«

Ich schnappte ihm das Wasser aus der Hand. Ich hatte mich noch nicht so weit beruhigt, dass ich selbst gemerkt hätte, dass ich einen Wahnsinnsdurst hatte.

Ich trank alles in einem Zug, zerknüllte die Flasche und warf sie in den Abfalleimer. »Du willst doch irgendetwas, Noah. Du bist noch nie einfach nur für eine Plauderei unter Brüdern vorbeigekommen.«

Normalerweise mussten wir Noah von seiner Arbeit loseisen.

»Ich frage dich noch einmal, warum du hier bist«, wiederholte er.

»Und ich habe dir geantwortet, dass ich hier wohne.«

Er warf mir einen gereizten Blick zu. »Du solltest im Krankenhaus sein.«

Ich fuhr mit dem Kopf hoch und augenblicklich hatte Noah meine Aufmerksamkeit. Wenn jemand aus unserer Familie krank oder verletzt war, wollte ich natürlich dort sein. »Was ist geschehen? Ist es Aiden?«

Noah schüttelte den Kopf. »In Anbetracht deiner großen Zuneigung zu Riley hätte ich erwartet, dass du bei ihr sein wolltest, während sie behandelt wurde.«

Riley?

Was zum Teufel?

»Heißt das etwa, sie ist im Krankenhaus?«

Er nickte schlicht.

»Ist Easton nicht bei ihr?«

Noah runzelte die Stirn. »Warum zum Teufel sollte er dort sein? Nach dem Vorfall bezweifle ich stark, dass er sich noch einmal innerhalb der Reichweite ihrer Faust aufhalten will.«

»Auf der Grillparty haben sie sich noch innig geküsst«, informierte ich ihn heiser. »Sie waren verdammt nett zueinander.«

Noah blickte mich enttäuscht an. »Weißt du, für einen Mann, der klug genug ist, mit großer Schnelligkeit ein kommerzielles Immobiliengeschäft aufzuziehen, bist du manchmal erstaunlich geistlos. Wie im Moment. Sie hat das Arschloch doch nicht freiwillig geküsst.«

Mein Herz begann zu rasen. »Das sah aber ganz danach aus.«

»Du hast den Augenblick verpasst, als Easton sie mit dem Kopf gegen die Wand geschmettert hat. Um Gottes willen, Seth, die Frau war bewusstlos, als Easton sie geküsst hat. Okay, ihre Hände lagen auf seinen Schultern, aber doch nur, weil ihr schwindelig war. Du hast auch den Augenblick nicht mitbekommen, als sie ihm ordentlich eine verpasst hat, nachdem sie sich von ihm befreien konnte. Sie hat Penny beschützen wollen und hat sich nicht gescheut, dem Dreckskerl mehrmals ihr Knie in den Unterleib zu rammen, und zwar so heftig, dass er für den Rest seines Lebens eine Sopranstimme haben wird. Ich persönlich war äußerst beeindruckt. Sie kämpft mit allen Mitteln. Sie gefällt mir.«

Mein Geist kehrte zu der Szene zurück, die ich nur ein paar Sekunden hatte mit ansehen können, bevor ich sie nicht mehr ertragen hatte.

Ihre Hände lagen auf seinen Schultern.

Easton hatte sich über sie gebeugt.

Aber sie stand mit dem Rücken gegen eine Steinwand.

Und sie hatte sich zwar nicht gegen ihn gewehrt, war aber auch nicht gerade begeistert bei der Sache gewesen.

Ich schüttelte mich, um die Bilder in meinem Kopf loszuwerden. *Mein Gott!* Was, wenn Noah recht hatte?

Ich warf ihm einen skeptischen Blick zu. »Bist du dir sicher?«

»Natürlich. Aiden und ich haben mit eigenen Augen gesehen, wie sie ihn fertiggemacht hat. Sie hat ihn so heftig ins Gesicht geschlagen, dass ihm beinahe der Kopf weggeflogen wäre, und dann hat sie ihm die Hoden zum Hals heraus getreten. Sie war vollkommen außer sich und hätte nicht aufgehört, wenn Aiden nicht eingegriffen hätte. Ich bin mir nicht sicher, was zwischen den beiden vorgefallen ist, aber bei ihr hatte sich eine Menge Zorn angestaut. Aiden meint, sie hätte guten Grund, Easton zu hassen, denn ihm sind Gerüchte zu Ohren gekommen, dass er sie betrogen hat, was ich Aiden glaube. Doch es könnte noch mehr an der Geschichte dran sein, da sie Penny beschützt hat.«

»Du hast ja keine Ahnung«, murmelte ich, während mein Verstand raste. »Also war das Zusammentreffen nicht einvernehmlich?«

»Nein, es hat sie zur Weißglut getrieben«, erwiderte Noah. »Es war alles andere als einvernehmlich. Sie hat sich wirklich an ihm ausgetobt, obwohl sie doch kurz zuvor heftig mit dem Kopf gegen die Wand gekracht war. Wie ich bereits sagte, ich mag sie, und das kann ich nicht von vielen Leuten behaupten, die nicht zu meiner Familie gehören. Die Frau besitzt eine erstaunliche innere Stärke und sie hat Biss. Ich möchte ihr nicht gern in die Quere kommen.«

Ich schüttelte den Kopf. »So habe ich Riley noch nie erlebt.«

»Danke Gott dafür«, meinte Noah. »Es war ein wenig beängstigend.«

»Geht es ihr gut?« Das Herz klopfte mir bis zum Hals. Ich musste wissen, wie schwer Riley verletzt war. »Sag mir die Wahrheit.«

»Ich habe mit Skye telefoniert. Sie behalten Riley zur Überwachung über Nacht im Krankenhaus. Sie hat eine Gehirnerschütterung, aber glücklicherweise keinen Schädelbruch. Skye hat mir erzählt, sie hätte Rileys Schädel knacken hören, als er gegen die Wand prallte.« Nachdem er zu Ende geredet hatte, ging Noah noch einmal zum Kühlschrank und brachte mir eine weitere Flasche Wasser. »Trink. Du brauchst Flüssigkeit. Du siehst beschissen aus.«

Ich nahm einen großen Schluck. »Ich muss zu Riley. Was zum Teufel habe ich getan, Noah? Ich habe sie einfach im Stich gelassen. Easton hat ihr wehgetan und ich bin einfach davongelaufen.«

Ich verspürte Brechreiz und trank noch einen Schluck Wasser, um ihn zu besänftigen. Ich begann zu glauben, dass Noahs Interpretation der Wahrheit entsprach. Es musste so sein. Und ich empfand mich im Augenblick als größeres Arschloch als Easton.

Wie konnte ich nur so einfach weggehen, während Riley verletzt worden war und in Schwierigkeiten steckte?

»Du wusstest es doch nicht. Und glaube mir, diese Frau kann sich selbst beschützen«, sagte Noah grimmig. »Fang jetzt nicht an, dich wegen deiner Reaktion selbst fertigzumachen. Lerne daraus. Wenn du nur einen Augenblick innegehalten hättest, hättest du erkannt, dass deine Schlussfolgerungen keinen Sinn ergaben. Riley hasst Easton. Warum zum Teufel sollte sie sich erneut auf ihn einlassen?«

Um ihrer Mutter zu gefallen?

Verdammt, jetzt, bei klarem Verstand, machte selbst diese Entschuldigung keinen Sinn.

Ich kannte Riley.

Ich wusste, sie war dabei auszubrechen.

Ich wusste, dass sie die Welt hasste, in der alles Bedingungen unterworfen war.

»Ich habe es vermasselt«, stellte ich heiser fest.

Diese Frau kann sich selbst beschützen. Das hatte Noah gerade gesagt. Und ja, ich hegte keine Zweifel, dass Riley für sich selbst sorgen konnte, denn das hatte sie immer getan.

Die Sache war jedoch die, dass ich ihr hätte beistehen müssen. Es wurde Zeit, dass Riley wusste, jemand war für sie da.

Und ich war es nicht gewesen.

»Dann bring es wieder in Ordnung«, schlug Noah vor. »Und dreh nächstes Mal nicht wieder durch. Sie hat keine Familie in Citrus Beach und braucht wahrscheinlich noch Hilfe, bis es ihr mental wieder besser geht. Skye ist mehr als bereit, für Riley da zu sein, und Aiden ebenfalls. Im Moment versuchen die beiden, Penny zu überreden, nach Hause zu fahren, da sie morgen Vorlesungen hat.«

»Ich werde mich um sie kümmern.« Ich konnte den Gedanken nicht ertragen, Riley könnte jemals allein sein.

Noah grinste. »Das habe ich mir gedacht. Wenn du doch nur nicht so voreilig urteilen würdest.«

Ich konnte es mir nicht verzeihen, dass ich davongelaufen war, als Riley mich gebraucht hatte, doch den Fehler würde ich nicht noch einmal begehen.

»Bist du sicher, dass es ihr gut geht?«, erkundigte ich mich noch einmal.

»Wann habe ich dich jemals belogen?«, fragte er entrüstet.

»Niemals«, gab ich zu.

»Dann glaube mir auch diesmal. Sie hat wahnsinnige Kopfschmerzen und ist ein wenig benommen. Aber der Arzt meint, sie wäre auf dem Weg der Besserung. Sie behalten sie nur vorsichtshalber über Nacht dort, um sie zu überwachen, nicht weil sie etwa Komplikationen erwarten würden.«

Ich blickte meinem älteren Bruder in die Augen. »Am Ende wird sie mich vielleicht hassen, weil ich ein solches Arschloch bin, aber ich werde sie nie wieder verlassen.«

Noah zuckte mit den Schultern. »Ich kann zwar nicht gerade behaupten, dass ich deine Gefühle verstehe, weil ich einer Beziehung zu einer Frau keine so große Bedeutung beimesse, aber ich finde, sie ist es wert, sich um sie zu kümmern.«

»Sie ist es mehr als wert«, informierte ich ihn überschwänglich. »Ich muss los. Ich will so schnell wie möglich zum Krankenhaus.«

»Trink das Wasser und bitte nimm eine Dusche. Falls Riley nicht bereits einen Widerwillen gegen dich hat, wird sie ihn bekommen. Du stinkst.«

Ich wollte zwar nichts anderes, als auf schnellstem Wege zu Riley zu gelangen, aber Noah hatte recht. Ihr zuliebe musste ich mich von meinem Gestank befreien.

»Bin schon dabei«, rief ich und schon joggte ich in Richtung Treppe.

»Seth!«, schrie Noah.

Ungeduldig blieb ich auf der dritten Stufe stehen. »Ja?«

»Falls sie wirklich sauer ist, bring dem Mädchen ein Kätzchen«, riet Noah mir. »Das wird sie vielleicht besänftigen.«

Ich starrte meinen Bruder an, als wäre er verrückt geworden. »Was?«

»Riley hat sich schon immer eine Katze gewünscht, doch ihre Eltern haben es nicht zugelassen. Das hat sie heute in einem Gespräch erwähnt. Sie hat vor, sich eine anzuschaffen, ist jedoch noch nicht dazu gekommen. Wenn sie dir also wirklich böse ist, besorge ihr ein Kätzchen. Das funktioniert vielleicht«, meinte er, wobei er versuchte, nicht allzu pessimistisch zu klingen. Ich wusste jedoch, dass das Gegenteil der Fall war.

Ich grinste ihn an. »Danke für den Tipp.«

Er zuckte mit den Schultern. »Wozu hat man Brüder?«

Ohne ein weiteres Wort sprintete ich die Treppe hoch.

Im Laufen glaubte ich, Noah brummen zu hören: »Ich finde schon allein hinaus.«

KAPITEL 18

Riley

Ich hätte nicht behaupten können, mich über den Anblick von Seth zu freuen, als er durch die Tür meines Krankenhauszimmers trat.

Jetzt, da mein Kopf langsam wieder klar wurde, war ich ihm verdammt böse, dass er mich so voreilig verurteilt hatte.

Allerdings ließ seine besorgte Miene meine Ablehnung ein wenig dahinschmelzen.

Zähneknirschend hatte ich zugestimmt, über Nacht im Krankenhaus zu bleiben, nicht weil ich es selbst gewollt hätte, sondern weil ich nur auf diese Art Penny hatte überzeugen können, nach San Diego zurückzukehren, um am nächsten Morgen ihre Vorlesungen nicht zu verpassen.

Aiden und Skye saßen immer noch neben meinem Bett und beide begrüßten Seth erfreut.

Ich war nicht so höflich zu ihm. »Was willst du?«, murmelte ich, als er neben meinem Bett stehen blieb.

Er streckte die Hand aus und strich mir zärtlich übers Haar. »Ich weiß, dass du sauer bist, Riley. Und du hast das Recht dazu. Ich habe vorschnell geurteilt –«

»Viel zu schnell«, unterbrach ich ihn.

Aiden und Skye erhoben sich.

»Ich denke, wir sollten gehen«, meinte Aiden.

»Ich wollte eigentlich heute Nacht bei Riley bleiben«, protestierte Skye.

»Ich bleibe. Ich habe nicht vor, den Raum wieder zu verlassen«, erklärte Seth mit fester Stimme.

»Damit muss Riley aber einverstanden sein«, wandte Skye ein.

Oh Gott. Am liebsten hätte ich gesagt, dass ich nicht damit einverstanden wäre, doch dann hätte Skye die ganze Nacht hierbleiben müssen, da sie glaubte, jemand müsste hier bei mir sein. Und nichts hätte ihre Meinung ändern können, obwohl die Krankenschwestern ihr versichert hatten, sie würden mich genauestens beobachten.

Ich lächelte sie an. »Ist schon gut. Fahr nach Hause. Danke, dass du für mich da gewesen bist.«

»Ruf mich an, falls du etwas brauchst«, erwiderte sie. »Wir wohnen so nahe, dass ich in wenigen Minuten hier sein kann.«

Aiden nahm Skye bei der Hand und führte sie aus dem Zimmer.

Seth zog sich einen Stuhl heran, sodass er direkt neben dem Bett sitzen konnte. »Hör mir zu, Riley. Ich weiß, ich habe es vermasselt –«

»Du hast mich verletzt«, erklärte ich unverblümt. Ich war es leid, meine Worte stets auf die Goldwaage legen zu müssen. Ich lernte, dass es viel einfacher war, sogleich mit der ganzen Wahrheit herauszurücken.

Seine Augen waren voller Reue. »Ich weiß. Es tut mir leid. Ich hätte für dich da sein müssen, war es aber nicht. Ich habe geglaubt, du hättest Eastons Kuss erwidert. Der Gedanke, dich zu verlieren, war nicht gerade angenehm. Ich bin einfach durchgedreht.«

Ich verschränkte die Arme vor der Brust. »Die Tatsache, dass du mir nicht genügend vertraut hast, um zu bleiben und herauszufinden, was wirklich passiert war, macht mich sauer. Ich nehme an, du kennst mittlerweile die wahre Geschichte?«

Jemand musste sie ihm erzählt haben, denn sonst wäre er nicht hier gewesen. Und dazu noch so reuevoll, wie Skye es vorausgesehen hatte.

Er nickte. »Noah hat mich zu Hause aufgesucht. Ich schwöre, dafür werde ich Easton umbringen.«

»Nein, das wirst du nicht tun. Du wirst dich von ihm fernhalten. Er ist es nicht wert, seinetwegen ins Gefängnis zu gehen. Außerdem habe ich eigene Pläne.« Also gut, seine wilde Miene beängstigte mich etwas.

Seth sah aus, als wäre er durch die Hölle und wieder zurück geschleift worden. Seine Haare waren so unordentlich, als wäre er gerade aus dem Bett gestiegen. Und er trug eine alte Jeans und ein zerschlissenes Sweatshirt. Doch am meisten besorgten mich die Linien in seinem Gesicht und sein wilder Blick.

Ganz zu schweigen von der Tatsache, dass er vollkommen erschöpft und geschafft wirkte.

»Wenn ich verspreche, ihn nicht umzubringen, wirst du mir dann erlauben, hier bei dir zu bleiben?«

Ich starrte ihn an. »Jetzt auch noch Erpressung?«

»Nein. Nur ein Kompromiss.«

Ich verdrehte die Augen. »Ich nehme an, dass du hierbleiben darfst, aber ich brauche wirklich niemanden. Immerhin bin ich in einem verdammten Krankenhaus und werde von genügend Leuten überwacht. Deshalb bin ich schließlich hier.«

»Betrachte mich als deine persönliche Krankenschwester«, schlug er vor.

»Du begleitest mich aber nicht zur Toilette«, erklärte ich, peinlich berührt bei dem Gedanken.

Er nickte. »Dafür werde ich eine echte Schwester rufen.«

»Gut. Und jetzt erklär mir, warum du dich wie ein Arschloch benommen hast. Die Wahrheit. Du kennst doch meine Gefühle Nolan gegenüber und was er Penny angetan hat. Wie konntest du jemals glauben, ich würde schnurstracks zu ihm zurückkehren? Gott, ich kann es noch nicht einmal ertragen, ihm ins Gesicht zu blicken, geschweige denn mich von ihm auf irgendeine Art berühren zu lassen«, informierte ich ihn.

»Ich konnte nicht mehr rational denken, als ich euch beide zusammen gesehen habe«, ächzte er. »Ich konnte nur noch daran denken, dass du zu ihm zurückkehren würdest.«

»Die Beziehung zwischen dir und mir ist doch nur vorgetäuscht«, sagte ich sanft.

»Es ist keine Show mehr, Riley. Ich denke, das weißt du bereits, du willst es nur nicht aussprechen.«

Ich wusste, ich konnte nicht lügen. Die Wochen, die wir gemeinsam verbracht hatten, waren die glücklichsten meines Lebens gewesen. Und das hatte an Seth gelegen. »Ich will nicht über unsere Beziehung reden«, wandte ich ein. »Nicht jetzt.«

»Das müssen wir auch nicht«, erwiderte er, nahm meine Hand und schlang seine Finger um meine. »Du musst jetzt nur gesund werden.«

»Das bin ich bereits. Warum hört mir niemand zu?«, fragte ich sauer.

»Wahrscheinlich weil dich alle lieben«, gab er zur Antwort. »Soweit ich es verstanden habe, bist du ziemlich hart mit dem Kopf aufgeprallt, als das Arschloch dich gegen die Wand gestoßen hat.«

»Ja«, erklärte ich. »Einige Sekunden lang war ich bewusstlos, genau dann, als du das gesehen hast, was du für einen innigen Kuss gehalten hast. Aber so war es nicht. Ich musste mich beinahe übergeben, als mir bewusst wurde, was geschah. Seine Zunge steckte in meiner Kehle.«

»Noah sagt, du hast ihn fertiggemacht«, bemerkte Seth.

»So gut ich konnte«, gab ich zu. »Ich glaube, ich habe ihm die Eier eingetreten. Das ist an sich für mich bereits ein recht untypisches Verhalten, doch das Schlimmste war, dass ich nicht aufhören zu können schien. Ich wollte, dass er aufstand, damit ich ihm noch einmal wehtun konnte. Doch er war auf dem Boden aufgeschlagen und wand sich dort, bis Aiden und Noah ihn schließlich wegzerrten. Ich glaube, auf gewisse Art war ich auch vollkommen irrational. Ich konnte nur noch an Penny denken und an alles, was er ihr angetan hatte.«

»Für dich war es auch nicht gerade leicht«, betonte er.

Ich zuckte mit den Schultern. »Mag sein. Aber Penny war doch nur ein Kind. Ich war immerhin erwachsen.«

»Ich hätte für dich da sein sollen, anstatt mich wie ein Idiot zu benehmen«, meinte er. »Du warst verletzt, verdammt!«

Er wirkte so bestürzt, dass ich Mitleid bekam.

»Ich habe es überlebt. Ich habe nicht erwartet, dass mich irgendjemand rettet. Das hat niemand je getan. Du hast mir dies nicht angetan. Es war Nolan.«

»Trotzdem wünschte ich, ich wäre da gewesen«, knurrte er.

Ich musterte noch einmal sein Gesicht. »Ich finde, du solltest etwas schlafen. Fahr nach Hause, Seth. Ich bin in guten Händen.«

»Ich werde dich nicht noch einmal allein lassen, Riley. Diesmal werde ich hierbleiben, falls du mich brauchen solltest. Und zwar für immer«, brummte er.

»Dann kannst du dich auf der Liege ausstrecken oder in das zweite Bett hüpfen. Die Krankenschwester hat mir gesagt, dass sie keinen weiteren Patienten in dieses Zimmer legen wird.«

»Ich nehme die Liege. Dann bin ich näher bei dir, falls du etwas brauchst.«

Ich betrachtete seinen großen, durchtrainierten Körper und fragte mich, ob er nicht doch besser das Bett gewählt hätte. »Das wird nicht gemütlich.«

»Ich verdiene im Moment nichts Besseres«, meinte er unwirsch.

Ja, ich war wütend gewesen, doch aus irgendeinem Grund wollte ich Seth nicht leiden sehen.

Ich seufzte. »Ach was.«

»Du hast gesagt, ich hätte dich verletzt.«

»Ich war einfach ehrlich. Ich möchte keine Angst mehr haben. Ich will sagen, was ich wirklich meine und fühle.« Ich hatte jahrelang versucht, jeden in meinem Leben zufriedenzustellen.

»Ich will, dass du ehrlich bist«, erwiderte ich. »Ich denke, wir müssen uns wirklich unterhalten, sobald du dich besser fühlst. Du bist mir wichtig, Riley. Sehr wichtig. Ich schwöre, ich werde tun, was ich kann, um es wiedergutzumachen.«

Ich wollte nicht, dass er das Gefühl hatte, für etwas büßen zu müssen. Ich wünschte einfach, er hätte mir vertraut. »Ich weiß im Moment nicht, was ich will, Seth.«

Ich war verwirrt und brauchte Zeit, um nachzudenken. Vorzugsweise mit klarem Kopf.

Ich musste gähnen.

»Du bist müde«, stellte er fest.

Ich nickte schläfrig. »Wahrscheinlich wegen der Schmerztabletten. Ich habe eine bekommen, kurz bevor du eingetroffen bist.«

Er drückte mir die Hand. »Schlaf, Riley. Ich bin hier.«

Gähnend beobachtete ich, wie Seth den Liegesessel in die flachste Position brachte.

Ich ließ den Kopf aufs Bett sinken, denn ich wusste nicht, wie lange ich die Augen noch offenhalten konnte. Die Augenlider waren mir plötzlich so schwer.

Seth schaltete die Deckenlampen aus, ließ jedoch ein kleines Licht brennen.

»Darf ich dich etwas fragen?«, sagte Seth in seinem dunklen Bariton.

»Was?«

»Wirst du mir je verzeihen? Ich meine, wir müssen jetzt nicht über unsere Beziehung sprechen. Aber ich will dein Vertrauen zurückgewinnen. Das muss ich. Ich möchte lediglich wissen, ob du mir eine Chance gibst.«

Wahrscheinlich würde ich ihm am Ende vergeben. Doch zu leicht wollte ich es ihm nicht machen.

»Ich werde darüber nachdenken«, erwiderte ich, während meine Augenlider sich flatternd schlossen.

Er schmunzelte. »Damit gebe ich mich für den Augenblick zufrieden.«

KAPITEL 19

Riley

Während der nächsten Tage fiel es mir wirklich schwer, Seth weiterhin böse zu sein.

Erstens hatte er mich in seiner Sturheit zu sich nach Hause gebracht anstatt zu mir, indem er behauptete, der Arzt hätte darauf bestanden, dass jemand mich für weitere ein oder zwei Tage im Auge behielt.

Zweitens hatte er zu Hause gearbeitet, um genau das tun zu können.

Und drittens hatte er mich maßlos verwöhnt. Mir schmolz das Herz, wenn er mir jedes Mal, wenn er kurz außer Haus war, einen Chai Mokka Latte mitbrachte. Oder etwas zum Mittagessen. Oder zum Abendessen.

Seit Tagen hatte ich keinen Finger krumm gemacht, außer um ein wenig auf meinem Laptop zu arbeiten.

Kurz gesagt, er war wunderbar.

Gewiss, wahrscheinlich hatte ich ihn auch ein bisschen dazu angestachelt, da ich bis jetzt noch nicht zugegeben hatte, dass ich über sein übereiltes Urteil hinweggekommen war.

»Hast du mir schon verziehen?«, erkundigte er sich von seinem Schreibtisch in seinem Heimbüro.

Ich saß mit hochgelegten Beinen in einem Ruhesessel auf der anderen Seite des Raumes und versuchte, etwas von meiner liegen gebliebenen Arbeit aufzuholen. »Ich werde darüber nachdenken«, erwiderte ich nun bereits zum hundertsten Mal, seitdem ich aus dem Krankenhaus entlassen worden war.

Skye hatte nicht übertrieben, als sie gesagt hatte, die Sinclair-Männer würden sich unglaublich reumütig benehmen, wenn sie einen Fehler gemacht hatten.

Seit Tagen bekam er nun schon die gleiche Antwort von mir zu hören, doch es schien ihn nicht zu beunruhigen. Ehrlich, inzwischen war es mehr zu einem Scherz zwischen uns geworden, da ich bereits beschlossen hatte, Nachsicht zu zeigen.

»Ich werde es weiterhin versuchen«, meinte er leichthin.

»Für wie lange?«, fragte ich mit klopfendem Herzen.

Er zuckte mit den Schultern. »Solange es nötig ist.«

Sein Blick war weiterhin auf den Laptop gerichtet und ich ergriff die Gelegenheit, den Mann eingehend zu mustern, den ich gewiss nicht verstand, aber total bewunderte.

Ich machte mir nichts vor, es war schon lange kein Experiment mehr. Allerdings wusste ich im Augenblick nicht genau, was wir füreinander waren.

Ich mochte ihn sehr gern und ich begann, mich langsam zu fragen, ob ich ihm in einem Monat einfach so den Rücken zukehren könnte, wenn unser Vertrag ausgelaufen wäre.

Ich bemerkte, dass er jetzt viel entspannter aussah als an dem Tag, an dem er im Krankenhaus aufgetaucht war. Wenn er zu Hause arbeitete, trug er keinen Anzug, sondern Jeans und heute dazu ein marineblaues Polohemd, das seine Augen besonders betonte, was mir jedes Mal auffiel, wenn er mich anblickte.

Seth war umwerfend, zeigte aber gelegentlich ungeschliffene Ecken und Kanten, was ich an ihm liebte.

Okay, auf seine Sturheit konnte ich gern verzichten, wie zum Beispiel seine störrische Weigerung, mich nach Hause gehen zu lassen. Wir hatten uns deswegen gestritten und ich hatte nachgegeben. Nicht weil er etwa unangenehm geworden wäre, sondern weil ich die tiefe Besorgnis in seinen unwiderstehlichen, silbrig schimmernden Augen gesehen hatte.

Für gewöhnlich arbeiteten wir schweigend und fühlten uns in der Gesellschaft des anderen wohl. Doch heute schweiften meine Gedanken umher.

Ich schloss die Augen und atmete tief ein, um seinen Duft zu genießen, der hier in seinem Büro in einer abgeschiedenen Ecke des Hauses stets in der Luft zu hängen schien.

Als ich die Augen wieder öffnete, blickte er mir direkt ins Gesicht. »Was tust du da?«

Erwischt!

»Nichts«, erwiderte ich knapp und richtete den Blick wieder auf den Laptop.

Hatte er überhaupt eine Ahnung, wie schwer es mir fiel zu arbeiten, während ich von den sexy Pheromonen umgeben war, die er auch ausstrahlte, wenn er nicht versuchte, meine Aufmerksamkeit zu erregen?

Jetzt, da ich mich erholt hatte, wurde es immer schwieriger, die unerbittliche Anziehungskraft, die machtvolle Chemie zwischen uns zu ignorieren.

»Ich denke gerade, dass es gut wäre, wenn ich in mein eigenes Heimbüro zurückkehren würde.« Ich hob den Blick, um ihn wieder anzusehen.

»Warum?« Er zog eine Braue in die Höhe.

»Ich kann dort besser arbeiten.«

»Fühlst du dich nicht wohl hier?« Er wirkte besorgt.

»Doch. Aber ich kann nicht für immer hier arbeiten, Seth.«

»Du bleibst«, befahl er mit kehliger Stimme.

Das klang doch sehr nach einem Höhlenmenschen, der mich an den Haaren zurückgeschliffen hätte, falls ich versucht hätte, einen Schritt aus dem Haus zu tun.

Wahrscheinlich hätte mich das beängstigen sollen, doch dem war nicht so. Ich gewöhnte mich an Seths irrationale Forderungen, weil sie seiner Sorge um mich entsprangen.

Ich würde es ihm nicht sagen, aber die Art, wie er mich während der letzten Tage behandelt hatte, machte es mir beachtlich leichter, über die Tatsache hinwegzukommen, dass er kurzzeitig in seinem Vertrauen zu mir geschwankt hatte.

Ich holte tief Luft. »Ich verzeihe dir«, erklärte ich. »Du musst mich wirklich nicht länger beaufsichtigen. Mir geht es gut, seitdem du mich nach Hause geholt hast. Ich bin es nicht gewohnt, dass sich jemand um mich kümmert, Seth.«

»Dann gewöhn dich daran«, knurrte er. »Da du mir nicht erlaubst, Easton umzubringen, bleibt mir nur der Ausweg, dich im Blick zu behalten – auch wenn du mir verzeihst, wofür ich übrigens dankbar bin.«

Ich seufzte genervt. »Du kannst mich nicht für immer bewachen.«

Er erhob sich, kam zu mir herüber und stellte meinen Laptop auf dem Boden ab. Ich schrie schrill auf, als er mich hochhob, sich setzte und mich auf seinen Schoß zog. »Aber ich kann dich auch nicht allein lassen. Was wäre, wenn er zurückkäme?«

Er streichelte meine Haare und ich kuschelte mich an seinen starken, muskulösen Körper. Seth fühlte sich so gut an, dass ich nicht widerstehen konnte. Und ehrlich, schon seit Tagen sehnte ich mich danach, ihm so nahe zu sein. Ohne nachzudenken, schlang ich ihm die Arme um den Hals und liebkoste seinen Nacken. Wie ich es genoss, sein dichtes Haar unter meinen Fingerspitzen zu spüren!

»Er kommt nicht zurück«, erklärte ich in dem Versuch, ihn zu beruhigen. »Er ist durch Zufall auf Penny und mich gestoßen. Sein Aufenthalt in Citrus Beach war kein Versuch, uns zu suchen.

Aber ich muss zugeben, dass ich mich über die Möglichkeit gefreut habe, ihm eins zu verpassen, auch wenn ich mir den Kopf angeschlagen habe.«

»Du hast dir nicht selbst den Kopf angeschlagen«, verbesserte er gepresst. »Der Hurensohn hat deinen Kopf gegen die Steinwand geschmettert.«

Mir zog sich das Herz zusammen. Seth war sauer ... immer noch. »Ich bin es nicht gewohnt, dass sich jemand um mich kümmert. Das war eigentlich noch nie der Fall. Ich bin seit langer Zeit allein. Bereits als Kind war ich unabhängig.«

Ich erbebte, als Seth seine Arme um mich schloss und mit einer seiner großen Hände beruhigend meinen Rücken streichelte.

»Erlaube mir, mich um dich zu kümmern, Riley. Das tue ich zwar bereits, aber ich möchte, dass du meine Hilfe annimmst als etwas, worauf du ein Recht hast, etwas, das du verdienst. Ich kann nicht umkehren und dich nicht berühren und wieder so tun, als wären wir nur Freunde. Dann würde ich den Verstand verlieren«, versuchte er mich mit heiserer Stimme zu überzeugen.

Und verdammt, ich konnte mich nicht dazu bringen, Nein zu sagen. »Was wird geschehen, wenn wir alles ändern?« Es klang so verlockend, aber gleichzeitig auch beängstigend.

»Was immer wir wollen, Baby«, erwiderte er. »Wir müssen nichts planen. Wir müssen einfach nur herausfinden, wo es hinführen wird. Ich jedenfalls weiß bereits, was ich will. Ich will dich, seitdem du dich im *Coffee Shack* zum ersten Mal an meinen Tisch gesetzt hast.«

Ich spürte, wie ich nachgab. Ich mochte zwar noch Angst haben, doch ich konnte nicht leugnen, dass Seth und ich seit Wochen auf genau diesen Augenblick zustrebten.

Ich hatte es gespürt.

Er hatte es gespürt.

Und zu einer reinen Freundschaft zurückzukehren wäre unerträglich schmerzhaft gewesen.

»Ich habe das Gleiche empfunden«, gestand ich, während ich ihm mit den Händen durch die Haare fuhr. »Aber ich wollte mich nicht mit dem Gegner einlassen«, neckte ich ihn.

Er nahm meinen Kopf zwischen seine Hände und ermutigte mich, ihn anzusehen.

Was ich auch tat.

Und dann war ich vollkommen verloren.

Die Bestimmtheit in seiner Miene und die Hitze in seinen Augen waren so verdammt real, dass ich spürte, wie Wärme zwischen meine Schenkel flutete. Meine Nippel verhärteten sich schmerzvoll, als wir uns tief in die Augen blickten und so verharrten, bis ich jegliches Zeitgefühl verlor.

Schließlich erklärte er heiser: »Du wirst niemals mein Gegner sein, mein Herz. Niemals.«

Ich schauderte. Ich konnte seine harte Erektion unter meinem Hintern spüren und den verzehrenden Hunger in seinen Augen sehen.

Mich. Dieser wunderbare Mann will mich.

»Was willst du?«, erkundigte ich mich flüsternd und wie hypnotisiert.

»Ich will, dass du mich küsst, verdammt, bevor ich den Verstand verliere«, stöhnte er.

Und weil ich nicht noch länger warten konnte, tat ich genau das.

Er umfasste meinen Hinterkopf und ich senkte meinen Mund auf seinen.

Ich stöhnte gegen seine Lippen. Endlich in der Lage zu sein, meine Gefühle körperlich ausdrücken zu können, war eine Gnade, eine Linderung des nagenden Schmerzes, der mich seit dem Moment verzehrte, in dem wir uns kennengelernt hatten.

Während er mit der Zunge meinen Mund in Besitz nahm, hielt er meinen Kopf in Position, als befürchtete er, ich könnte fliehen.

Ich werde ihn nicht verlassen. Auf keinen Fall. Ich begehre diesen Mann schon viel zu lange.

Jetzt wurde unser Kuss hungrig, verlangend, voll einer Begierde, die nicht befriedigt wäre, bis wir uns nackt Haut an Haut spürten.

»Seth«, murmelte ich, als er mit seinen Lippen an meinem Hals hinunterwanderte und jeden Zentimeter meiner empfindlichen Haut liebkoste.

Er erkundete mich, als müsste er lernen, was genau mich anmachte.

»Seth«, mahnte ich in strengerem Tonfall.

Er hob den Kopf. »Was ist los, Riley? Was willst du?«

Dich. Ich will nur dich! Ich will, dass du mich fickst, bis mein Körper befriedigt ist. Bis ich von dem überwältigenden Verlangen meines Körpers befreit bin.

Ich zog mich ein wenig zurück, obwohl mein Körper sich dagegen sträubte. »Es gibt etwas, das ich dir sagen muss. Etwas Wichtiges.«

Seth und ich waren aufs Äußerste erregt, daher musste ich ihm die Wahrheit sagen, bevor ich nicht mehr dazu in der Lage gewesen wäre.

Ich öffnete den Mund, schloss ihn jedoch reflexartig wieder.

Ich blinzelte Tränen der Frustration zurück. »Verdammt!«, fluchte ich zornig, denn etwas hielt mich zwanghaft zurück, wenn ich die Wahrheit über meine Kindheit rauslassen wollte. Nur Penny und meine Therapeutin wussten Bescheid und selbst bei ihnen war mir das Reden schwergefallen.

Ich versuchte, auf andere Weise zu beginnen. »Ich besitze nicht viel sexuelle Erfahrung«, platzte ich heraus. »Ich meine, ich bin zwar keine Jungfrau mehr, aber es war niemals gut.«

»Ich werde dafür sorgen, dass es dir gefällt, Riley«, versprach er in seinem sexy Bariton.

Ich holte tief Luft. »Auf dem College gab es einen Mann, doch er verließ mich wegen einer anderen Frau. Tief in mir wusste ich aber, dass er gegangen war, weil ich auf Sex nicht wirklich reagiere. Er gefällt mir eigentlich nicht und Oralsex mache ich nicht. *Überhaupt nicht. Niemals.*«

Er schwieg, daher fuhr ich fort: »Und dann war da Nolan.« Nun begannen die Tränen zu fließen, während ich weitersprach. »Es war jedes Mal schrecklich, aber ihm schien es nichts auszumachen. Ich lag nur da und betete, es möge vorbei sein. Daher sind meine Gefühle für dich unerwartet. Ich weiß nicht, was geschehen wird.«

Zu meiner Verlegenheit begann ich zu schluchzen, was mir in meinem ganzen Leben noch nicht passiert war.

Seth zog meinen Kopf an seine Schulter. »Lass los, Riley. Lass es raus.«

Er streichelte mir einfach tröstend über den Rücken und hielt mich fest in seinen Armen, als ich unkontrolliert zu weinen begann.

Ich hatte das Gefühl, mit jedem Atemzug, mit jedem krampfhaften Schluchzer Jahre der Qual und des Schmerzes auszuspucken.

Ich weiß nicht, wie lange ich mich wie ein Kind an seiner Schulter ausheulte, aber er war mir dabei unglaublich nahe.

Ich konnte sein Mitgefühl spüren. Und ich konnte hören, wie sein Schmerz mit meinem verschmolz, als er tröstend vor sich hin summte: »Alles wird gut, Baby. Ich schwöre es. Ich weiß, es stimmt etwas nicht. Erzähl es mir einfach. Was immer es ist, ich werde damit umgehen können.«

»Das ist ja das Problem«, schluchzte ich an seiner Schulter. »Ich selbst konnte bis vor Kurzem nicht damit umgehen. Selbst nach einer intensiven Therapie, die ich während der letzten zwei Jahre gemacht habe.«

Mittlerweile hatte ich zu schluchzen aufgehört, doch die Tränen flossen noch immer und durchnässten sein Hemd.

Ich spürte, wie Seths Körper sich unter meinem anspannte. »Erzähl es mir. Spucks aus.«

Ich wollte es ihm erzählen.

Ich musste es ihm erzählen.

Unsere Beziehung konnte nicht viel weiter gehen, bis er es wusste, trotzdem war es schwierig, es zur Sprache zu bringen.

Ich erinnerte mich an alles, was ich in den zwei Jahren der Therapie gelernt hatte, doch niemals war mir etwas schwerer gefallen, als es schließlich aus mir herausplatzte: »Ich glaube, ich habe Sex nie gemocht, weil mein Vater mich als Kind drei Jahre lang missbraucht hat. Seit meinem sechsten Lebensjahr bis fast zu meinem zehnten Geburtstag. Ich denke, du musst wissen, dass ich einen emotionalen Schaden davongetragen habe, Seth. Ich bin mir sicher, dass ich nicht die Frau sein kann, die du brauchst. *Überhaupt nicht. Niemals.*«

KAPITEL 20

Seth

enn Riley mir erzählt hätte, sie wäre insgeheim ein Alien von einem Planeten aus einer anderen Galaxie, hätte es mich weniger überrascht.

Damit hätte ich wahrscheinlich umgehen können.

Doch in Anbetracht dessen, was sie mir gerade erzählt hatte, war ich vollkommen ratlos.

Irgendwie wusste ich jedoch, dass ich die Sache für sie wieder in Ordnung bringen musste. Ihr emotionaler Schmerz brachte mich beinahe um.

Wieder begann sie zu schluchzen und jedes Mal, wenn sie gequält nach Luft schnappte, hatte ich das Gefühl, ein Messer würde mir in die Seele gestoßen.

Ich fühlte mich am Boden zerstört.

Der Instinkt, sie beschützen zu wollen, ging so weit, dass ich sie noch fester in die Arme schloss, weil ich sie vor dem Bösen schützen wollte, das ihr in der Kindheit zugestoßen war.

Doch das war natürlich nicht möglich. Ich konnte sie nicht vor Geschehnissen in der Vergangenheit schützen.

Ich konnte nichts weiter tun, als ihr verständlich zu machen, dass ich sie für den Rest ihres Lebens beschützen würde oder zumindest bis zu meinem Lebensende.

Mir war bewusst, wie schwer es ihr gefallen sein musste, mir so etwas zu erzählen, und es hatte mir wehgetan, sie so tapfer darum kämpfen zu sehen, die Wahrheit auszuspucken.

Mit ihr in den Armen erhob ich mich, stieg die Treppe hinauf und legte sie behutsam aufs Bett. Dann legte ich mich zu ihr und kuschelte uns eng aneinander, bis unsere Gliedmaßen vollkommen ineinander verschlungen waren, sodass sie nicht mehr wusste, wo sie endete und ich begann.

Sie rieb mit dem Kopf über meine Schulter. »Seth?«, murmelte sie unsicher.

»Ich habe dich nicht hierhergebracht, um Sex zu haben«, versicherte ich ihr. »Ich möchte lediglich, dass du dich ausruhst. Und dabei will ich dich in den Armen halten. Und wenn du reden willst, werden wir reden. Aber auf keinen Fall will ich dich drängen.«

»Wahrscheinlich willst du jetzt keinen Sex mehr mit mir haben, oder?«

»Falsch«, sagte ich barsch. »Ich begehre dich so sehr, dass es wehtut. Aber das ist nicht das Wichtigste für mich. Niemals. Baby, meine Eier werden mir nicht abfallen, wenn wir keinen Sex haben, obwohl es sich vielleicht so anfühlen mag. Ab jetzt geht es nur noch um das, was du willst. Du bestimmst das Tempo.«

»Ich denke, du musst dir eine Frau suchen, die ganz ist«, flüsterte sie mir ins Ohr.

»Ich habe die Frau, die ich haben will«, ächzte ich. »Und ich würde Berge versetzen, um ihr klarzumachen, dass sie bereits ganz ist. Es tut mir so leid, was du als Kind erlebt hast, aber das ändert nichts an dem Menschen, der du heute bist. Es war nicht deine Schuld, Riley. Du warst ein kleines Mädchen. Und ein Mensch, der in der Position war, Macht über dich zu haben, hat sie gegen dich benutzt. Das müsstest du inzwischen wissen.«

»Das weiß ich auch mit dem Verstand«, erwiderte sie schwach, während sie sich an mich kuschelte. »Aber es gibt da immer noch einen Hauch von Schuldgefühl und Scham, die ich seit meiner Kindheit mit mir herumtrage, obwohl ich eine zweijährige Therapie hinter mir habe. Mein Vater ist bereits seit zehn Jahren tot, doch ich erinnere mich immer noch an alles. Ich bin nicht fähig, Lust am Sex zu empfinden. Ich fühle mich schmutzig.«

»Du bist nicht schmutzig«, antwortete ich, während mich der Zorn übermannte. Ich bezwang ihn. Riley konnte es jetzt wirklich nicht gebrauchen, mit den Emotionen konfrontiert zu werden, die ihre Kindheitserlebnisse bei mir hervorriefen. »Du bist innen und außen wunderschön, Baby.«

»Ich habe mich nie so gefühlt«, murmelte sie leise. »Ich dachte, ich würde es mit der Zeit vergessen, Seth. Es geschah vor langer Zeit. Aber später litt ich unter Flashbacks und als ich mein Jurastudium beendet hatte, war ich in Depressionen und Ängsten gefangen. Ich befand mich in einer Abwärtsspirale, weshalb ich wahrscheinlich auch Nolans Heiratsantrag angenommen habe. Ich dachte, wenn ich vielleicht zu jemandem gehören würde, könnte sich alles einrenken. Doch das Gegenteil war der Fall. Ich fühlte mich in der Falle. Und noch ängstlicher. Erst als ich hier in Citrus Beach begonnen habe, eine Therapeutin aufzusuchen, erkannte ich, dass ich wahrscheinlich unter einer Form der Posttraumatischen Belastungsstörung litt. Ich begann zu verstehen, dass man solche Dinge nicht begraben kann. Niemals. Ich musste lernen, damit umzugehen, bevor es mein ganzes Leben bestimmt hätte. Ich musste darüber reden.«

»Wissen es deine Brüder? Oder deine Mutter?«

»Nein«, erwiderte sie leise, »ich habe es ihnen nicht erzählt. Ich bin mir nicht sicher, ob meine Mutter es weiß, aber zumindest müssen ihr Gerüchte zu Ohren gekommen sein. Mein Vater wurde eines Abends von einer Angestellten dabei erwischt, wie er in mein Bett kroch. Und das machte die Runde. Viele Leute tuschelten hinter vorgehaltener Hand darüber, aber eben wie Feiglinge. Niemand konfrontierte meinen Vater je damit, weil er Milliardär war. Er war beinahe unberührbar. Ich wusste nicht, dass einige Leute davon erfahren hatten, bis ich älter wurde. Ich dachte, es wäre meine Schuld. Dass ich etwas getan hätte, womit ich das verdient hätte. Ich habe es nie jemandem erzählt, weil ich nicht wusste, ob man mir überhaupt glauben würde.«

»Ich hasse es, wenn alle Leute Bescheid wissen, aber ihr Maul nicht aufmachen«, fluchte ich. »Deshalb hast du auch Penny geholfen, nicht wahr? Damit will ich nicht sagen, dass du das nicht ohnehin getan hättest, aber sie hat dich an dich selbst erinnert, richtig?«

»Ja«, bestätigte sie leise. »Ich wollte nicht, dass ein anderes Kind so etwas durchmachen musste. Genau wie ich hatte sie nicht wirklich verstanden, dass sie missbraucht wurde, bis sie aus ihrer kleinen Welt herauskam. Wahrscheinlich habe ich mich selbst auch ein wenig besser gefühlt, indem ich ihr geholfen habe. Endlich bin ich aufgestanden und habe gegen das gekämpft, was mir selbst geschehen ist, obwohl es für mich bereits zu spät war. Aber Penny weiß jetzt Bescheid und sieht Nolans Handlungsweise als genau das, was sie war. Sie konnte mit mir reden und musste es nicht unterdrücken. Penny ist der einzige Mensch in meinem Leben, der Bescheid weiß. Ich wollte, dass sie wusste, dass ich immer für sie da sein werde, weil mir das Gleiche zugestoßen ist.«

Ich barg mein Gesicht in ihrem Haar und atmete ihren Duft ein, wobei ich mir verzweifelt wünschte, ich könnte verstehen, warum jemand Riley als Kind so wehgetan hatte. Doch es gelang mir nicht. »Du bist so tapfer, Baby. So unglaublich tapfer. Du solltest dich nicht im Geringsten für das schämen, was dir widerfahren ist. Du warst allein. Du hattest niemanden, der dich gerettet hätte, so wie du es jetzt mit Penny getan hast. Ich verstehe, warum du es deiner Mutter nicht erzählt hast. Ich bezweifle, dass sie Mitgefühl aufgebracht hätte.«

»Sie hätte mich wahrscheinlich als Lügnerin bezeichnet«, antwortete sie. »Sie hat meinen Vater nicht geliebt. Sie wollte lediglich sein Geld. Sie ist nicht reich aufgewachsen. Am Status und am Geld hätte sie festgehalten, was auch immer es gekostet hätte.«

»Dein Vater war eine Vertrauensperson, und diese Stellung hat er missbraucht. Ich bin froh, dass er tot ist, sonst hätte ich ihn gewiss auch töten wollen, vielleicht kurz vor Nolan.«

Ich hörte ein kleines Lachen aus Rileys Mund, das süßeste Geräusch, das ich je vernommen hatte.

Kein Wunder, dass sie nicht oft lachte.

Das würde ich ändern.

»Wirst du in Zukunft immer einen Mord begehen wollen, wenn mich jemand verletzt?«

»Ja«, erwiderte ich ehrlich. Ich wollte nicht lügen. »Ich empfinde starke Beschützerinstinkte, wenn es um dich geht, mein Herz. Das wird wahrscheinlich auch immer so bleiben.«

»Ich wollte mich immer sicher fühlen, konnte es aber nie«, erklärte sie. »Es tut wirklich gut, jemanden zu haben, der mir den Rücken freihält, aber trotzdem kannst du mich nicht für immer beschützen. Ich habe gelernt, auf eigenen Füßen zu stehen.«

»Du kannst unabhängig sein und trotzdem jemanden haben, der dich behüten will, Baby.«

»Vielleicht hast du recht«, meinte sie. »Ich bin mir ziemlich sicher, dass ich süchtig nach dir bin.«

»Dito«, sagte ich heiser. Der dumpfe Schmerz in meinem Unterleib wurde stärker, weil es sich so anhörte, als bliebe sie in Zukunft bei mir.

»Es tut mir leid, dass ich dich damit belaste, aber du musstest die ganze Wahrheit kennen, wenn wir in dieser Beziehung weitergehen wollen. Ich habe gewisse Vorbehalte. Ich bin nicht gerade eine großartige Liebhaberin. Das musst du wissen«, erklärte sie zögernd.

Offensichtlich hatte Rileys Vater sie gezwungen, ihn in den Mund zu nehmen, daher konnte sie einem Mann keinen Oralsex bieten. *Als ob mir das wichtig wäre. Für Riley würde ich wahrscheinlich sogar ganz auf Sex verzichten, wenn ihr das ein Gefühl der Sicherheit geben würde.*

»Riley, du bist die sexuell ansprechendste Frau, die ich jemals kennengelernt habe. Alles liegt jetzt in deiner Hand. Es geschieht nichts, was du nicht willst. Und ich werde dich niemals bitten, etwas zu tun, bei dem du dich nicht wohlfühlst«, versicherte ich ihr ernst.

Ich wollte nicht nur Rileys Körper. Ich wollte sie. Wenn ich die Frau nicht ganz haben konnte, so musste ich eben warten. Ich wusste, es war die Mühe wert.

Wenn ich mich weiterhin selbst befriedigen musste, dann war es eben so.

»Bist du wirklich bereit, so geduldig zu sein?«, fragte sie nach, wobei sie überrascht klang.

»Was muss ich tun, damit du verstehst, dass ich nur dich will, mein Herz? Und das seit dem Tag, an dem wir uns zum ersten Mal begegnet sind. Lieber bin ich hier so wie jetzt mit dir zusammen, als eine andere Frau zu ficken.«

Wenn ich Riley irgendwann nehmen würde – und ich wusste, dass das geschehen würde –, würde sie ebenso begierig wie ich sein.

Ehrlich, selbst wenn ich es gewollt hätte – was ganz gewiss nicht der Fall war –, wäre ich überhaupt nicht fähig gewesen, mit einer anderen Frau zu schlafen.

»Meine Therapeutin hält mich für bereit, aber ich habe Angst. Was ist, wenn ich am Schluss nicht die Frau bin, die dir gefällt, Seth?«

Es brachte mich beinahe um, sie so reden zu hören.

»Nicht, Riley. Du bist die tapferste Frau, die ich kenne. Du musst lediglich erkennen, dass ich dich so sehe und immer sehen werde. Du bist die Frau, die ich haben will. Keine Angst, okay? Wir werden zusammen an dieser Sache arbeiten.«

»In Ordnung«, gab sie nach. »Sag nur nicht, ich hätte dich nicht gewarnt.«

Ich schmunzelte. »Ich wurde pflichtschuldigst gewarnt, bin aber nicht im Geringsten ängstlich, mich mit ganzem Herzen in diese Beziehung zu stürzen.«

»Du bist schon ein bisschen verrückt, weißt du?«, erwiderte sie. »Ich habe Probleme.«

»Wir alle haben Probleme, mein Herz. Warum glaubst du, wollte ich diesen Steg am Strand abreißen und ein riesiges Gebäude dort errichten? Dinge, die mit uns in unserer Kindheit geschehen, können unser ganzes Leben vermasseln.«

Ich verstand sie besser, als sie wissen konnte. Obwohl meine frühe Kindheit nichts im Vergleich zu ihrer gewesen war, da ich immer meine Mutter gehabt hatte, wusste ich aus Erfahrung, dass ein Mensch schlechte Erinnerungen ein Leben lang mit sich herumtragen konnte.

Wie auch immer, ich war jedenfalls entschlossen, Riley über das Kindheitstrauma hinwegzuhelfen. Vielleicht würde es stets in ihrem Hinterkopf bleiben, doch ich würde auf keinen Fall zulassen, dass es ihr gegenwärtiges Glück zerstörte.

Sie zog sich ein wenig zurück und ich hatte das Gefühl, einen Schlag in die Magengrube zu bekommen, als ich ihre geschwollenen Augen sah. »Lass nicht zu, dass dich diese Dinge noch länger verletzen, Seth. Nichts, was deinen leiblichen Vater betrifft, war deine Schuld. Er hätte für dich da sein sollen, aber er war ein Arschloch. Du warst es wert, geliebt zu werden, doch er war unfähig dazu, weil er ein Narzisst war. Er konnte niemanden lieben.«

Es zerriss mir das Herz, dass Riley jetzt versuchte, mich zu trösten, obwohl sie diejenige war, die Aufmerksamkeit und Verständnis brauchte.

Zärtlich strich ich ihr eine Locke aus dem Gesicht. »Jetzt würde ich diesen Steg nicht mehr niederreißen, auch wenn ich es könnte. Denn jetzt verknüpfe ich diesen Ort mit einer wunderbaren Erinnerung an dich. Ich weiß, dass mein Vater nicht fähig war, auch nur einen von uns zu lieben. Ich nehme an, ich wurde nur von einem letzten Rest Zorn aus meiner Kindheit getrieben. Auf keinen Fall lasse ich mir davon die Zukunft verderben. Ich denke, es hat geholfen, neue Erinnerungen zu schaffen, die die alten, schlechten ersetzen. Der Mist wird von Zeit zu Zeit immer wieder hochkommen, aber niemals für sehr lange.«

»Ich wünschte, ich könnte dasselbe behaupten«, meinte Riley wehmütig.

»Hab Geduld«, riet ich ihr. »Du wirst auch an den Punkt gelangen. Setz dich nicht unter Druck.«

Sie nickte bedächtig. »Ich versuche es. In den letzten zwei Jahren habe ich bereits große Fortschritte gemacht.«

Wenn man bedachte, dass Riley eine herzlose Hexe als Mutter und einen grausamen Hurensohn als Vater hatte, war sie verdammt großartig.

»Das hast du wirklich«, stimmte ich zu. »Auch wenn du es jetzt nicht erkennst, du bist ganz, Riley.«

Sie zog eine Braue in die Höhe. »Wie bin ich nur zu einem Mann wie dir gekommen? Du scheinst mich genau so zu akzeptieren, wie ich bin.«

»Du verstehst nicht, dass ich das Gleiche über dich sagen kann, oder?«

Sie schüttelte den Kopf.

Ich fuhr fort: »Du siehst mich, Riley, nicht mein Bankkonto. Das ist ziemlich selten. Deshalb hast du mir zu Beginn so gut gefallen. Du hast nicht gezögert, mir die Meinung zu sagen oder für etwas zu kämpfen, was du haben wolltest. Mit dem Reichtum bin ich ziemlich vorsichtig geworden. Ich kann nicht gerade behaupten, er hätte einen von uns geändert, aber reich zu sein ist neu für uns und hat den Blickwinkel geändert, aus dem wir andere Menschen betrachten. Ich frage mich stets, was sie von mir wollen, weil im Allgemeinen jeder etwas will. Als du in mein Leben getreten bist, war das alles ganz anders.«

»War ich eine Herausforderung?«, erkundigte sie sich vorsichtig.

»Du warst authentisch«, verbesserte ich sie. »Und außerdem mag ich Frauen, die mich herausfordern.«

»Gut. Das gefällt mir besser, als eine Herausforderung zu sein, die man überwinden muss«, neckte sie mich. »Ich habe allerdings selbst genug Geld.«

»Ich habe mehr.« Ich versuchte, nicht arrogant zu klingen. »Ist es wirklich so wichtig, dass du dein eigenes Geld hast? Scheinbar wollen viele reiche Leute immer noch mehr Geld haben.«

Auf ihrer Stirn erschien eine kleine Falte, die signalisierte, dass sie nachdachte.

»Für gewöhnlich ja«, sagte sie schließlich. »Zumindest in meiner Welt ist es so. Ich persönlich lege keinen Wert darauf. Ich habe so viel Geld, dass ich es in mehreren Leben nicht verbrauchen könnte, auch wenn ich verschwenderisch damit umgehen würde. Was hätte ich also davon, noch mehr zu haben?«

Ich nickte. »Genau. Weißt du, ich arbeite auch nicht des Geldes wegen daran, Sinclair Properties aufzubauen. Ich tue es, weil es eine Herausforderung darstellt und es mir gefällt. Geld ist lediglich ein Nebenprodukt meines Erfolgs.«

»Ich arbeite meist ehrenamtlich«, erklärte sie widerstrebend. »Das mag vielleicht ein wenig verrückt sein, wenn man bedenkt, dass ich einen Harvard-Abschluss besitze. Aber ich habe eine Arbeit, die mir alles bedeutet.«

»Das ist nicht verrückt. Du machst dich selbst glücklich und nebenbei auch noch ein paar haarige oder gefiederte Freunde.« Es gefiel mir, dass sie ihre Leidenschaft auslebte. Ich hätte mir Riley nicht bei einer anderen Tätigkeit vorstellen können.

Sie kuschelte sich an meine Schulter. »Ich bin so müde. Und dabei ist es noch nicht einmal Zeit fürs Abendessen.«

Ich wusste genau, warum sie so erschöpft war. Sie hatte sich emotional verausgabt. Sie hatte sich eine Menge Leid und Schmerz von der Seele geweint, die sie viel zu lange in ihrem Inneren verschlossen hatte.

»Es ist kein Verbrechen, ein Nickerchen zu machen, Riley.«

»Das ist nicht meine Art. *Überhaupt nicht. Niemals.*«

Ich grinste in ihr flammend rotes Haar. »Du solltest es einmal versuchen.«

»Gewiss nicht«, meinte sie mürrisch. »Heute ist ein Arbeitstag, Seth.«

Ich grinste, als ich sie ein paar Augenblicke später tief atmen hörte.

Riley war eingeschlafen.

KAPITEL 21

Riley

Verwirrt stellte ich fest, dass es dunkel war, als ich die Augen öffnete.

Ich brauchte ein paar Minuten, um einen klaren Gedanken zu fassen.

Ich habe Seth erzählt, dass ich sexuell missbraucht wurde.

Ich habe geweint wie ein hysterisches Kind.

Ich habe behauptet, ich würde nicht einschlafen.

Und dann bin ich eingepennt.

Ich spähte zur Uhr auf dem Nachttischchen.

Vier Uhr.

Wann hatte ich zuletzt fast zwölf Stunden geschlafen? Da ich keine Frau war, die früh zu Bett ging, andererseits aber früh aufstand, hatte ich lange nicht so viel geschlafen.

Langsam registrierte ich, dass hinter mir ein sehr muskulöser, harter und unglaublich warmer Körper lag. Und ich wusste genau, zu wem er gehörte. Denn sonst hätte ich mich fürchterlich erschrocken.

Wir lagen tatsächlich in der Löffelchenstellung. Er hatte die Arme um mich geschlungen und seine Hände ruhten unter meinen Brüsten. Ich wand mich ein wenig hin und her, um ihm noch näher zu kommen, als ich es ohnehin schon war.

Gott, wie gut er sich anfühlte!

Und wie verlockend.

In diesem Augenblick, als ich mich an ihn kuschelte, fühlte ich mich zum ersten Mal in meinem Leben sicher und geborgen. Mein Herz fühlte sich auch so viel leichter an als jemals zuvor. Als wäre mir endlich eine riesige Last von der Seele genommen worden.

Seth hatte mir zugehört und mir versichert, nicht weniger attraktiv zu sein, nur weil mein Vater mir das angetan hatte. Er hatte mir wieder und wieder gesagt, dass es nicht meine Schuld war und dass mein Vater mein Vertrauen missbraucht hatte.

All diese Dinge hatte ich bereits gewusst und verzweifelt versucht, sie in meinen Gedanken und Gefühlen zu manifestieren. Trotzdem war immer eine gewisse Scham geblieben.

Doch jetzt fühlte sie sich geringer an, weniger wichtig.

Es Seth zu erzählen hatte mir geholfen, obwohl ich solche Angst davor gehabt hatte. Ich glaube, ich hätte wissen müssen, dass er mich verstehen würde.

Im Zimmer war es dunkel bis auf das Licht, das durch die Vorhänge fiel. Behutsam drehte ich mich herum, um Seth ins Gesicht zu blicken. Doch leider musste ich feststellen, dass ich es nicht allzu gut erkennen konnte.

Trotz alledem war ich mehr als froh, die heiße, weiche Haut an seiner Schulter und seinem Rücken streicheln zu können.

Er trägt kein T-Shirt.

Mit geschlossenen Augen fuhr ich zärtlich über die weiche Haut und genoss jeden Zentimeter unter meinen Fingerspitzen.

»Was machst du da?«, knurrte Seth schläfrig.

Ich erschrak, schien aber nicht aufhören zu können, ihn zu berühren.

»Ich spüre dich«, murmelte ich. »Es tut mir leid. Ich bin aufgewacht und du warst bei mir. Ich konnte nicht widerstehen.«

Es tut mir leid. Nein, es tut mir nicht leid.

Eigentlich tat mir nicht leid, was ich gerade tat. Ich hatte zu lange darauf gewartet, ihn auf diese Art zu berühren.

»Baby, wenn du mich spüren willst, könnte ich mir viel bessere Stellen vorstellen, die du betasten könntest«, meinte er mit leiser, schläfriger Stimme.

»Ich könnte dich küssen«, schlug ich vor, während mein Herz ein bisschen schneller schlug.

Ich begehrte diesen Mann so sehr. Ich wusste nur nicht, wie man die Führung übernahm, und er wartete offensichtlich.

Hatte er nicht gesagt, alles wäre möglich, wenn ich bereit wäre?

Nun gut, ich war bereit.

Jetzt mehr als jemals zuvor.

Ich war mir nur nicht sicher, was ich tun sollte.

»Du könntest mich definitiv küssen«, schlug er in seinem sexy Bariton vor. »Ich gehöre ganz dir, mein Herz.«

Ganz mir.

Der Gedanke war gleichzeitig beschwingend und beängstigend.

Ich schlang ihm die Arme um den Hals und küsste ihn. Ich versuchte, ihm ohne Worte meine Gefühle zu vermitteln.

Nur einen Moment blieb er passiv, dann übernahm er die Kontrolle. Mit seiner Zunge erkundete er so gründlich und besitzergreifend meinen Mund, dass flüssige Hitze in meinen Unterleib flutete.

»Seth«, keuchte ich, als er den Kuss abbrach, um an meinem empfindlichen Ohrläppchen zu knabbern.

»Mein Gott, Riley. Ich begehre dich so sehr, dass ich nicht weiß, wie lange ich mich mit dem hier begnügen kann«, ächzte er neben meinem Ohr.

Ich spürte seinen warmen Atem an meinem Ohr und die Anspannung seines Körpers. Der Klang seiner Stimme verriet mir, dass er kurz davor war, die Beherrschung zu verlieren.

Das Wissen, dass er mich ebenso verzweifelt begehrte wie ich ihn, löste meine Vorbehalte und Ängste.

»Ich kann es auch nicht mehr aushalten. Es ist zu wenig«, gestand ich. »Ich will, dass du mich fickst, Seth. Bitte«, flehte ich. »Ich begehre dich so sehr. Ich sehne mich bereits so lange nach dir. Aber du musst mir helfen, zumindest diesmal.«

Für einen Augenblick rollte Seth sich von mir weg und sogleich vermisste ich seine Nähe schmerzhaft. Er schaltete eine Lampe an seiner Seite des Bettes ein, die nur gedämpftes Licht schenkte, und rutschte dann wieder an mich heran.

Sanft drehte er mich auf den Rücken. »Sieh mich an, Riley«, verlangte er. »Ich muss sicher sein, dass du dies tust, weil du es wirklich willst. Ich will dich nicht drängen. Was ich eben gesagt habe, war nicht wirklich so gemeint. Ich kann warten.«

Ich blickte ihn trotzig an. »Ich mache nichts, was ich nicht will. *Überhaupt nicht. Niemals.* Na gut, früher habe ich das getan, aber jetzt nicht mehr. Ich kann nicht mit dir zusammen sein, ohne mehr zu wollen. Ohne dir näher sein zu wollen. Auch für mich ist das beinahe schmerzhaft. Aber ich weiß nicht so richtig, wie ich mich verhalten soll, wenn ich nicht wie früher die Sekunden zähle, bis der Sex vorüber ist. Ich weiß nicht, wie ich mit den Gefühlen umgehen soll, die du in mir auslöst, Seth.«

»Baby, mit mir wirst du niemals die Sekunden zählen«, versicherte er mir mit rasselnder Stimme.

Und dann senkte er, ohne eine Sekunde zu verlieren, seinen Mund auf mich hinab. Erleichtert stöhnte ich unter seinen Lippen auf. Ich sehnte mich so verzweifelt danach, mit ihm verbunden zu sein, dass es mir den Atem raubte.

Ich beteiligte mich aktiv an dem Kuss, anstatt ihn nur geschehen zu lassen, denn ich wollte ihn wissen lassen, wie sehr ich ihn brauchte.

Ich erbebte, als er an meiner Unterlippe knabberte, um sie gleich darauf mit der Zunge zu liebkosen.

»Du musst dir sicher sein, dass du es wirklich willst, Riley. Denn sobald dies geschieht, gibt es kein Zurück mehr. Nicht für mich«, knurrte er.

Für mich gibt es auch kein Zurück mehr.

Vielleicht hatte ich immer gewusst, dass es mit diesem Mann entweder alles oder nichts gab, was mich zu Tode geängstigt hatte.

Bis jetzt.

Bis heute Nacht.

Bis ich ihm vertraute.

Im selben Moment wurde mir bewusst, dass ich Seth liebte. Ohne Kompromisse. Total. Unwiderruflich.

Doch aussprechen konnte ich es noch nicht.

Ich war noch nicht bereit, mich so verletzlich zu machen, denn meine Empfindungen waren neu für mich.

»Ich will auch kein Zurück mehr«, flüsterte ich. »Ich sehne mich danach, mit dir nackt zu sein.«

»Darüber werde ich nicht diskutieren«, erklärte er mit einem Grinsen, das mein Herz zum Rasen brachte.

Wir blickten uns tief in die Augen und verständigten uns ohne Worte, bevor er sich aus dem Bett rollte.

Ich leckte mir die Lippen, als ich seinen Körper in voller Größe vor mir sah. Er trug lediglich eine Jogginghose. Und ein einziger Zug am Taillenband, das die Hose auf seinen Hüften festhielt, erlaubte ihm, sie an sich hinuntergleiten zu lassen.

Gütiger Himmel!

Selbst in meinen kühnsten Fantasien hatte er nicht so verlockend ausgesehen. Er war vollkommen durchtrainiert, wirkte dabei aber nicht so aufgeblasen wie ein Bodybuilder. Seth besaß starke Muskeln an Oberarmen und Schenkeln und einen Waschbrettbauch, bei dessen Anblick jeder Frau das Wasser im Munde zusammenlief.

Schließlich fiel mein Blick auf seine sehr große Erektion, die mich beinahe ängstigte.

Als ich den Blick wieder nach oben wandern ließ, grinste er mich an.

Der Mann empfand keinerlei Scham, jeden Zentimeter seiner Haut zur Schau zur stellen. Und das gefiel mir.

Ich setzte mich auf und erwiderte sein Lächeln. Dann ergriff ich den Saum meines T-Shirts und zog es mir über den Kopf. Ich schleuderte es zur Seite, ohne mich darum zu kümmern, wo es landete.

Seth war auf mir, bevor ich blinzeln konnte.

»Ich ziehe ihn dir aus, meine Schöne«, knurrte er, während er an dem Verschluss meines BHs herumfummelte. Er öffnete ihn und warf ihn in die gleiche Richtung, in der auch mein Oberteil verschwunden war.

Dann umfasste er meine nackten Brüste und rieb die harten, empfindlichen Spitzen zwischen Daumen und Zeigefingern.

Mit einem erstickten Stöhnen der Lust ließ ich mich in die Kissen zurückfallen.

Er nahm sich Zeit und erkundete mit seinem Mund jeden Zentimeter meiner Brüste. Er biss sanft in eine Brustwarze, um sie gleich darauf mit der Zunge zu beruhigen. Dann wechselte er zur anderen und machte das Gleiche mit ihr.

So bewegte er sich hin und her und erregte mich, bis ich glaubte, den Verstand zu verlieren.

»Seth. Bitte«, wimmerte ich.

Ich spürte, wie er den Knopf meiner Jeans öffnete und den Reißverschluss herunterzog. Ich hob die Hüften, um ihm zu helfen. Gleichzeitig mit der Jeans zog er mir das Höschen an den Beinen hinunter.

Nachdem er fertig war, blieb er weiterhin knien.

Und starrte mich an. »Du bist so verdammt schön, Riley«, stöhnte er, wobei seine Stimme wie mit Sandpapier geschliffen klang.

Ich hätte mich unter seinen musternden Blicken eigentlich unbehaglich fühlen müssen, tat es aber nicht.

»Fick mich, Seth«, verlangte ich, denn ich war kribbelig und ungeduldig.

»Dazu komme ich noch, glaub mir«, meinte er. »Betrifft deine Abneigung gegen Oralsex auch die andere Richtung?«

Er würde …

Er wollte …

Oh Gott.

»Ich glaube nicht«, gestand ich. »Aber das hat noch nie jemand bei mir gemacht.«

»Dann schätze ich mich glücklich, dein Erster zu sein«, stellte er mit rauer, wilder Stimme fest.

Ich bebte am ganzen Körper, als er meine Beine spreizte und seine Hände an meinen Schenkeln hochwandern ließ. Die leichte Berührung seiner Finger so nahe an der Stelle, an der ich mir ihn wünschte, genügte, um ihm die Hüften entgegen zu wölben.

Als er sich dann auf mich hinabsenkte und den Kopf zwischen meinen Schenkeln vergrub, stöhnte ich geschockt auf, überwältigt von dem wollüstigen Verlangen, das er in mir weckte.

Er fuhr mit der Zunge zwischen meine Falten und leckte meine Muschi der Länge nach.

»Oh Gott«, wimmerte ich leise, nicht daran gewöhnt, den Mund eines Mannes auf mir zu spüren.

Doch es fühlte sich so gut an, dass ich beinahe geweint hätte.

Gemächlich erkundete er meine Muschi und ging dabei so gründlich vor, dass mein Atem in kleinen Stößen kam.

»Mehr«, verlangte ich, fuhr ihm mit den Händen durchs Haar und klammerte mich daran fest, um irgendeinen Halt zu haben.

Schließlich knabberte er zärtlich an meiner Klitoris und dann überwältigte mich die Lust, auf die ich so begierig gewesen war, als er fest mit seiner Zunge über das kleine Nervenknötchen rieb, das um seine Aufmerksamkeit bettelte.

Der mächtige Knoten, der sich in meinem Bauch gebildet hatte, begann, sich spiralförmig aufzulösen, sodass ich den

Rücken durchdrückte. Ich hob die Hüften und bettelte um jede einzelne Berührung seiner Zunge.

»Seth. Ja. Bitte«, schrie ich außer mir, als der Druck plötzlich aus meinem Leib wich und geradewegs durch meinen Körper schoss, um dann gnadenlos in meinem Unterleib zu explodieren.

Ich ließ los und erlaubte mir, die Befriedigung nach meinem intensiven Orgasmus zu genießen.

Doch bevor die Wellen der Lust verebbten, legte Seth sich auf mich und drang in mich ein, bis er bis zu den Hoden in mir vergraben war.

Genau das hatte ich gewollt, hatte ich gebraucht. »Ja«, keuchte ich und schlang ihm die Arme um den Hals.

»Dies ist besser als jede meiner Fantasien über dich, Riley. Viel besser«, knurrte Seth.

Mir blieb keine Zeit, mich näher mit der freudigen Erregung zu beschäftigen, die mich überkam, als mir bewusst wurde, dass er tatsächlich erotische Fantasien über mich gehabt hatte, denn er ließ mich nicht nachdenken.

Er zog sich beinahe vollständig zurück, nur um dann wieder in mich hineinzustoßen.

Ich spürte, wie er mich dehnte, wie die Muskeln meines Kanals sich entspannten, um sich einem Mann seiner Größe anzupassen.

Ich keuchte wollüstig auf, als Seth sich in sanftem Rhythmus zu bewegen begann, jeder Stoß fester als der vorherige.

Und Gott, wie ich mich nach seiner Leidenschaft gesehnt hatte, nach seinen primitiven Instinkten, die jetzt scheinbar die Kontrolle über uns übernahmen.

Er gab mir das Gefühl, lebendig zu sein, was mir willkommen war.

Versuchsweise hob ich die Hüften, um seine Stöße noch zu verstärken.

Instinktiv schlang ich ihm die Beine um die Taille, verzweifelt unser beider Erlösung ersehnend.

Wir waren vor Anstrengung schweißnass und unsere nackten Körper glitten erotisch ineinander. Seths Oberkörper rieb über meine harten Brustwarzen, wenn er sich bewegte.

Die Spannung war beinahe nicht zu ertragen. Nichts hatte mich auf Gefühle wie diese vorbereitet.

Da war leidenschaftlicher Hunger.

Urtümliche Wildheit.

Die Bereitschaft, alles zu tun, um unser gegenseitiges Verlangen zu sättigen.

Und dann geschah es. Ich wurde von der süßesten, schärfsten Lust überwältigt, die ich je erlebt hatte.

»Seth. Oh Gott«, stöhnte ich.

Ich spürte, wie der Orgasmus auf mich zurollte, als er meinen Mund in Besitz nahm und mit der Zunge die Bewegungen seines riesigen Schwanzes imitierte.

Ich grub meine kurzen Fingernägel in seinen nackten Rücken und krallte mich daran fest, als sich mein Unterleib zum ersten Mal zusammenzog. Und dann verlor ich mich in allesverzehrender Lust.

Ich konnte nicht denken.

Ich konnte nichts tun.

Ich konnte mich lediglich meinen Gefühlen hingeben und auf jeder Welle der Wollust reiten, die mich mit sich riss.

Mein Orgasmus war so intensiv, dass sich meine inneren Muskeln fest um seinen Schaft schlossen.

Seth stöhnte laut auf. Dann versenkte er seine Männlichkeit ein letztes Mal in mich, um tief in mir die Säfte seiner eigenen Erlösung zu vergießen.

Wir keuchten beide und brachten kein Wort hervor, doch er schaffte es irgendwie, sich mit mir herumzurollen, bis ich ausgebreitet auf ihm lag.

»Du hast nicht auf die Uhr geblickt und die Sekunden gezählt«, bemerkte er schließlich. Seine Brust hob und senkte sich immer noch in schnellem Rhythmus.

Erst als mein Atem und mein Herzschlag sich langsam wieder normalisierten, begann ich zu sprechen. »Nein. Es ist mir vollkommen egal, wie viel Zeit vergangen ist. Ich bin mir ziemlich sicher, dass meine Probleme mit Sexualität beinahe geheilt sind«, scherzte ich.

Ehrlich, ich hatte eine so lange Therapie hinter mir, dass ich die meisten meiner Probleme durchgearbeitet hatte. Ich hatte jedoch gezögert, die Therapieerfolge im realen Leben zu testen. Es hatte sich nie richtig angefühlt, bis ich Seth kennengelernt hatte.

Er lachte leise und wollüstig auf. »Da bin ich aber verdammt froh, Baby. Ich bin mir sicher, es kann nur besser werden, wenn wir viel mehr experimentieren.«

Sein erotischer Bariton sollte mich zwar anmachen, aber ich konnte gleichzeitig auch eine gewisse Ernsthaftigkeit aus seinem sexy, tiefen Tonfall heraushören.

Dann nahm Seth meinen Kopf zwischen seine Hände und küsste mich. Ein langsamer, befriedigender Kuss, der die Vorfreude in mir wachrief.

Mehr Experimente? Zum Teufel, ja. Damit war ich vollkommen einverstanden.

KAPITEL 22

Riley

»Wir haben gestern Nacht nicht einmal über Verhütung gesprochen«, stellte Seth später am nächsten Morgen fest.

Ich hatte mich entschlossen, Erbarmen mit ihm zu haben und uns ein warmes Frühstück zuzubereiten, da wir beide ausgehungert waren nach dem Sex im Bett und dem Sex unter der Dusche. Ach ja, und dann noch der Sex, bevor wir uns anziehen wollten, woraufhin wir uns noch einmal unter die Dusche stellen mussten.

Dann, als wir gerade den Sex-nach-dem-Duschen wiederholen wollten, hatte ich die Notbremse gezogen.

Ich hätte nicht gerade behaupten können, nicht in Versuchung geraten zu sein, aber eine Frau hat eben ihre Grenzen, bevor sie nicht mehr aufrecht gehen kann.

Daher hatte ich ihn aus dem Schlafzimmer gescheucht, bevor wir uns in Schwierigkeiten bringen konnten, und begonnen, das Frühstück zuzubereiten.

Es war immerhin beinahe Mittagszeit und bis jetzt hatten wir nicht einmal unseren morgendlichen Schuss an Koffein bekommen.

Seth war dabei, unseren Mangel an Muntermachern zu beseitigen, und brühte meinen Tee und seinen Kaffee auf, während ich mich um Eier und Speck kümmerte.

»Keine Panik«, beruhigte ich ihn, »ich nehme die Pille. Nachdem ich mit Nolan Schluss gemacht hatte, habe ich sie nicht abgesetzt. Ich bin nicht gerade scharf darauf, ein Kind zu bekommen.«

Ich hielt einen Augenblick den Atem an, denn ich war mir nicht sicher, wie er meine ehrliche Stellungnahme aufnehmen würde.

Schulterzuckend schob er mir die Teetasse herüber. »Das ist in Ordnung für mich«, knurrte er. »Ich habe bis jetzt den größten Teil meines Lebens damit zugebracht, Geschwister aufzuziehen und sie danach auch noch durchs College zu bringen.«

Ich verstand, was er meinte. Seth hatte niemals Zeit für sich selbst gehabt. War er doch selbst noch ein Kind gewesen, als er die Verantwortung für seine jüngeren Geschwister übernommen hatte. Es war nur allzu verständlich, dass er nun nicht noch eigene Kinder aufziehen wollte.

Meine Ängste, Kinder zu haben, entsprangen meiner Kindheit. Ich wusste nicht, ob ich überhaupt die Fähigkeit besaß, eine gute Mutter zu sein. Ich hatte nicht gerade ein gutes Beispiel für eine Elternschaft erlebt, daher genügte mir allein der Gedanke, ein Kind zu haben und es zu verderben, um Tag für Tag meine Verhütungspille einzunehmen, als wäre das ein religiöses Ritual.

Ich drehte mich zu ihm herum. »Ich weiß nicht, warum wir nicht darüber gesprochen haben, bevor wir Sex hatten … mehrmals sogar.«

Solche schwerwiegenden Fehler beging ich eigentlich normalerweise nicht. *Überhaupt nicht. Niemals.*

Er grinste mich schelmisch an, sodass mein Herz schneller schlug.

»Ich weiß warum«, erwiderte er in einem tiefen, neckenden Tonfall.

Ich erwiderte sein Lächeln. Ich konnte nicht anders.

Seth war eigentlich unter allen Umständen unwiderstehlich, doch als er da so mit nacktem Oberkörper, nur mit einer Jogginghose bekleidet, in seiner Küche stand, war er absolut sexy.

Warum nur musste er so verdammt attraktiv sein?

Auch nachdem ich jeden Zentimeter seines massigen Brustkorbs und seines Waschbrettbauchs erkundet hatte, sehnte ich mich immer noch danach, die Konturen jedes einzelnen strammen Muskels immer wieder mit meiner Zunge nachzuziehen.

»Ich nehme an, du wirst mir jetzt den Grund nennen«, sagte ich atemlos, denn bei dem Anblick seines hinreißenden, halb nackten Körpers blieb mir die Luft weg.

Er schwieg einen Moment, bevor er entgegnete: »Das ist mir noch niemals zuvor passiert. Nicht über Verhütung zu reden, bevor ich mit einer Frau ins Bett gestiegen bin.« Er schlich wie ein Raubtier auf mich zu.

Ich wich rückwärts aus, bis mein Hintern an die Arbeitsplatte stieß und er sich an mich drängte.

Er fügte hinzu: »Und du? Du bist nicht wie die anderen Frauen, die ich kenne, Riley. Gestern Nacht habe ich meinen eigenen Namen vergessen. Nichts war mehr wichtig, außer in dich hineinzugelangen, bevor ich den Verstand verlor.«

Er war mir so nahe, dass ich seinen warmen Atem auf meinen Lippen spüren konnte. »Ach ja?«, fragte ich und schlang ihm die Arme um den Hals.

»Es war deine Schuld«, knurrte er. »Du hast mir vorübergehend den Verstand geraubt.«

Lachend zog ich seinen Kopf zu mir herunter, um ihn zu küssen.

Es hatte etwas unglaublich Verführerisches an sich, zu wissen, dass ich diesen wunderschönen, perfekten Mann dazu bringen konnte, alles zu vergessen außer mich.

Er küsste mich zärtlich, gründlich, und ich schloss die Augen und genoss seinen Geschmack.

Niemals würde ich mich daran gewöhnen können, wie er mich aus dem Gleichgewicht brachte. Doch ich brachte ihm genügend Vertrauen entgegen zu wissen, dass er mich auffangen würde, falls ich taumelte.

Noch niemals zuvor hatte ich einem Mann so vertraut, allerdings hatte ich auch noch niemals solch einen Mann kennengelernt wie den, der mich gerade küsste, als hinge sein Leben davon ab.

Ich war enttäuscht, als er schließlich den Kopf hob.

»Ist alles in Ordnung?«, erkundigte er sich, als er auf mich hinabblickte. »Ich meine, nach dem, was dir mit deinem Vater passiert ist –«

Ich legte ihm einen Finger auf die Lippen. »Mir geht es gut. Ich habe es nur aus dem einzigen Grund erwähnt, weil ich der Meinung war, du hättest ein Recht, es zu wissen. Zuvor hatte ich eigentlich nie richtig Lust, mit einem Mann so intim zu sein, und ich hatte keine Ahnung, was geschehen würde. Ich habe Sex immer toleriert, aber ganz gewiss niemals genossen.«

Die Tatsache, dass ich tatsächlich Orgasmen bekommen hatte, hatte mich überrascht. Ja, ich fühlte mich unheimlich stark zu Seth hingezogen, hatte jedoch Angst gehabt, er wäre enttäuscht – oder ich –, sobald wir erst einmal Sex gehabt hätten.

»Und hat es dir gefallen?«, fragte er mich mit leicht gerunzelter Stirn.

Ich schnaufte. »Falls du das nicht selbst während der letzten Stunden herausgefunden hast, muss ich mir Sorgen um dich machen.«

Er wirkte erleichtert. »Ich wollte es nur noch einmal aus deinem Mund hören.«

»Du hast mich vom Hocker gehauen«, gab ich zu. »Es macht mich glücklich, mich endlich normal fühlen zu können.«

Er strich mir eine Haarsträhne hinters Ohr. »Du bist alles andere als normal, Riley. Du bist einzigartig.«

Mein Herz begann zu rasen, als ich in seine silbrig schimmernden Augen blickte, die so voller Ernst waren, dass ich am liebsten geweint hätte. In seinem Blick konnte ich erkennen, wie er mich sah.

Seth gab mir das Gefühl, gewollt und geliebt zu sein. Obwohl ich mich unter seinem Blick manchmal unbehaglich fühlte, gab er mir doch andererseits das Gefühl, als könnte ich fliegen.

Mit der Zeit würde ich mich daran gewöhnen, von meinem festen Freund wie etwas Wertvolles behandelt zu werden, doch ganz gewiss würde ich das niemals als selbstverständlich betrachten.

Schließlich antwortete ich: »Du bist selbst auch etwas ziemlich Besonderes, du großer Junge.«

Er grinste. »Ich bin bereit, dich wieder ins Bett zurückzutragen.«

»Oh nein, das wirst du nicht tun«, erklärte ich mit fröhlichem Lachen. »Ich bin wund. Ich hatte ein paar Jahre lang keinen Sex und da wir einen Marathon mit mehreren Durchgängen hingelegt haben, kann ich jetzt schon kaum noch laufen.«

»Tut es weh?«, fragte er besorgt. »Es tut mir leid, meine Schöne. Ich hätte daran denken sollen.«

Ich warf ihm ein wollüstiges Lächeln zu. »Ich beschwere mich nicht, aber ich brauche eine Pause. Zumindest für ein paar Stunden.«

»Wir nehmen uns die Zeit, die du brauchst.«

»Es wird nicht lange dauern«, versicherte ich ihm und fuhr mit meiner Handfläche über sein unrasiertes Kinn. Ich fand, die Zeichen seines schnellen Bartwuchses standen ihm ausgezeichnet.

»Ich will mehr als nur Sex, Riley«, meinte er heiser. »Das solltest du wissen.«

»Was willst du darüber hinaus?«, erkundigte ich mich, meine Stimme kaum mehr als ein Flüstern.

»Alles«, erwiderte er eindringlich. »Ich möchte gern mit dir in meinem Bett aufwachen. Ich möchte dich gern am Ende des Tages sehen, sodass wir darüber reden können, was wir erlebt haben, während wir nicht zusammen waren. Ich möchte dich gern im *Coffee Shack* treffen, wenn ich eine Pause brauche. Ich möchte dich lachen sehen. Ehrlich, ich liebe alles an dir, auch dein Temperament, wenn es mit dir durchgeht.«

»Ich habe kein hitziges Temperament«, wehrte ich mich gespielt beleidigt.

»Unsinn«, erwiderte er neckend, »du hast Easton die Eier eingetreten. Ich wünschte, ich wäre dort gewesen und hätte es gesehen.«

Ich verdrehte die Augen. »Du hast nicht viel verpasst. Er hat wie ein Baby geheult. Ich hatte guten Grund, ihn fertigzumachen. Ich hätte ihn nicht in Pennys Nähe gelassen. Und außerdem hatte ich vielleicht auch noch unterdrückte Wut in mir wegen dem, was er mir angetan hat.«

»Wenn das nur aufgestaute Wut war, möchte ich dich nicht wirklich zornig sehen.«

»Falls du es noch ein bisschen mit mir aushältst, wirst du es eines Tages erleben.«

»Ich habe nicht vor, dich zu verlassen.«

Ich blickte ihm prüfend in die Augen, um herauszufinden, ob er die Wahrheit sagte. Jetzt, da ich mich bis über beide Ohren in ihn verliebt hatte, jagte mir diese ganze Beziehungsgeschichte eine teuflische Angst ein.

Seth war fähig, mich zu zerstören, doch ich musste lernen, meine Ängste zu beherrschen. »Unsere Beziehung wird also monogam sein?«

»Machst du Witze?«, fragte er grimmig. »Natürlich. Ich kann nicht einmal mehr daran denken, mit einer anderen

Frau zusammen zu sein. Zum Teufel, ja. Unsere Beziehung ist monogam und verbindlich.«

Verbindlich?

Wollte ich Verbindlichkeit?

Mit Seth war ich mir dessen ziemlich sicher.

Ich nickte. »Einverstanden. Ich wollte wahrscheinlich nur genau wissen, wie unsere Beziehung aussehen soll.«

»Willst du nicht das Gleiche?«, erkundigte er sich und klang ein wenig ängstlich dabei.

»Doch«, erwiderte ich schnell. »Ich habe mit dir geschlafen, Seth. Das hätte ich nicht getan, wenn ich keine Beziehung wollte. Aber ich habe ein wenig Angst. Ich hatte erst einen festen Freund in meinem Leben, den vom College kann ich nicht wirklich mitzählen. Und sieh nur, was daraus geworden ist.«

Ich war am Ende für Nolan nicht mehr als ein Schmuckstück gewesen.

Aber diesmal war alles anders.

Seth war anders.

»Ich bin nicht Easton«, knurrte er auch prompt.

»Das weiß ich.«

»Ich will nicht behaupten, kein eifersüchtiger Liebhaber zu sein. Ich werde auch übertrieben beschützerisch sein, weil ich es nicht ertragen könnte, dich noch einmal verletzt zu sehen. Aber ich werde treu sein. Immer.«

Ich dachte eine Minute nach, bevor ich antwortete: »Dann lass uns monogam sein.«

»Da bin ich aber froh, dass wir das geklärt haben«, erwiderte er, als hätte er niemals vorgehabt, eine andere Antwort zu akzeptieren.

Ich zuckte mit den Schultern. »Ich will auch mit niemand anderem zusammen sein.«

»Das wäre auch nicht gut«, meinte er heiser. »Ich bezweifle, dass ich damit umgehen könnte.«

Plötzlich wurde meine Aufmerksamkeit abgelenkt und ich hob schnüffelnd die Nase. »Oh mein Gott! Der Speck!«

Der Gestank entstand durch den Rauch.

Ich schubste Seths einschüchternd massigen Körper von mir und eilte zum Herd. Schnell drehte ich das Gas ab und wedelte mit der Hand durch die Luft, um den dichten Rauch über dem Speck zu vertreiben.

»Ich habe ihn anbrennen lassen«, stellte ich bedauernd fest, als ich mit einer Gabel in die verkohlte Masse stach.

Seth legte mir die Hände auf die Schultern. »Das ist nicht wichtig, meine Schöne. Mach dir keine Sorgen.«

»Natürlich ist das wichtig«, murmelte ich. »Wir sind beide am Verhungern. Es ist deine Schuld, du hast mich abgelenkt.«

Er schmunzelte. »Habe ich vergessen zu erwähnen, dass ich meinen Speck gern knusprig mag?«

Ich war immer noch sauer auf mich, dass mir etwas so Dummes passieren konnte, doch ich konnte nicht anders.

Ich musste lachen.

KAPITEL 23

Riley

Sehr geehrte Miss Montgomery,
ich möchte Ihnen gern einen Vorschlag machen.
Da Sie die heißeste Anwältin sind, die mir je unter die Augen gekommen ist, muss ich feststellen, dass ich etwas anderes als Ihren juristischen Rat von Ihnen haben möchte.
Tatsächlich mag dies beinhalten, Ihren Hintern zu begrapschen und heißen Sex zu haben, was mir laut unserem alten Vertrag verboten ist.
Bitte lassen Sie mich – so bald wie möglich – wissen, ob Sie weiterhin diesen veralteten Vertrag brechen möchten.
Mit freundlichen Grüßen
Seth Sinclair

»Ich bin sehr daran interessiert, diesen veralteten Vertrag für immer zu vernichten«, sagte ich lachend, als ich Seths E-Mail las.

Es war bereits mehr als eine Woche vergangen, seitdem wir das erste Mal intim miteinander gewesen waren, und scheinbar konnten wir keinen einzigen Arbeitstag vergehen lassen, ohne irgendwie miteinander zu kommunizieren.

Irgendwie lächerlich, oder?

Mit einem Lächeln auf dem Gesicht lehnte ich mich in meinem Bürostuhl zurück.

Als ich ihn heute Morgen zum Abschied küsste und mich auf den Weg zu meinem eigenen Büro zu Hause machte, hatte ich nur zu gut gewusst, dass einer von uns beiden schwach werden und schon bald per SMS oder Anruf Kontakt aufnehmen würde. Oder sogar per E-Mail – die Form, zu der er sich heute entschieden hatte.

Ich seufzte tief, denn ich wusste, für den Rest des Tages würde ich zu nichts mehr zu gebrauchen sein. Denn jetzt war mein Verstand damit beschäftigt, sich auszumalen, welch kleine, schmutzige Dinge ich mit Seth gern tun würde, um unseren Vertrag zu brechen.

Glücklicherweise war es bereits später Nachmittag und ich hatte alles erledigt, was ich bezüglich meiner Kunden zu tun hatte.

Jeden Tag schien ich noch verrückter nach Seth zu sein als am Tag zuvor. Seltsamerweise jagte mir meine Lage nicht so viel Angst ein, wie ich erwartet hätte. Ich war überzeugt, dass er ebenso ernsthaft an unserer Beziehung interessiert war wie ich.

Mittlerweile lebte ich praktisch in seinem Haus und kehrte nur tagsüber zu mir nach Hause zurück, um zu arbeiten. Wenn ich nicht bei ihm zu Hause auftauchte, sobald er aus dem Büro zurückgekehrt war, kam er zu mir, um mich abzuholen.

Ist das normal? Ist es wirklich gesund, sich so verbunden zu fühlen, dass wir fast jeden Moment, den wir nicht arbeiten, miteinander verbringen wollen?

Da ich sehr wenig Erfahrung besaß, was normal war, war ich mir unsicher, was ein Paar wirklich zusammen machen sollte.

Spielt es wirklich eine Rolle, was andere Leute tun?

Wahrscheinlich nicht. Waren Seth und ich doch äußerst zufrieden mit dem, was wir gerade taten.

Ich beugte mich vor, um noch einmal die wenigen Zeilen seiner E-Mail zu lesen.

Mir wurde bewusst, dass es normalerweise Seth war, der sich während des Tages bei mir meldete. Nicht dass ich es nicht auch gewollt hätte, doch für gewöhnlich wartete ich, bis er aktiv wurde.

Plötzlich wusste ich genau, was ich jetzt tun wollte. Ich erhob mich, schnappte mir meinen Schlüssel und eilte zur Garagentür.

Nach einem kurzen Zwischenstopp stand ich zwanzig Minuten später vor seinem Bürogebäude.

»Guten Tag, Edie«, begrüßte ich Seths Sekretärin, als ich durch die Tür trat.

Edie lächelte von ihrem Schreibtisch zu mir auf. »Miss Montgomery. Wie nett, Sie persönlich zu sehen.«

Bis jetzt war ich erst ein Mal in Seths Büro aufgetaucht, nämlich als ich ihn zum Abendessen abgeholt hatte. Ansonsten hatte ich mit Edie nur telefonisch kommuniziert.

Ich lächelte die ältere Frau an. »Ich freue mich auch, Sie zu sehen. Ich habe Ihnen einen Becher Kaffee mitgebracht. Ich weiß jedoch nicht, ob Sie ihn mögen.«

Sie strahlte. »Und wie. Mir gefällt jedes Getränk vom *Coffee Shack*. Das ist sehr aufmerksam von Ihnen.«

Ich stellte den Mokka Latte auf ihren Schreibtisch. »Ist er im Büro?«

Edie nickte. »Er ist in einer Besprechung mit Ihrem Bruder Hudson.«

»Nur Hudson? Niemand sonst?«, erkundigte ich mich.

Edie nickte, während sie ihren Becher zur Hand nahm. »Nur Hudson.«

Ich grinste sie an. »Dann werde ich sie unterbrechen.«

»Es wird sicher keinen von beiden stören. Mr. Sinclair definitiv nicht«, neckte sie mich. »Gehen Sie einfach rein, Miss Montgomery.«

»Riley. Nennen Sie mich bitte Riley.« *Miss Montgomery* klang viel zu sehr nach meiner Mutter.

»Riley«, wiederholte sie. »Ich öffne Ihnen die Tür. Sie haben keine Hand frei.«

Ich hielt in jeder Hand einen Becher, daher war ich ihr dankbar, dass sie mir die Tür zu Seths Büro öffnete.

»Kaffeeservice«, rief ich fröhlich, während ich die Tür mit dem Hintern zuschubste. »Da du mir normalerweise meinen Schuss bringst, möchte ich mich einmal revanchieren.«

Mein Herz begann zu rasen, als Seth den Blick sofort von Hudson zu mir wandte und grinste.

Er sah atemberaubend aus in dem blauen, maßgeschneiderten Anzug, der seine rauchgrauen Augen noch mehr als gewöhnlich betonte.

Und sein begehrlicher Blick galt mir.

Das war eins der vielen Dinge, die ich an ihm liebte. Sobald ich im Raum war, schien niemand anderes mehr für ihn zu existieren. Er schenkte mir seine totale Aufmerksamkeit.

»Hallo, meine Schöne«, begrüßte er mich heiser, während er sich erhob.

»Hey«, erwiderte ich atemlos. »Ich wollte nicht stören. Ich wollte mich einfach mal revanchieren für die vielen Male, die du mir ein Getränk vom *Coffee Shack* gebracht hast.« Ich stellte den Kaffee auf seinem Schreibtisch ab.

Er schlang mir einen Arm um die Taille und küsste mich, als säße Hudson nicht gleich gegenüber. Der Kuss war zwar kurz, doch selbst in diesem Beweis seiner Zuneigung konnte ich seine Leidenschaft spüren.

»Von so viel süßem Getue kann einem ja schlecht werden«, bemerkte Hudson sarkastisch.

Ich spürte, wie meine Wangen rot anliefen, als ich mich meinem älteren Bruder zuwandte. »Ich glaube, ich beginne gerade, es zu genießen, mein Leben mit etwas Zucker zu versüßen.«

»Daraus mache ich dir gewiss keinen Vorwurf«, meinte Hudson nachdenklich, während er aufstand und mich umarmte. »In unserer Familie hast du davon bestimmt nichts bekommen.« Er zögerte, bevor er fragte: »Für mich kein Kaffee?«

»Ich wusste nicht, dass du hier bist. Was machst du hier in Citrus Beach?«

»Deinen Liebhaber überzeugen, dass er die Montgomery-Brüder als Investoren braucht.«

Ich blickte von Hudson zu Seth. »Und hat es funktioniert?«

Hudson nickte. »Ich denke, wir haben alles besprochen. Und da ich noch eine Besprechung in San Diego habe, werde ich euch zwei jetzt allein lassen.«

»Großartige Idee«, wandte Seth ein.

Hudsons Augen verengten sich und er warf Seth einen drohenden Blick zu. »Vergiss nicht, was ich dir angedroht habe, solltest du meiner kleinen Schwester wehtun.«

»Und was geschieht, wenn sie mein Herz bricht?«, erkundigte Seth sich mit gespielter Unschuld.

Schulterzuckend ging Hudson durch die Tür. »Ist mir vollkommen gleichgültig. Falls sie es tut, hast du es wahrscheinlich verdient. Ich werde dich morgen anrufen, nachdem ich mit Jax und Cooper geredet habe.«

Seth schmunzelte, als Hudson davonging.

»Ich kann nicht gerade behaupten, dein Bruder wäre nicht überaus offen«, bemerkte Seth, der sich lässig gegen die Schreibtischkante lehnte, als die Tür sich schloss.

Ich trank einen Schluck von meinem Chai, bevor ich erwiderte: »Meine Brüder sind alle so. Aber zumindest weißt du genau, wo du mit ihnen stehst.«

Nun ergriff auch er seinen Becher. »Ich würde lieber wissen, wo ich mit dir stehe.«

»Ich denke, das weißt du bereits«, neckte ich ihn. »Ich stehe hier mit Kaffee vor dir, bevor der Arbeitstag zu Ende ist. Ich habe deine E-Mail bekommen.«

Er zog eine Braue in die Höhe. »Du bist hergekommen, um den Vertrag zu brechen ... schon wieder.«

»Ich bin gekommen, um dir Kaffee zu bringen.«

Er stellte seinen Becher auf dem Tisch ab. »Was ich sehr zu schätzen weiß, da ich heute nicht von hier weggekommen bin. Der Kaffee ist nur eine Zugabe. Am besten gefällt mir, dass du hier bist.«

Ich trank meinen Chai aus und warf den Einmalbecher in den Abfalleimer.

Wie gewöhnlich fand ich keine Worte zur Erwiderung. Mit ihm herumzualbern fiel mir leicht, aber ich wusste nie recht, was ich sagen sollte, wenn er so ernst war.

Seth war einfach so gestrickt.

Es fiel ihm viel leichter als mir, ein Kompliment zu äußern oder seine Gefühle zu artikulieren.

»Du hast mir gefehlt«, murmelte ich linkisch.

Er schlang einen stahlharten Arm um meine Taille und hob mit der anderen Hand mein Kinn in die Höhe. »Hey. Jetzt werde mir aber nicht schüchtern. Du bist hier willkommen, wann immer du dich nach mir sehnst. Du hast mir auch gefehlt, meine Schöne.«

Ich lächelte. Seth hatte eine Art an sich, mir das Gefühl zu geben, wertvoll zu sein. Und gewollt. In seiner Gesellschaft konnte ich nicht sehr lange schüchtern sein.

Immerhin war ich total spontan hierhergekommen, obwohl ich normalerweise nichts Ungeplantes tat. *Überhaupt nicht. Niemals.*

Daher tat es gut, mich willkommen zu fühlen, wenn ich mich schon einmal überwand, locker zu sein.

Ich schlang ihm die Arme um den Hals und sofort flutete Hitze durch meinen Körper.

Ich versuchte, mich nicht an all die intimen Dinge zu erinnern, die wir in der Nacht zuvor miteinander getrieben hatten, doch es misslang mir kläglich.

Er neigte den Kopf und küsste mich, und diesmal war es eine sehr viel längere Version des vorherigen Kusses.

Ich gab mich der Lust hin, Seth die Kontrolle zu überlassen, und er legte denselben wilden Hunger an den Tag wie stets, wenn er mich berührte.

Ich verlor mich in dem Kuss, während Seth mir sinnlich den Rücken streichelte und seine Hand weiter hinunterwandern ließ, um meine Pobacken zu umfassen.

»Seth!«, keuchte ich, als er meinen Mund freigab.

»Mein Gott, Riley«, ächzte er, als hätte er Schmerzen. »Ich muss dich nur sehen und schon werde ich hart. Sobald ich dich dann noch berühre, ist es um mich geschehen.«

Erleichtert nahm ich zur Kenntnis, dass es ihn anmachte, mich zu sehen. Vielleicht weil es gut war zu wissen, dass ich nicht allein in diesem Wahnsinn gefangen war.

Ich schrie schrill auf, als er an der Haut meines Halses knabberte, um anschließend mit der Zunge darüberzufahren.

»Ich musste dich sehen«, gab ich zu. »Ich musste dich berühren.«

Er stöhnte. »Genau das Gefühl habe ich jede einzelne Minute des Tages, Riley.«

»Ist das verrückt?«, keuchte ich, als er mit seinen warmen, weichen Lippen meine Halsbeuge liebkoste.

Er fuhr mit den Fingern durch mein Haar. »Falls es verrückt ist, dann will ich nie wieder geistig gesund sein«, meinte er heiser.

Nun vergrub ich meine Finger in seinem Haar und schloss die Augen, denn es fühlte sich so gut an, seine dichten Haarsträhnen zu betasten.

Dieser Mann verzehrte mich mit Haut und Haar und ich war mehr als bereit, es ihm zu gestatten.

So hatte ich noch nie empfunden.

Hatte nicht einmal gewusst, dass ich solcher Gefühle fähig war.

Seth drückte meine jeansbekleideten Pobacken und presste mich an sich, damit ich meine Wirkung auf seinen Körper spüren konnte.

Im selben Moment, in dem ich seine Erektion an meinem Unterleib spürte, stöhnte ich auf.

»Seth, wir müssen aufhören«, wehrte ich mich schwach, machte jedoch keinen Versuch, mich zurückzuziehen, weil ich es einfach nicht konnte.

Ich musste seinen riesigen Körper an meinem spüren. Ich war in einem wunderschönen Netz des Verlangens gefangen, dem ich nicht entkommen konnte.

»Ich will nicht aufhören, meine Schöne«, sagte er harsch. »Überhaupt nicht. Niemals.«

Und dann stieß er mit seinem Mund auf mich hinab, mit einer Gewalt, die mir den Atem raubte. Ich zog seinen Kopf näher an mich heran und versuchte, mich an seinem Kuss so gut es ging zu sättigen.

Seth tauchte mit der Zunge tief in mich hinein und benahm sich in meinem Mund, als gehörte er ihm.

Flüssige Hitze flutete in meinen Unterleib und ich war nur noch von dem Wunsch besessen, in diesen Mann hineinzukriechen und nie wieder herauszukommen.

Er knabberte an meiner Unterlippe, um gleich darauf mit der Zunge über dieselbe Stelle zu lecken, was mich schier verrückt machte.

»Seth, bitte«, flehte ich, obwohl ich nicht einmal wusste, was ich eigentlich wollte. Immerhin befanden wir uns in seinem Büro, nicht zu Hause in seinem Bett.

Meine Sehnsucht quälte mich. Doch wenn ich Befriedigung brauchte, befand ich mich am falschen Ort.

Ich spürte, wie ich mit dem Rücken gegen die Wand stieß, obwohl ich nicht einmal bemerkt hatte, dass er mich in diese Richtung geschoben hatte.

Als er sich zurückzog, hätte ich beinahe gewimmert, weil mir seine Berührung fehlte.

Nachdem er hastig den Knopf meiner Jeans geöffnet hatte, griff er nach dem Schieber und zog den Reißverschluss hinunter.

»Das geht nicht, Seth. Nicht hier«, wandte ich leicht panisch ein.

»Genau hier. Genau jetzt«, knurrte er. »Keiner von uns beiden möchte warten. Mir gehört das ganze verdammte Gebäude, also kann ich tun, was immer mir gefällt.«

»Und Edie?«, gab ich zu bedenken, während mir der Atem stockte.

»Beweg dich nicht«, erwiderte er. Dann ging er zur Bürotür und schloss sie ab. Bevor ich noch einen Atemzug tun konnte, war er wieder bei mir. »Sie kann nicht hineinkommen. Jetzt kann uns nichts mehr aufhalten, außer du willst aufhören.«

Er blickte mir tief in die Augen. Seine wilde Miene reflektierte meine eigenen Gefühle.

Sein kantiges Kinn wirkte gespannt und sein Blick abschätzend, als er ihn über mein Gesicht schweifen ließ. »Du hast das Sagen, Riley. Wenn es nach mir ginge, würde ich dich bereits gegen die Wand ficken, bis du um Gnade winselst.«

Oh Gott, ja!

Ich konnte das Bild vor mir sehen, wie er in mich hinein hämmerte, während ich die Beine um seine Taille geschlungen hatte, wir beide verloren und Erleichterung verlangend.

Ohne nachzudenken, zerrte ich mir das T-Shirt über den Kopf und warf es zu Boden. Dann öffnete ich meinen BH und ließ ihn ebenfalls fallen.

»Ich. Kann. Nicht. Warten.« Ich schob mir die Jeans an den Beinen hinunter und das Höschen gleich mit. Dann stieß ich beides mit dem Fuß beiseite. »Fick mich, Seth. Stille mein Verlangen nach dir.«

Seine Brust hob und senkte sich, als er meinen Kopf umfasste und ihn gefangen hielt. »Ich habe beinahe einen Herzinfarkt bekommen. Seit wann bist du so kühn?«

Ich hatte immer schon stark auf ihn reagiert, aber ich hatte keine Ahnung, wann ich mich entschlossen hatte, aufs Ganze zu gehen.

Bis jetzt hatte immer er die Führung übernommen, doch ich war es leid zu warten. Und es war mir vollkommen gleichgültig, wo und wie ich diesen Mann bekommen konnte.

Ich.

Riley Montgomery.

Die Frau, die stets alles plante.

Ich packte ihn bei seiner Krawatte und zog ihn näher an mich heran.

»Seit genau diesem Augenblick«, erwiderte ich schließlich. »Hast du ein Problem damit?«

Er lächelte auf mich hinab. »Das ist ganz mein Mädchen. Zum Teufel, nein. Du kannst in meinem Büro einen Striptease hinlegen, wann immer du willst. Ich werde mich nicht beklagen.«

KAPITEL 24

Riley

Seths Gesichtsausdruck änderte sich, als ich nach unten langte und seinen Schwanz befreite.

Zärtlich streichelte ich ihn, bevor ich meine Finger um den Schaft schlang. »Du bist so hart«, murmelte ich.

Er ergriff mein Handgelenk. »In ein paar Minuten wirst du am eigenen Leib erfahren, *wie* hart er ist«, knurrte er. »Wenn du mich weiterhin auf diese Art berührst, werde ich die Beherrschung verlieren.«

Ich legte ihm die Arme um den Hals. »Vielleicht möchte ich ja sehen, wie du die Beherrschung verlierst.«

Nichts machte mich heißer, als zuzusehen, wie ein so energiegeladener Mann wie Seth auf jeglichen Anschein von Kontrolle verzichtete.

»Baby, das siehst du doch jeden Abend.«

Ich hatte es wirklich gesehen. Und ich genoss den Moment, wenn Seth seine Vernunft aufgab.

Er umfasste meinen Hinterkopf und küsste mich, während er seine Hände träge an meinem Körper hinunterwandern ließ.

Ich schauderte, als er mit den Fingern zwischen die Falten meiner Muschi tauchte. Seine Berührung fuhr wie ein Blitz in jeden einzelnen Nerv, den ich besaß.

Langsam und leicht und daher unglaublich aufreizend ließ er seine Finger über meine Klitoris gleiten.

Ich fuhr ihm mit den Händen durchs Haar und umklammerte die Strähnen, am ganzen Körper angespannt.

»Jetzt, verdammt!«, stieß ich zwischen zusammengebissenen Zähnen hervor.

»Du wirst langsam unglaublich herrisch«, knurrte er. »Du bist so feucht, Riley. Perfekt. Als wärst du wie für mich geschaffen.«

Ich wimmerte, als er meine Klitoris ein wenig fester liebkoste, doch nicht hart genug, um mich zu befriedigen.

Das Verlangen nagte an mir und drohte mich zu verschlingen.

Ich sprang an ihm hoch und schlang ihm die Beine um die Taille. »Quäl mich nicht länger«, drängte ich. »Fick mich, Seth, bevor ich durchdrehe.«

»Ich will, dass du bereit bist, meine Schöne«, flüsterte er mir heiser ins Ohr. »Ich will, dass du dies ebenso genießt wie ich. Und ich muss wissen, dass du mich ebenso sehr begehrst wie ich dich. Und mein Begehren ist verdammt stark.«

Er glaubt, ich begehre ihn nicht so sehr wie er mich?
Unmöglich.

Ich holte tief Luft; sein männlich herber Duft hüllte mich ein.

»Mein Verlangen schmerzt«, erklärte ich ihm. »Lindere den Schmerz. Ich begehre dich bereits so sehr, dass ich es nicht mehr aushalten kann.«

Im nächsten Augenblick spürte ich seine Hand unter meinen Pobacken, um mich zu stützen, und dann vergrub er sich bis zu den Hoden in mir.

»Ja«, keuchte ich, während meine Muskeln nachgaben, um seinen mächtigen Schwanz aufzunehmen.

»Dies wird ein wilder Ritt«, knurrte er.

Mein Körper war so erregt, dass ich genau wusste, was er meinte.

Da gab es kein langsames Aufbauen, keine gemächlichen Stöße, als wir uns in den siebten Himmel erhoben.

Wir waren außer uns, wahnsinnig. Er hämmerte in mich hinein und ich warf mich ihm entgegen, beide wild darauf, die Erlösung zu finden, nach der wir uns so verzweifelt sehnten.

Es hatte etwas unglaublich Erotisches an sich, dass ich vollkommen nackt war, während Seth immer noch seinen teuren Anzug trug. Meine empfindlichen Brustwarzen rieben sich an seiner Jacke, während ich mich wellenförmig an seinem Körper bewegte und auf einen Orgasmus zutrieb, der sich zu lange aufgestaut hatte.

»Seth«, stöhnte ich.

Am liebsten hätte ich geschrien, doch ich biss mir auf die Lippe, um so still wie möglich zu bleiben, da wir uns nicht allein im Gebäude aufhielten.

Ich wollte herausschreien, wie sehr ich ihn liebte, schluckte die Worte jedoch hinunter.

Mein Kopf fiel rückwärts gegen die Wand, doch das war mir egal.

Ich wollte lediglich den wilden Rhythmus aufrechterhalten, den wir begonnen hatten.

»Wir gehören zusammen, Riley«, keuchte er. »Du. Gehörst. Zu. Mir.«

Ich schloss meine Arme fester um ihn, als er mit einer Gewalt in mich hineinstieß, die meinen Körper köstlich erbeben ließ.

»Ich weiß«, stöhnte ich. »Und. Du. Gehörst. Zu. Mir.«

Es gab nichts anderes mehr zu sagen.

Nicht jetzt.

Und vielleicht niemals.

Mein Körper und meine Seele gehörten Seth Sinclair und ich zweifelte nicht daran, dass es uns bestimmt war, zusammen zu sein.

Es war mehr als bloße fleischliche Lust, die uns anzog.

Ich liebe dich. Ich liebe dich so sehr!

Ich hätte diese Worte gern ausgesprochen, doch ich fühlte mich bereits zu verwundbar.

»Ja!«, schrie ich auf, als mein Körper sich noch mehr anspannte, während Seth in seinem wilden Rhythmus weiter in mich hineinstieß.

Ich genoss jeden harten Stoß seines Schwanzes, als ich spürte, wie der Orgasmus auf mich zurollte.

Ich vergrub das Gesicht an seiner Schulter, um mein euphorisches Stöhnen zu dämpfen, als ich so heftig kam, dass ich am ganzen Körper bebte.

»Mein Gott, Riley. Du fühlst dich so gut an, dass ich ewig so weitermachen könnte«, stöhnte Seth.

Jetzt schlossen sich meine Muskeln fest um seinen Schwanz und molken ihn bis zu seiner machtvollen Erlösung.

»Gütiger Himmel!«, ächzte er mit rauer Stimme. Seine Brust hob sich schwer und er drückte mich fest an sich, indem er seine Finger in meine Pobacken grub.

Ich weiß nicht, wie lange wir so in dieser Stellung verharrten, vollkommen verausgabt. Er presste mich mit seinem Körper gegen die Wand, während ich keuchend nach Luft schnappte. Mein Herz klopfte so laut, dass ich hätte schwören können, es tatsächlich hören zu können.

Minuten später ergriff Seth schließlich das Wort. »Ich zerquetsche dich. Wirst du auf deinen Füßen stehen können?«

Mein Körper fühlte sich an wie Gelee, doch ich nickte tapfer. »Ja.«

Ich war mir zwar nicht sicher, ob meine Beine mich tragen würden, aber ich hatte das Gefühl, fliegen zu können.

Er stellte mich behutsam auf die Füße. Dann hob er mich hoch und trug mich zu einem Ledersessel in einer Ecke seines Büros. Er setzte sich und zog mich auf seinen Schoß. Er kuschelte mich an sich und strich mir zärtlich ein paar Locken aus dem Gesicht.

»Du bist so schön, Riley«, bemerkte er heiser.

Noch niemals zuvor hatte ich mich so attraktiv gefühlt. Seth gab mir das Gefühl, verführerisch zu sein. »Du bist selbst ziemlich attraktiv«, erwiderte ich. »Zu attraktiv. Du bist gefährlich.«

Ich strich ihm ein paar feuchte Locken aus der Stirn.

»Wir sehen furchtbar aus«, stellte ich fest. »Ich habe das Gefühl, wir sehen aus, als hätten wir in deinem Büro herumgefickt.«

Mein Herz begann zu rasen, als er mir einen wollüstigen Blick zuwarf. »Wahrscheinlich weil wir genau das getan haben«, erwiderte er und streichelte meinen nackten Rücken.

»Du hättest mir nicht diese E-Mail schicken sollen«, beschwerte ich mich mit gespieltem Missvergnügen. »Sie hat in mir den Wunsch erweckt, genau herauszufinden, wie wir diesen alten Vertrag brechen können.«

»Baby, dieser Vertrag ist bereits zu Staub geworden«, erklärte Seth. »Ich habe ihn schon vor langer Zeit zerrissen. Ich bin weit darüber hinaus, experimentieren zu wollen. Dies ist real, Riley. Für mich war es das immer schon, denke ich. Ich wäre vollkommen am Boden zerstört, wenn du mich jetzt verlassen würdest.«

Mein Herz fühlte sich an, als würde es in einem Schraubstock zusammengepresst, als ich seinen ernsten Blick auffing. Gott, ich wünschte, ich hätte meine Gefühle so gut ausdrücken können wie er. Ich wünschte, ich hätte mich selbst so angreifbar machen können. »Ich werde dich nicht verlassen.«

»Das solltest du auch besser nicht tun. Denn ich würde dich auf jeden Fall finden«, knurrte er. Dann zog er meinen Kopf zu sich hinunter, um mich zu küssen.

Ich seufzte in seinen Mund, während ich mich dem Gefühl hingab, wie seine weichen Lippen mich erregten.

Der Kuss war voller Emotionen und Versprechungen, eine träge, erotische Entdeckungsreise.

Es war ein Kuss, in dem ich mich verlieren konnte, was ich auch einige Augenblicke lang tat.

Schließlich zog ich mich zurück, um ihn anzublicken. »Ich bin immer noch etwas angeschlagen, weißt du?«, erklärte ich offen und ehrlich. »Manchmal bin ich mir nicht sicher, ob ich jemals normal sein werde. Aber ich fühle mich schon so viel besser. Und nur weil ich endlich entdecke, wer ich wirklich bin. Deinetwegen, Seth. Unseretwegen.«

Er sah mich an, als fände er mich in Ordnung, so wie ich war. »Dann werde ich dir helfen, wieder zu dir zu finden, Riley, wenn du das möchtest. Aber für mich wirst du immer die einzige Frau bleiben, die ich begehre.«

Ich versuchte, die Tränen zurückzublinzeln, die mir in die Augen schossen, doch es misslang. Ein dicker Tropfen landete auf meiner Wange. Und dann noch einer.

»Ich weiß nicht einmal wirklich, was normal ist, Seth. Das ist mir heute bewusst geworden. Die Erfahrungen, die ich in meinem Leben gemacht habe, waren so gestört, dass ich wirklich nicht weiß, wie es ist, vollkommen ganz zu sein«, erklärte ich ungerührt.

»Du musst nicht der Definition von normal entsprechen, die irgendjemand anderes festgelegt hat, Riley. Sei einfach du selbst. Ich habe bemerkt, dass dir manchmal nicht bewusst ist, wie besonders du bist. Du bist die klügste, stärkste, tapferste Frau, die ich kenne. Ich wünschte, ich könnte alles ungeschehen machen, was dir das Gefühl gibt, nicht heil zu sein. Denn es gibt nichts, was mit dir nicht stimmen würde.« Zärtlich wischte Seth mir die Tränen aus dem Gesicht.

»Also gut. Ich mag zwar nicht vollkommen gebrochen sein, aber ich habe manchmal Probleme, mich auszudrücken. Nicht, wenn es um Arbeit oder Rechtsfragen geht, sondern um persönliche Themen«, gestand ich.

Er schüttelte den Kopf. »Zur Hölle, du bist weder als Kind noch als Erwachsene besonders ermutigt worden, dich darzustellen. Ich habe deine Mutter kennengelernt, Riley. Und dein Vater war ein pädophiles Arschloch. Du hast gelernt, alles in dir zu verschließen. Aber das wird sich mit der Zeit ändern, jetzt, da du dich in einer anderen Umgebung aufhältst. Gib dir Zeit, meine Schöne.«

Ich schenkte ihm ein kleines Lächeln. »Manchmal denke ich, du verdienst eine Frau, die keine seelischen Probleme hat.«

Er zuckte mit den Schultern. »Ich würde sie nicht haben wollen.«

Ich hob eine Braue. »Warum nicht?«

»Weil sie nicht du wäre«, erwiderte er ernst. »Es würde mich wirklich nerven, eine Frau zu haben, die sich für perfekt hält. Mit wem würde ich dann über meine eigenen Probleme reden?«

»Willst du damit andeuten, du hättest welche?«

»Das weißt du doch«, sagte er. »Ich habe dir doch erzählt, warum ich diesen Anlegesteg abreißen und ein großes Gebäude auf dem Gelände errichten wollte. Die meisten von uns haben ein paar gestörte Erlebnisse in ihrem Leben aufzuweisen. Es ist hilfreich, jemanden zu haben, der einen versteht und nicht verurteilt.«

Mein Herz zog sich zusammen. Ich schlang Seth die Arme um den Hals und zog ihn so fest an mich, dass ich mich wunderte, dass er sich nicht beschwerte.

Es fiel schwer zu glauben, dass jemand, der so umwerfend, intelligent und mitfühlend wie Seth war, trotz allem unter Unsicherheiten litt. Aber er hatte tatsächlich einige aus seiner Kindheit und seiner früheren Armut zurückbehalten. »Du kannst immer mit mir reden«, erklärte ich mitfühlend.

»Dito«, erwiderte er und drückte mich seinerseits fest an sich. »Ich bin für dich da. Rede mit mir.«

»Das werde ich«, versprach ich. »Es fällt mir manchmal nur etwas schwer. Ich glaube, ich erwarte, auf Ablehnung zu stoßen, wenn ich etwas sage, das nicht akzeptabel ist.«

»Und ich glaube, du musst deine Mutter zum Teufel jagen«, meinte er nachdenklich.

»Das hatte ich auch vor«, erwiderte ich. »Wirklich. Aber ich glaube, ich hege immer noch die Hoffnung, dass sie mich eines Tages so akzeptiert, wie ich bin. Natürlich weiß ich verstandesmäßig, dass das nicht geschehen wird. Aber das kleine Mädchen in mir möchte sich immer noch ihre Liebe verdienen, nehme ich an.«

»Ich denke, sie ist in einem gewissen Maße fähig, dich zu lieben, Riley.«

»Aber nicht bedingungslos und ich konnte den Ansprüchen für ihre Liebe niemals genügen«, überlegte ich. »Ich weiß, ich muss akzeptieren, dass sie einfach nicht fähig ist, jemanden zu lieben, ohne eine gewisse Perfektion zu erwarten, die kein Mensch bieten kann. Ich hoffe, eines Tages bin ich so weit.«

»Mit Sicherheit«, ermutigte er mich.

Ich lächelte ihn an. »Du bist ein außergewöhnlicher Mann, weißt du das?«

Ich wünschte, ich hätte die Worte finden können, um ihm zu erklären, wie einzigartig er war im Vergleich zu jedem anderen Mann, den ich je kennengelernt hatte.

»Ich bin nichts Besonderes, Riley. Du hast einfach nur ein paar echte Arschlöcher kennengelernt. Und im Vergleich zu denen stehe ich gut da«, meinte er neckend.

Ich lachte und wand mich auf seinem Schoß hin und her. »Ich muss mich anziehen. Ich kann kaum glauben, dass ich hier nackt in deinem Büro sitze und mich über dieses Thema mit dir unterhalte.«

»Ich kann mir nicht helfen, aber ich genieße diese nackten Unterhaltungen«, scherzte er.

Ich verdrehte die Augen und erhob mich von seinem Schoß. »Ich bin der einzige Mensch hier, der nackt ist«, erinnerte ich ihn.

Er grinste. »Ganz genau. Für mich reicht das.«

»Du bist wirklich pervers«, beschuldigte ich ihn im Spaß, während ich meine Kleider vom Boden aufsammelte.

»Du hast doch, ohne zu zögern, den Striptease hingelegt«, erwiderte er. »Nicht dass ich ein Problem damit gehabt hätte. Eigentlich könntest du es öfter tun.«

Ich schnaufte. »Vielleicht bin ich dabei zu lernen, meine Hemmungen fallen zu lassen.«

»Bitte, gern. Du kannst gern jede einzelne davon fallen lassen. Es ist ziemlich heiß, wenn du die Initiative ergreifst.«

Lachend zog ich mir das Höschen und die Jeans an. »Vielleicht werde ich mich später noch einmal mit diesem Problem beschäftigen«, neckte ich ihn.

Seth erhob sich, zog den Reißverschluss hoch und strich seinen Anzug glatt. »Oh ja, das hoffe ich«, meinte er begeistert.

Mir schwoll das Herz und ich wusste, von dem Augenblick, in dem ich heute sein Büro betreten hatte, bis zu dem gegenwärtigen Moment hatte ich mich noch ein bisschen mehr in Seth Sinclair verliebt.

KAPITEL 25

Seth

»**I**ch will Riley bitten, mich zu heiraten«, erklärte ich Noah, als wir eine Woche später mit einem Kaffee bei ihm zusammensaßen.

Aiden hatte heute nicht bei unserem ältesten Bruder vorbeischauen können, aber ich hatte das dringende Gefühl, reden zu müssen.

Wie gewöhnlich wandte ich mich an Noah, wenn ich vor einer großen Entscheidung in meinem Leben stand. Wir lagen zwar altersmäßig zu nahe beieinander, als dass ich ihn als Vaterfigur hätte betrachten können, aber er war stets der Vorstand unseres Haushalts gewesen. Trotz seiner Tendenz zum Workaholic war mein ältester Bruder stets für uns alle da gewesen, wann immer wir ihn brauchten.

Er warf mir einen skeptischen Blick zu. »Seth, denk gut darüber nach, bevor du etwas tust, was du vielleicht später bereuen könntest. Du kennst Riley erst seit ein oder zwei Monaten. Ich glaube nicht, dass das lange genug ist, um entscheiden zu können, ob du den Rest deines Lebens mit ihr verbringen willst.«

Ich schüttelte den Kopf. »Ich weiß, was ich will. Verdammt, ich glaube, dass wusste ich bereits im selben Moment, in dem ich sie gesehen habe. Es gibt auf der ganzen Welt keine andere Frau wie sie, Noah. Wir passen einfach zusammen. Ich kann es nicht wirklich erklären, aber ich kann mir mein Leben ohne sie nicht mehr vorstellen.«

»Warum diese Eile? Riley wird in ein oder zwei Jahren immer noch da sein.«

Ich zuckte mit den Schultern. »Auch das kann ich nicht erklären. Ich weiß nur, ich muss wissen, dass sie mir gehört.«

Für gewöhnlich war ich nicht so impulsiv, besonders nicht, wenn es um eine so wichtige Entscheidung ging wie eine Heirat. Wie auch immer, mein Verlangen, Riley zu der Meinen zu machen, quälte mich unbarmherzig.

Noah lehnte sich in seinem Stuhl zurück und blickte mich durchdringend an. »Ich mag Riley. Sie ist mutig. Setzt sich definitiv für Menschen ein, die sie liebt – gemessen an dem, was auf der Grillparty geschehen ist –, und sie ist hochintelligent. Aber ich halte es einfach nicht für nötig, dass du dich so übereilt in eine Ehe stürzt.«

»Ich würde nicht gerade sagen, dass ich übereilt vorgehe, ich weiß einfach, was ich will, und es zehrt an mir, es mir nicht zu holen.«

Noah schüttelte den Kopf. »Du bist immer schon so gewesen, glaube ich. Ich erinnere mich noch daran, als du so entschlossen warst, für Brooke und Jade in ihrer Kindheit gebrauchte Fahrräder zu besorgen. Wir konnten sie uns einfach nicht leisten. Daher hast du zusätzlich zu deiner Arbeit auf dem Bau während der Weihnachtszeit im Fahrradgeschäft Fahrräder repariert und deine Arbeit gegen die zwei gebrauchten Räder getauscht, die Jade und Brooke sich so sehr wünschten. Du bist verdammt stur, wenn du dir etwas in den Kopf gesetzt hast.«

»Die Mädchen sind an diesem Weihnachtsfest beinahe ausgeflippt«, fügte ich hinzu. »Allein ihr Lächeln zu sehen war die Mühe wert. Viele Geschenke haben sie als Kinder ja nicht gerade bekommen.«

»Das hat keiner von uns«, erinnerte Noah mich. »Aber du hast dir den Hintern aufgerissen, um einiges möglich zu machen. Deshalb möchte ich jetzt nicht erleben, dass du dein Leben zerstörst. Du hast es jetzt so gut, Seth. Du hast alles, was du dir je gewünscht hast.«

»Außer ihr«, widersprach ich. »Du hast es vielleicht immer noch nicht ganz verstanden, aber Riley ist die Frau, die ich mir immer gewünscht, aber nie gefunden habe. Mein Geld ist ihr vollkommen egal. Sie will mich als Mensch. Ich weiß, sie würde mich nicht anders behandeln, wenn ich arm wäre, Noah.«

Mein Bruder holte tief Luft. »Da stimme ich dir zu. Sie ist hundertprozentig loyal, sobald sie sich jemandem verpflichtet fühlt. Darum geht es nicht. Ich hätte nur gern, dass du etwas länger wartest, bevor du dich Hals über Kopf in etwas stürzt.«

Ich grinste ihn an. »Wann hätte ich das jemals getan?«

»Eigentlich niemals ... bis du Riley kennengelernt hast.«

Ich verschränkte die Arme vor der Brust. »Eines Tages wirst auch du eine Frau treffen, die dich umhaut. Und dann wirst du genau wissen, was ich jetzt empfinde. Ich glaube, die Sinclairs verlieben sich heftig und schnell. Betrachte nur den Rest der Familie.«

Er verzog das Gesicht. »Mir wird das nicht passieren. Ich habe noch niemals wegen einer Frau den Kopf verloren und werde es auch niemals tun. Ich habe weder die Zeit noch die Lust, mir den Kopf verdrehen zu lassen.«

Ich betrachtete schweigend seine grimmige Miene. Noah war immer derjenige gewesen, der für die Familie Opfer gebracht hatte. Er hatte zu hart gearbeitet und sich hartnäckig und entschlossen dafür eingesetzt, jedem von uns das geben zu können, was er brauchte. Gewiss, Aiden und ich hatten ihn unterstützt, aber Noah hatte die Verantwortung für uns alle übernommen. »Du weißt doch, dass du jetzt nicht mehr so hart arbeiten musst, oder? Für den Fall, dass du es übersehen hast, wir sind Milliardäre, Noah. Wir sind mittlerweile alle erwachsen.«

Er blickte mich skeptisch an. »Was sollte ich anderes tun außer zu arbeiten?«

»Dich entspannen?«, schlug ich vor.

»Ich bin mir nicht sicher, ob ich weiß, wie das geht, aber ich bin mir sicher, dass es mir nicht gefallen würde.«

Plötzlich wurde mir bewusst, dass Noah immer noch das tat, was er am besten konnte, obwohl unsere Umstände sich geändert hatten. Er arbeitete bis zum Umfallen.

Unser Familienvorstand zu sein tat ihm vielleicht nicht so gut. Mein großer Bruder war darauf geeicht, zu arbeiten und sich um uns alle zu kümmern. Das tat er schon, seitdem er achtzehn Jahre alt war. Er hatte keine Ahnung, was er sonst mit seinem Leben hätte anfangen können.

»Du bist es lediglich nicht gewohnt, eine Atempause einzulegen«, erklärte ich ihm. »Du warst immer für uns da. Erlaube uns, jetzt auch einmal für dich da zu sein.«

Ich konnte zwar nichts an der Tatsache ändern, dass er der Älteste war, aber ich konnte versuchen, ihm bewusst zu machen, dass sich die Verhältnisse verschoben hatten. Immerhin konnten wir uns jetzt wie normale Geschwister fühlen. Er musste nicht mehr die Vaterfigur übernehmen.

»Mir geht es gut«, knurrte er. »Mir gefällt meine Arbeit. Ich finde es befriedigend, neue Programme zu entwickeln.«

»Aber du bist zu besessen von deiner Arbeit«, wandte ich ein. »Du fehlst uns, Noah.«

»Ich bin doch hier. Braucht einer von euch irgendetwas? Vielleicht Brooke oder Jade? Was ist zu tun?«

Jetzt hatte ich Noahs ganze Aufmerksamkeit, aber nur weil er mich missverstanden hatte und glaubte, einer von uns bräuchte ihn. Das war ganz und gar nicht meine Absicht gewesen. »Uns geht es allen gut. Wir wünschen uns lediglich, dass du dich der Familie anschließt. Nicht dass du nicht immer äußerst verantwortungsvoll gewesen wärst. Aber du fehlst uns einfach, wenn wir unsere Freizeit miteinander verbringen.«

»Im Unterschied zu euch bin ich nicht darauf aus, eine Lebenspartnerin oder meine Seelenverwandte zu treffen«, erwiderte er grimmig. »Ich bin anders gestrickt. Nicht nur ihr wurdet von den Frauen behandelt, als wärt ihr unsichtbar, als wir noch bitterarm waren. Welche Frau wollte einen Mann haben, der eine solche Verantwortung trug wie ich? Aber ich beschwere mich keineswegs. Ich würde es immer wieder genauso machen und auf Frauen verzichten, um für euch zu sorgen. Und jetzt will ich keine Frau mehr, jetzt, da ich so reich bin, wie ich es mir in meinen wildesten Fantasien nicht hätte vorstellen können. Ich arbeite lieber weiter an meinen Projekten.«

»Wie lange hast du schon mit keiner Frau mehr geschlafen?«, erkundigte ich mich.

»Kein Kommentar«, antwortete er barsch. »Lass gut sein, Seth. Lass uns lieber wieder über dich und Riley reden. Ich bin vollkommen zufrieden mit meinem Leben.«

Nein, das ist er nicht.

Noah war desillusioniert, so wie ich es war, bevor ich Riley kennengelernt hatte. Unsere Positionen mochten zwar ein wenig unterschiedlich sein, da Noah der Einzige war, der am Anfang alt genug war, um Opfer bringen zu können, um unsere Familie zusammenzuhalten. Trotzdem verstand ich ihn besser, als er ahnte.

Ich würde nicht so einfach aufgeben. Keiner von uns. Wir warteten lediglich auf die geeignete Gelegenheit, Noah zu zeigen, dass wir jetzt eine Familie sein konnten, ohne dass Noah die ganze Verantwortung tragen musste.

Wir brauchten ihn immer noch, aber nicht dazu, jedes Problem zu lösen, das bei uns auftauchte.

»Da gibt es eigentlich nicht mehr viel zu sagen«, erklärte ich. »Riley ist die Richtige für mich, Noah.«

Er durchbohrte mich mit seinem Blick. Diesen Blick kannte ich. Unter ihm hatte ich mich niemals wohlgefühlt. Mit dieser Miene hatte er uns stets dazu gebracht, uns zu benehmen.

»Ich werde dir nicht abraten, sie zu heiraten«, meinte er nachdenklich. »Ich vertraue darauf, dass du deine eigene Entscheidung treffen kannst. Ich versuche lediglich, des Teufels Advokat zu spielen. Gott weiß, wie sehr ich mir wünsche, dass du glücklich wirst. Und Riley halte ich für eine außergewöhnliche Frau. Ich möchte nur nicht, dass du etwas tust, das du später bereust. Du wirst einen Ehevertrag brauchen, falls sie einverstanden ist.«

»Nein«, widersprach ich. »Wenn sie mich heiraten will, werde ich sie niemals mehr gehen lassen. Außerdem war mir Geld niemals wichtig. Es hat zwar mein Berufsleben und auch mein Privatleben geändert, aber niemals mich selbst, Noah. Falls Riley mich verlassen wollte, wäre mir Geld vollkommen gleichgültig. Was würde es mir dann in meinem Elend nützen?«

»Du bist verrückt«, knurrte Noah missbilligend.

»Hat Jade einen Ehevertrag abgeschlossen? Oder Brooke?«

»Die beiden haben jemanden geheiratet, der bereits reich war.«

»Riley ist nicht auf Geld aus. Sie ist eine Montgomery. Montgomery Mining. Jaxton, Hudson und Cooper Montgomery sind ihre Brüder. Sie haben sie ausbezahlt, weil sie ihren Anteil an dem Unternehmen nicht haben wollte. Sie ist lieber Anwältin und kämpft für die Rechte bedrohter Tierarten.«

Schnell erklärte ich ihm Rileys Situation, soweit es möglich war, ohne ihr Vertrauen zu missbrauchen. Ich musste zwar ihre Vorgeschichte verschweigen, versuchte aber, Noah verständlich zu machen, dass ihre Kindheit und ihr Erwachsenenleben zum größten Teil nicht sehr glücklich verlaufen waren.

Er schwieg einen Moment, bevor er sprach. »Es war also kein Zufall, dass sie mit einem Arschloch wie Easton verlobt war?«

»Nein. Bis vor ein paar Jahren gehörte sie zu den elitären Kreisen. Sie ist reich geboren, hasste aber diese ganze protzige Gesellschaft. Es war, als würde man versuchen, einen runden Gegenstand durch ein quadratisches Loch zu pressen. Nichts, was sie tat, konnte ihre Mutter glücklich machen. Riley hat sich auf den Kopf gestellt, um ihr zu gefallen, aber es gelang ihr nicht.«

»Gibt es wirklich eine Mutter, die nicht stolz darauf wäre, dass ihre Tochter für ihren Abschluss in Harvard ein Summa cum laude erlangt hat?«, murmelte Noah unwirsch.

»Ich verstehe das auch nicht«, stimmte ich ihm zu. »Aber ich habe maßlosen Respekt, dass sie aus einem Leben ausgebrochen ist, für das sie ihr ganzes Leben erzogen wurde. Sie hat Easton verlassen und hier in Citrus Beach ein neues Leben begonnen.«

»Und wie sind ihre Brüder?«, wollte Noah wissen.

»Beschützerisch«, erklärte ich grinsend. »Sie werden in Sinclair Properties investieren. Und sie kümmern sich sehr um Riley. Sie sind selbst ziemlich rebellisch.«

»Wie werden sie reagieren, wenn du Riley um ihre Hand bittest, obwohl du sie noch nicht lange kennst?«

Ich zuckte mit den Schultern. »Das ist mir egal.«

Mir lag einzig und allein am Herzen, Riley für den Rest ihres Lebens glücklich zu sehen. Glücklicherweise wusste ich, dass ich der Mann war, der das bewerkstelligen konnte, und genau das hatte ich mir für den Rest meines Lebens zur Aufgabe gemacht. Bis jetzt hatte sie zu viel Leid und Schmerz erfahren müssen. Ich wollte sie nie wieder weinen sehen. Es zerriss mir das Herz.

»Bist du dir wirklich sicher?«, fragte Noah immer noch skeptisch.

Ich nickte. »Ja. Ich wollte lediglich, dass du es als Erster hörst.«

»Okay«, meinte er resigniert. »Kann ich dir helfen?«

»Eigentlich nicht wirklich. Ich habe doch keine Ahnung, ob sie überhaupt Ja sagen wird. Falls es für sie zu schnell ist, werde ich warten.«

Ich war nicht im Geringsten überrascht, dass Noah mir den Rücken stärken oder mich unterstützen würde, falls es nötig wäre. So war es immer gewesen.

»Halt mich auf dem Laufenden«, verlangte er. »Falls sie dir das Herz bricht, werde ich mich zurückhalten und dir nicht vorhalten, dass ich dich gewarnt hätte.«

Ich trank den Rest meines Kaffees und erhob mich.

Irgendwann würde Riley meine Frau werden. Etwas anderes war nicht akzeptabel.

Nun stand auch Noah auf und klopfte mir auf den Rücken.

»Viel Glück.«

Ich grinste ihn an. Obwohl Noah meist desinteressiert wirkte, hörte und erinnerte er sich an alles. »Danke.«

»Seth«, hielt Noah mich auf, als ich zur Tür ging.

Ich drehte mich wieder herum. »Ja?«

»Nach allem, was unsere Familie durchgemacht hat, verdient niemand mehr als du, glücklich zu sein.«

Ich nickte ihm zu und ging zur Tür hinaus.

Ich war zwar anderer Meinung, wollte aber nichts mehr sagen.

Noah war derjenige, der es eigentlich verdiente, sein Glück zu finden, und ich würde dafür sorgen, dass dies eines Tages geschah.

KAPITEL 26

Riley

Ich saß auf meiner Couch und beobachtete Seth, der mit dem Kätzchen spielte, das er mir vor ein paar Tagen mitgebracht hatte. Ich hatte es Bandit getauft und im Moment tobte es mit Seth auf dem Wohnzimmerboden herum.

Ich wusste immer noch nicht genau, warum Seth mir das entzückende, kleine, männliche Fellknäuel geschenkt hatte. Er hatte zwar irgendetwas in der Richtung gemurmelt wie, er wüsste, ich hätte mir immer eine Katze gewünscht, war aber nicht weiter darauf eingegangen.

Ich liebte das kleine, schwarze, flauschige Wesen mit den weißen Flecken im Gesicht, die es wirklich wie einen Banditen aussehen ließen. Daher war mir der Name gleich nach seiner Ankunft in meinem Haus eingefallen.

Das Kätzchen stammte aus dem Tierheim, was meine Liebe zu Seth noch ein kleines bisschen vergrößerte – falls das überhaupt möglich war.

»Du bist gemein«, warf ich Seth lachend vor, als er Bandit mit einem Stöckchen und Fäden ärgerte, die er so über der kleinen Katze baumeln ließ, dass diese sie nicht erreichen konnte.

Seth sah vom Boden zu mir auf. »Es gefällt ihm.«

Ich musste zugeben, dass Seth wahrscheinlich recht hatte. Das Kätzchen wirkte überglücklich und hörte nicht auf, herumzuhüpfen und nach den unerreichbaren Fäden zu angeln.

Schließlich hob ich Bandit vom Boden hoch, als er in meine Nähe kam. »Er ist noch ein Baby. Ich denke, er ist müde.«

Seth ließ sich neben mich auf die Couch fallen. »Ich finde, er sieht nicht allzu erschöpft aus«, meinte er skeptisch. »Ich glaube, du willst einfach nur gern mit ihm kuscheln.«

»Vielleicht«, gab ich zu, als ich spürte, wie der kleine Kater zu schnurren begann.

Mir wurde warm ums Herz, als sich Bandit an meine Brust schmiegte.

»Glückliche Katze«, bemerkte Seth bedauernd im Scherz.

Ich warf ihm einen amüsierten Blick zu. »Als kämst du nicht selbst oft genug in den Genuss.«

Er schüttelte den Kopf. »Davon bekomme ich niemals genug.«

Mittlerweile war ich lange genug mit diesem Mann zusammen, um mir seiner sexuellen Unersättlichkeit bewusst zu sein.

Ich würde mich allerdings gewiss nicht beschweren.

»Ich verstehe nicht, warum du dir niemals eine Katze angeschafft hast, obwohl du so gern eine haben wolltest«, überlegte Seth.

»Als Kind habe ich mir immer ein Kätzchen gewünscht. Sehr sogar. Aber natürlich hat meine Mutter es mir niemals erlaubt. Sie hasste Tiere im Allgemeinen und Katzen im Besonderen, weil sie eventuell ihre Möbel zerkratzt hätten. Und als ich das College besuchte, konnte ich keine halten, da ich im Wohnheim lebte.«

»Und während der letzten zwei Jahre? Du hast doch allein gelebt.«

Ich zuckte mit den Schultern. »Ich hätte gern eine Katze gehabt, war aber unentschlossen.«

»Warum?«

»Vielleicht weil ich mir nicht sicher war, ob ich bereit dazu war. Am Anfang, als ich hierhergezogen bin, ging es mir nicht gut. Aber seit Kurzem habe ich vor, mir eine zuzulegen, weil ich mich für bereit halte. Ich lasse die alten Erinnerungen hinter mir.«

»Irgendwann hattest du ein schlechtes Erlebnis. Es muss mit Katzen zu tun gehabt haben.«

Seine Bemerkung war eine Feststellung, keine Frage. Er schien stets zu wissen, wann mehr hinter einer Geschichte steckte.

Ich nickte und kuschelte Bandit noch ein wenig enger an mich. »Als ich sechzehn war, arbeitete mein Vater an einem Minenprojekt in Florida. Nur selten einmal nahm er meine Mutter und mich mit. Doch diesmal tat er es. Damals betrieb er Phosphorminen, die meine Brüder geschlossen haben, da sie sich auf Edelsteine und Diamanten konzentrieren wollten. Du musst verstehen, mein Vater kannte keine Skrupel, wenn es darum ging, Termine einzuhalten und den größtmöglichen Gewinn herauszuschlagen. Als die Arbeit in den Minen beginnen konnte, erzählte einer der Manager meinem Vater, dass ein Florida Panther auf dem Minengelände gesichtet worden wäre.«

»Die sind vom Aussterben bedroht«, bemerkte Seth.

»Richtig«, erwiderte ich. »Und selbst heute noch gibt es nur sehr wenige Exemplare. Weil mein Vater sich sorgte, die Sichtung des Tieres könnte den Arbeitsbeginn in der Mine verzögern, jagte er den Panther und tötete ihn. Er vergrub ihn und nahm dem Manager das Versprechen ab zu schweigen. Aus irgendeinem Grund nahm er mich mit auf diese Jagd. Ich sah ihm dabei zu, wie er ein seltenes, majestätisches Tier umbrachte, dessen Spezies beinahe ausgestorben war. Und er zeigte nicht den geringsten Hauch des Bedauerns. Ich war traumatisiert. Es brach mir das Herz. Dieser Vorfall führte zu meiner gegenwärtigen Leidenschaft, mich für den Schutz bedrohter Tierarten einzusetzen.«

»Mein Gott, Baby. Das tut mir leid. Bei deiner großen Liebe zu Tieren muss dich das Erlebnis in dem Alter beinahe zerstört haben«, meinte Seth mitfühlend.

»Ich saß neben der großen Wildkatze und streichelte sie, bis mein Vater mich zwang, sie loszulassen, damit er sie begraben konnte. Ich glaube, ich habe mich zwei Wochen lang jeden Abend in den Schlaf geweint. Der Panther war nicht nur wunderschön, sondern ich wusste auch, dass es jetzt ein Exemplar weniger gab, das hätte helfen können, die Zahl der Tiere wieder anzuheben. Seit diesem Zeitpunkt bin ich davon besessen, mein Möglichstes zu tun, um jedes Tier zu retten, dessen Spezies vom Aussterben bedroht ist.« Ich litt zwar immer noch gelegentlich unter Albträumen über das schreckliche Erlebnis mit meinem Vater, aber das Wissen, dass ich Dutzende anderer Tierarten beim Überleben unterstützte, half enorm.

Seth schwieg, weshalb ich fortfuhr: »Das ist jetzt für mich Vergangenheit. Meine Arbeit gilt dem Schutz der wilden Tiere und ich fühle mich gut dabei. Das macht zwar den armen Panther nicht wieder lebendig, aber es fühlt sich einfach richtig an.«

»Nicht du hättest die Tat sühnen müssen«, knurrte Seth. »Aber ich weiß, dass du ein verdammt tapferer, sturer Gegner bist.«

Ich lächelte. »Ja, das kann ich sein. Mit dir bin ich nicht so hart umgegangen, da ich mir ziemlich sicher war, dass Jade dich mit der Zeit überredet hätte, das Gelände aufzugeben. Das hätte sie doch getan, oder?«

»Baby, während des Sommers bist du sehr wohl ziemlich hart mit mir verfahren. Ich habe dich als sturen, harten Gegner erlebt. Und ja, ich hätte Jade das Grundstück überlassen. Denn andernfalls wäre sie sauer geworden und hätte geweint. Und das habe ich immer schon gehasst. Keiner von uns kann das ertragen.«

»Deine Schwester nicht weinen sehen zu müssen ist dir also wert, auf ein millionenschweres Geschäft zu verzichten?«

Er nickte. »Ohne mit der Wimper zu zucken. Mir gefällt der Gedanke, behaupten zu können, ich hätte gelernt, im Geschäft skrupellos zu sein. Aber in diesem Fall ging es nicht ums Geschäft. Es ging um die Familie. Die Familie kommt immer zuerst.«

Das wusste ich jetzt besser als vor ein paar Monaten. Seth würde sich eher beide Hände abhacken, als eines seiner Geschwister verletzt zu sehen. »Warum hast du dann überhaupt die juristische Auseinandersetzung weitergeführt, nachdem sie es herausgefunden hatte?«

Er warf mir ein hintergründiges Lächeln zu. »Falls du das bis jetzt noch nicht herausbekommen hast, muss ich es dir wohl verraten. Es ging mir dabei immer nur um dich, Riley. Wenn ich Jade das Gelände so einfach überlassen hätte, hätte ich keinen Grund mehr gehabt, mit dir zu kommunizieren. Am Anfang wollte ich mir wahrscheinlich meine eigentliche Motivation nicht eingestehen, doch ziemlich bald wurde sie mir bewusst.«

Mein Herz hüpfte vor Freude. »Du wolltest dich also weiter mit mir streiten?«

Er zuckte mit den Schultern. »Ich glaube, es gefiel mir besser, mich mit dir zu streiten, als überhaupt nichts mehr von dir zu hören. Ich war mir ziemlich sicher, dass ich dich nicht einfach um ein Rendezvous hätte bitten können, nachdem ich das Grundstück aufgegeben hätte.«

»Wahrscheinlich nicht«, erwiderte ich reumütig. »Ich war nicht gerade darauf aus, mich überhaupt auf einen Mann einzulassen. Und ich wusste, du würdest mir Probleme machen.«

»Woher wusstest du das?«, erkundigte er sich neugierig.

»Weil ich mich zu dir hingezogen fühlte, und das seit dem Moment, in dem ich dich kennengelernt habe. Und du warst damals in meinen Augen ein Feind«, neckte ich ihn. »Wie ich schon sagte ... Probleme. Normalerweise spreche ich nicht einmal mehr mit einem Gegner, nachdem ich ihn vor Gericht fertiggemacht habe.«

»Das weiß ich mittlerweile«, meinte er missmutig.

Ich lachte. Ich konnte kaum glauben, dass jemand wie Seth so viel Mühe auf sich genommen hatte, um mich besser kennenzulernen. Vielleicht hätte ich sauer sein sollen, dass er mich ausgetrickst hatte, doch im Gegenteil, ich war ihm dankbar. Denn andernfalls hätten wir jetzt nicht hier zusammengesessen.

»Sollen wir hier essen, bei mir zu Hause oder ausgehen?«, wollte er wissen.

»Hier«, gab ich zur Antwort. »Meine Brüder kommen zum Abendessen vorbei. Wirst du hierbleiben?«

»Ich wusste nicht, dass sie herkommen«, erwiderte er.

»Es ist Samstag. Und es geht nicht ums Geschäft«, scherzte ich. »Sie wollen mich einfach besuchen. Wir haben viel aufzuholen, da wir uns früher nicht oft gesehen haben.«

»Ich dachte, das wäre nur während eurer Kindheit so gewesen.«

Ich schüttelte bedächtig den Kopf. »Außer im letzten Jahr sind sie ziemlich viel unterwegs gewesen. Auch jetzt noch sind sie regelmäßig auf Reisen. Aber zumindest sehe ich sie öfter. Meine Brüder sind alle hochbegabt. Sie haben ein Internat für talentierte Kinder besucht und alle drei haben mit zwanzig ihren Abschluss am College gemacht. Danach sind sie zur Spezialeinheit beim Militär gegangen. Ich weiß, dass keiner von ihnen den Dienst quittieren wollte, doch sie waren dazu gezwungen. Nach dem Tod meines Vaters ließen meine Brüder Montgomery Mining in den Händen eines unmoralischen, unehrlichen Geschäftsführers, der das Unternehmen langsam, aber sicher heruntergewirtschaftet hat. Seinetwegen hätten sie Montgomery Mining beinahe verloren. Jetzt sind sie alle in die Firma zurückgekehrt und das Unternehmen blüht wieder.«

»Ich wusste nicht, dass es jemals in Schwierigkeiten gesteckt hat.«

»Sie mussten eine Menge Probleme bewältigen, die sich über neun Jahre aufgebaut hatten. Ich bezweifle stark, dass sie die Firma jemals wieder einem anderen anvertrauen würden.«

»Ich werde auf jeden Fall zum Abendessen bleiben. Ich würde sie gern einmal in entspannter Atmosphäre kennenlernen. Sie sind zwar alle Klugscheißer, aber ich mag sie trotzdem. Sie sind definitiv intelligent und großartige Geschäftsleute. Und Riley, nicht nur deine Brüder sind besonders klug. Ihr seid alle talentiert. Du bist die klügste Frau, die ich kenne. Ich wünschte, ich hätte auch das College besuchen können, aber es war mir nicht vergönnt.«

Ich legte meine Hand auf seine und er verschlang unsere Finger ineinander. »Das spielt keine Rolle, Seth. Du bist ebenso klug wie ich, hast nur auf andere Weise gelernt. Ich hatte alle Möglichkeiten, du nicht. Das heißt aber nicht, dass du nicht brillant wärst.«

Ich wollte auf keinen Fall erleben, dass Seth sich weniger wert fühlte, weil er nicht die Chance gehabt hatte, das College zu besuchen.

»Ich lerne viel von Eli und Hudson«, gab er zu.

»Du saugst Informationen auf wie ein Schwamm«, stellte ich fest. »Es geht nicht um die Zeit, die du in der Ausbildung verbracht hast. Der persönliche Antrieb und die Erfahrung sind das, was zählt.«

»Ja, das sehe ich auch so«, erwiderte er. »Ich würde die Entscheidungen, die ich in meinem Leben treffen musste, nicht rückgängig machen wollen. Hier und da mag es vielleicht etwas zu bereuen geben, aber ich würde heute nichts anders machen.«

Natürlich nicht. Seth war ein Mann, der seine Familie um jeden Preis beschützen würde.

Gerade beugte ich mich zu ihm hinüber, um ihn zu küssen, als das Telefon klingelte.

Ich warf einen Blick auf mein Handy, das auf dem Küchentisch lag. »Meine Mutter«, stellte ich fest. Sofort war ich niedergeschlagen.

»Geh ran«, ermunterte Seth mich. »Lass nicht zu, dass sie dein Leben auf irgendeine Art beeinflusst, Riley. Sie hat dir schon zu viel von deinem Glück genommen. Gib ihr nicht noch mehr.«

Seine Worte trafen mich hart, aber nicht auf schlechte Weise. Ich hatte lediglich das Verhalten meiner Mutter noch nicht aus diesem Blickwinkel betrachtet.

Er hatte recht.

Ich hatte die Wahl.

Ich musste nicht mehr das verängstigte Kind sein.

Sie mochte mir vielleicht meine Vergangenheit gestohlen haben, doch meine Gegenwart und meine Zukunft würde ich ihr nicht geben. Nicht jetzt, da ich glücklicher war als jemals zuvor.

»Hallo, Mutter«, meldete ich mich mit fester Stimme.

»Margaret! Wo warst du? Ich versuche seit Tagen, dich zu erreichen.«

»Ich war beschäftigt«, erwiderte ich.

»Zu beschäftigt für deine eigene Mutter?«, fragte sie verbittert. »Ich muss mit dir über Nolan sprechen. Ich glaube, er würde dich vielleicht wieder zurücknehmen.«

Mich schauderte bei dem Gedanken.

Ich holte tief Luft. »Wie kannst du auch nur einen einzigen Moment glauben, ich könnte mein Leben mit jemandem verbringen wollen, der Kinder missbraucht, Mutter? Man sollte meinen, du würdest dir wünschen, ich hätte mit all dem nichts zu tun. Und auch nicht mit ihm.«

Wir hatten noch niemals darüber gesprochen, was Nolan Penny angetan hatte, und es war höchste Zeit.

Meine Mutter gab ein missbilligendes Geräusch von sich. »Penelope war ein bisschen jung, aber Nolan ist immer noch eine gute Partie. Er ist reich und seine Familie ist extrem prominent. Und das schon seit Generationen.«

Ich spürte, wie mir der Ekel in der Kehle hochstieg. »Penny war fünfzehn. Nicht nur ein bisschen jung. Sie war noch ein Kind.«

»Werde erwachsen, Margaret. Manchmal muss eine Frau diese Dinge übersehen, um an Macht zu gewinnen. So läuft es nun mal in unserer Welt.«

Ich schluckte. Obwohl ich mich dieser bestimmten Angst nicht stellen wollte, war mir bewusst, dass ich jetzt die entscheidende Frage stellen musste. »So wie du übersehen hast, was Vater mir angetan hat, als ich noch ein Kind war?«

Es entstand eine lange Pause und in diesem Moment der vollkommenen Stille wurde mir klar, dass sie es gewusst hatte. Sie hatte es immer gewusst. Trotzdem hatte sie es nicht gestoppt, weil sie ihr Image und ihr Geld mehr liebte, als sie mich jemals geliebt hatte.

Seth drückte mir die Hand. Ich wusste die Unterstützung zu schätzen, doch dies war etwas, das ich allein tun musste.

Schließlich schniefte sie. »Es war nicht sehr lange. Und ich hatte keine Möglichkeit, etwas von dem zu kontrollieren, was dein Vater tat. Höchstwahrscheinlich hätte er uns beide einfach beiseitegeschoben, wenn ich etwas gesagt hätte. Du hast es überlebt, Margaret. Er hat dich nicht geschlagen. Du hast keine bleibenden Schäden davongetragen.«

Er hat mich nicht geschlagen? Glaubte sie wirklich, missbraucht zu werden wäre so viel besser, als körperliche Schläge einzustecken? Ich hätte es vorgezogen, er hätte mich geschlagen. Stattdessen hatte mein Vater unsichtbare offene Wunden hinterlassen, die nicht verheilt waren.

Ich spürte, wie mein Zorn sich aufbaute. »Es war nicht sehr lange? Es hat JAHRE angedauert! Und nachdem es vorbei war, musste ich mit meiner Scham leben.«

»Du wirst dramatisch, Margaret.«

Ich verlor die Beherrschung. »Du bist keine Mutter. Du bist ein Monster. All die Jahre habe ich dir zugutegehalten, du hättest es nicht gewusst. Ich hoffte, du hättest die Wahrheit nicht gekannt. Aber du hast es gewusst. Wie konntest du es einfach so geschehen lassen?«

»Das ist nicht wichtig«, erwiderte sie spröde. »Nolan —«

»Nolan ist mir scheißegal«, erklärte ich zornig, wobei meine Stimme lauter wurde. »Er ist ein krankes, verdrehtes Individuum, mit dem ich mich kaum zusammen in einer Stadt aufhalten möchte, geschweige denn im selben Zimmer.«

Ich kochte vor Wut; so wütend war ich noch nie gewesen. Und ich schien meinen Zorn nicht zähmen zu können. Und wollte es auch nicht. Nicht mehr.

»Margaret, es würde mich glücklich machen, wenn –«

»Nichts wird dich jemals glücklich machen. Niemals. Jahrelang habe ich mich verbogen, um dich glücklich zu machen, und sei es nur ein ganz kleines bisschen. Kein Kind sollte das jemals tun müssen. Man sollte sein Kind bedingungslos lieben.«

»Margaret«, begann sie in mahnendem Tonfall.

Ich schnitt ihr das Wort ab. »Ich heiße Riley. Riley Montgomery. Ich habe nicht den Wunsch, Margaret zu sein. Sie war das Kind, das von ihrem Vater sexuell missbraucht wurde. Sie war das Kind, das nicht in diese Welt passte. Es gibt keine Margaret mehr. Dieses Kind existiert nicht mehr.«

»Du könntest in meine Welt passen, wenn du es wirklich wolltest –«

»Ich will es aber nicht mehr. Ich weiß genau, wo ich hingehöre. Ich weiß auch genau, wer ich bin, und diese Frau gefällt mir. Ich mag sie sehr. Aber dich mag ich nicht.«

Plötzlich sagte meine Mutter nichts mehr. Zum ersten Mal.

Ich fuhr fort: »Ruf mich nicht mehr an. Versuch nicht, Kontakt zu mir aufzunehmen. Ich werde niemals die Tochter sein, die du haben willst, und es ist mir egal. Warum sollte ich auch nur einen Gedanken an eine Mutter verschwenden, die niemals eine für mich gewesen ist? Die mich niemals beschützt hat? Dies ist das Ende für uns.«

Endlich! Ich empfand jedes Wort, das ich gerade gesagt hatte, als wahr. Ich hatte sie genau so gemeint.

»Leb wohl, Mutter«, sagte ich noch trocken, bevor ich die Verbindung trennte.

Seth zog mich in seine Arme, nachdem ich das Handy auf den Couchtisch gelegt hatte. »Ist alles in Ordnung?«, fragte er besorgt.

»Tatsächlich glaube ich, dass ich mich mehr als in Ordnung fühle«, erklärte ich. »Sie hat es gewusst, Seth. Sie … wusste es. Und nicht ein Mal hat sie versucht, ihn aufzuhalten.«

»Es tut mir so leid, Riley«, tröstete er mich und zog mich auf seinen Schoß. »Du hast dich tapfer geschlagen am Telefon.«

Ich schlang ihm die Arme um den Hals. »Eigentlich war es nicht so schlimm. Ich fühle mich frei.«

Ich war nicht traurig, mich von meiner Mutter verabschiedet zu haben. Vielleicht weil sie sich niemals groß um mich gekümmert hatte.

Der Schmerz mochte später kommen, doch damit würde ich umgehen können. Doch ich konnte nicht mehr damit klarkommen, den Rest meines Lebens damit zuzubringen, um die Anerkennung meiner Mutter zu kämpfen, die ich nie erlangen würde. Nach einer intensiven Therapie und nachdem ich die Sinclair-Geschwister zusammen gesehen hatte, machte ich mir endlich ein Bild davon, wie eine Familie sein sollte.

»Hast du das wirklich so gemeint?«, erkundigte Seth sich, während er mich mit Blicken durchbohrte.

Ich nickte. »Ja. Wirklich. Ehrlich. Ich liebe die Frau, die ich jetzt bin. Und ich weiß genau, wo ich hingehöre.«

»Und wo wäre das?«, erkundigte er sich zärtlich.

Ich drückte ihm einen zarten Kuss auf die Lippen, bevor ich murmelte: »Bei dir. Für alle Ewigkeit bei dir.«

»Verdammt richtig«, knurrte er zustimmend, bevor er mich küsste.

KAPITEL 27

Riley

»**M**eine Periode hat sich verspätet«, erklärte ich meiner Gynäkologin Layla, als ich halb nackt auf ihrem Untersuchungstisch saß.

Ich hatte bis jetzt immer meine Pillen eingenommen und meine Periode hatte sich noch nie verspätet. *Überhaupt nicht. Niemals.*

Voller Panik hatte ich Layla angerufen und glücklicherweise hatte ich noch am selben Tag einen Termin bekommen können, da jemand abgesagt hatte.

»Sie sind nur vier Tage über die Zeit«, meinte Layla freundlich, als sie sich in einiger Entfernung auf einen Stuhl setzte.

»Aber meine Periode kommt niemals zu spät«, erklärte ich unwirsch. »Mit der Pille ist sie stets so regelmäßig wie ein Uhrwerk.«

»Sie haben guten Grund, besorgt zu sein«, erwiderte die hübsche Blondine und schenkte mir ihre volle Aufmerksamkeit, »aber machen Sie sich noch nicht verrückt. Es gibt noch etliche andere mögliche Ursachen für das Problem.«

Ich mochte Layla. Ich hätte zwar nicht behaupten können, Dr. Fortney, ihren Kollegen, *nicht* zu mögen, aber ich fühlte mich einfach nicht wohl dabei, wenn ein fremder Mann meinen Unterleib untersuchte.

Layla war eher wie eine Bekannte als medizinisches Fachpersonal für mich.

»Wie was zum Beispiel?«, hakte ich nach.

»Sie nehmen eine Hormonpille, Riley. Nur weil Sie bis jetzt noch nicht erlebt haben, dass eine Periode ausbleibt, heißt das nicht, dass das nicht möglich ist. Das geschieht sogar ziemlich häufig.«

Das gab mir einen Hoffnungsschimmer. Und wenn Layla recht hatte? Wenn meine Periode einfach nur einmal aussetzte?

»Hey«, fragte sie in beruhigendem Tonfall, »wäre es so schlimm, wenn Sie schwanger wären?«

Ich nickte. »Katastrophal«, murmelte ich. »Ich habe eine ziemlich gestörte Vergangenheit, Layla. Ich möchte nicht auch noch mein eigenes Kind ins Unglück stürzen.«

Sie nickte, als verstände sie meine Ängste. »Und was ist mit Ihrer anderen Hälfte?«

»Er will keine Kinder. Er hat einen großen Teil seines bisherigen Lebens als Erwachsener damit verbracht, jüngere Geschwister aufzuziehen und ihnen eine Ausbildung zu ermöglichen. Und jetzt ist er an einem Punkt angelangt, an dem er die Freiheit hat, tun zu können, was ihm gefällt«, erklärte ich. »Ich kann ihm das nicht antun. Ich kann ihm jetzt nicht ein Kind ans Bein binden.«

»Nichts für ungut«, meinte Layla trocken, »aber es braucht zwei dazu, ein Kind zu zeugen. Ein Ei befruchtet sich nicht von selbst.«

»Ich weiß. Aber ich nehme doch die Pille. Mit so etwas haben weder er noch ich gerechnet.«

»Zugegeben, es kommt selten vor, dass man schwanger wird, obwohl man verhütet, aber es geschieht manchmal, Riley.«

Ich verdrehte die Augen. »Also könnte ich zu den wenigen Frauen gehören, die trotz Pille schwanger werden?«

»Es wäre möglich.«

»Großartig.«

»Ist Ihre Furcht, einem Kind Schaden zuzufügen, Ihr einziger Grund, keine Kinder haben zu wollen?«, drang Layla sanft in mich.

Ich dachte eine Minute über ihre Frage nach und wünschte, sie würde sich nicht so für die Probleme der Frauen engagieren. Ich war mir nicht sicher, ob ich in diesem Augenblick über meinen Wunsch nachdenken wollte, keine Kinder haben zu wollen.

»Ich weiß es nicht genau«, gab ich zu. »Dieser schwerwiegende Grund hat mir bis jetzt gereicht. Darüber hinaus habe ich nicht gedacht.«

»Sie müssen diese Frage nicht beantworten, wenn Sie nicht wollen, aber Sie sagten, Sie hätten eine gestörte Vergangenheit. Wurden Sie sexuell missbraucht?«

Ich nickte. Ich schämte mich nicht mehr für das, was mir als Kind widerfahren war. »Von meinem Vater.«

»Sie wissen doch, dass das nicht Ihre Schuld war, oder? Und dass das nicht bedeutet, dass Sie Ihren Kindern keine gute Mutter wären.«

»Verstandesmäßig weiß ich das. Aber mental arbeite ich noch an meinen Problemen. Es war immerhin mein Vater.«

»Er hat Ihr Vertrauen missbraucht, Riley. Sie waren ein Kind, richtig?«

Ich nickte. »Ich war noch in der Grundschule. Meine Brüder waren alle ins Internat geschickt worden, aber mich hat mein Vater zu Hause behalten.«

»Haben Sie sich je überlegt, dass er Sie absichtlich zu Hause behalten hat? Er hat Sie von jedem isoliert, der Sie hätte beschützen können.«

Darüber hatte ich noch nie wirklich nachgedacht, aber ... »Sie könnten recht haben.«

Wahrscheinlich hatte ich mir immer eingeredet, ich wäre nicht weggeschickt worden, weil ich ein Mädchen war, aber Laylas Schlussfolgerung machte irgendwie Sinn.

Ich glaube, ich wollte die Möglichkeit nicht einmal in Betracht ziehen, der Missbrauch wäre sorgfältig geplant gewesen.

»Wusste Ihre Mutter Bescheid?«, erkundigte Layla sich.

Langsam nickte ich. »Ich habe kürzlich herausgefunden, dass sie alles wusste. Trotzdem ist sie nicht eingeschritten.«

»Machen Sie eine Therapie, Riley?«

»Ja. Es hilft mir sehr. In den letzten beiden Jahren habe ich große Fortschritte gemacht. Aber gelegentlich gibt es Momente, in denen ich immer noch jenes kleine, verwirrte Mädchen bin.«

Entsetzt.

Unsicher.

Immer noch nach der Anerkennung meiner Mutter suchend.

Gott sei Dank hoffe ich nicht mehr auf die Liebe meiner Eltern.

Layla lächelte mich an. »Ich denke, es ist normal, dass Sie manchmal dieses Gefühl haben.«

»Ich wünschte, es würde verschwinden. Ich glaube nicht, dass es einer Beziehung förderlich ist.«

»Bringt Ihr Partner Verständnis dafür auf?«

Ich nickte. »Er ist wunderbar. Er unterstützt mich. Deshalb hoffe ich auch, dass ich nicht schwanger bin. Er sollte nicht Vater werden, wenn er es nicht will. Das hat er nicht verdient.«

Obwohl ich wusste, dass Seth es nicht im Geringsten bereute, sich den Hintern aufgerissen zu haben, um seine jüngeren Geschwister aufzuziehen, wollte ich ihm keine Verantwortung aufladen, die er nicht gern übernehmen wollte.

»Und wie steht es mit Ihnen?«, hakte sie nach.

»Wie gesagt, ich will keine Kinder haben.«

Es gab eine Zeit, da hatte ich gewusst, dass ich wahrscheinlich würde Mutter werden müssen, nämlich als ich mit Nolan verlobt war. Ich hatte keine Zweifel, dass er sich einen männlichen Erben wünschte, der sein Geschäft weiterführen würde.

Ich kann zwar nicht behaupten, dass ich mich damit abgefunden hatte, doch ich hatte es geschafft, den Gedanken vollkommen zu verdrängen.

Jetzt konnte ich meine eigenen Entscheidungen treffen.

Und ich hatte mich entschieden, keine Kinder zu haben.

Oder zumindest hatte ich gedacht, ich würde niemals ein eigenes Kind haben.

Bis heute.

»Falls Sie schwanger sind, gibt es Alternativen, Riley«, tröstete Layla mich.

Automatisch legte ich eine Hand auf meinen flachen Bauch.

Falls da ein Baby drin war, hätte ich den Gedanken nicht ertragen, die Schwangerschaft abzubrechen oder Seths Kind wegzugeben. »Nein«, murmelte ich, »falls ich schwanger bin, werde ich eine Lösung finden.«

Das Kind wäre ein Produkt der Liebe, jedenfalls was mich anbelangte.

Es würde mir das Herz zerreißen, etwas anderes zu tun, als das Baby zu lieben und zu ernähren, das geschaffen worden war, weil ich Seth Sinclair mit Leib und Seele liebte.

»Was immer auch geschehen mag, ich werde für Sie da sein und Ihnen helfen, Riley. Sollen wir weitermachen?«

Dankbar sah ich die hübsche, blonde Frau an. Layla hatte sich schon immer sehr für ihre Patientinnen eingesetzt.

Ehrlich, ich hatte bis jetzt noch keinen Grund gehabt, ihr so wie heute mein Herz auszuschütten. Aber ich war sehr froh, dass Sie meine Gynäkologin war. Ich konnte mir nicht vorstellen, ein Gespräch wie dieses mit dem älteren Dr. Fortney zu führen.

»Was müssen wir tun?«, erkundigte ich mich, während ich versuchte, mich geistig auf das vorzubereiten, was auf mich zukommen mochte.

Ich wusste es zu schätzen, dass Layla versuchte, mich vorzubereiten, nur für den Fall, dass ich schwanger wäre.

Wirklich, ich war so gestresst gewesen, dass ich wirklich nicht darüber nachgedacht hatte, was geschehen würde, sollte ich ein Kind bekommen.

Die Wahrheit war, ich wäre niemals fähig gewesen, ein Kind aufzugeben, das mir und Seth gehörte. *Überhaupt nicht. Niemals.*

Falls nötig, würde ich das Kind allein aufziehen. Immerhin hatte ich genügend Mittel, um für sie oder ihn zu sorgen.

»Zuerst würde ich gern den Bluttest durchführen. Er ist ein wenig genauer bei der Analyse der Hormone. Es ist der beste Test für diesen frühen Zeitpunkt einer eventuellen Schwangerschaft. Außerdem hätten Sie Gewissheit.«

»Dann mal los«, stimmte ich zu und stählte mich für die Wahrheit, wie auch immer sie aussehen mochte.

Gut oder schlecht, ich würde damit klarkommen.

Es machte mir nichts aus, Blut abgenommen zu bekommen.

Aber die Warterei war unerträglich.

Als ich dann schließlich die Arztpraxis verließ, war ich am Boden zerstört.

KAPITEL 28

Seth

»Ich habe seit vier Tagen nichts mehr von Riley gehört«, erzählte ich Aiden und Skye. Wir saßen im Wohnzimmer ihres Hauses. »Vor vier Tagen hat sie mir eine vierzeilige E-Mail geschickt, in der sie mir mitteilte, sie bräuchte Zeit für sich. Danach habe ich sie angerufen, ihr geschrieben und SMS geschickt. Nichts.«

»Wenn das ihr Wunsch ist, dann lass ihr Zeit, Seth«, sagte Aiden. »Vielleicht ist sie einfach beschäftigt.«

»Beschäftigt, Schwachsinn. Da stimmt etwas nicht«, knurrte ich. »Wir waren jeden Tag zusammen. Keiner von uns beiden war je zu beschäftigt, Zeit für den anderen zu finden.«

»Vielleicht ist das ja gerade das Problem«, überlegte Skye, die neben Aiden saß. »Vielleicht ist sie überfordert, Seth. Sie hat mir letzte Woche von ihrer Vergangenheit erzählt, als wir uns zum Kaffeetrinken getroffen haben. Sie braucht vielleicht etwas Luft.«

Ruckartig fuhr ich mit dem Kopf zu Skye herum. »Sie hat es dir erzählt?«

Sie nickte. »Ja. Ich habe ihr immer gesagt, ich wäre für sie da, falls sie jemanden zum Reden bräuchte. Schließlich hat sie mein Angebot angenommen. Ehrlich, es klang so, als hätte sie ihre Vergangenheit gut aufgearbeitet. Daher überrascht es mich ein wenig, dass sie sich so plötzlich zurückzieht.«

»Was ist geschehen?«, fragte Aiden verwirrt.

»Ich darf nicht darüber reden«, erklärte Skye ihrem Mann.

»Es ist sehr persönlich«, fügte ich hinzu. »Sie hatte eine schwere Kindheit. Mehr brauchst du nicht zu wissen.«

Ich wollte nicht alles an die große Glocke hängen, was Riley widerfahren war.

»Sie hat dich gern, Seth. Sie wird zu dir kommen, wenn sie bereit dazu ist«, sagte Skye leise.

»Ich bin bereit zu warten«, erklärte ich, »aber ich werde das Gefühl nicht los, dass da etwas nicht stimmt, dass es um mehr geht als nur darum, allgemein etwas Zeit zu brauchen.«

Wie konnte ich erklären, dass ich spüren konnte, dass mit Riley etwas nicht stimmte?

Es war unmöglich zu erklären.

Daher versuchte ich es erst gar nicht.

An ihrer E-Mail stimmte etwas nicht. Ich hatte es gewusst, sobald ich den kurzen Text gelesen hatte.

Riley hatte sich verändert. Es war nicht ihre Art, sich ausweichend oder unverbindlich zu äußern. Nicht mehr.

Es entsprach auch nicht ihrem Stil, sich vor Dingen zu drücken, denen sie sich stellen musste.

Ich wusste, dass sie keine Zeit brauchte.

Nicht, was mich betraf.

Verdammt, falls sie mir aus irgendeinem Grund böse gewesen wäre, hätte sie kein Problem gehabt, es mir ins Gesicht zu sagen.

Und falls sie nicht wütend war, hätte sie mir erzählt, was sie bedrückte.

»Ich weiß nicht, wie viel länger ich noch warten kann«, gab ich zu.

Aiden hob eine Braue. »Du warst bei ihr zu Hause?«

»Jeden. Verdammten. Abend. Jeden Tag gehe ich am Strand entlang und schaue zu ihrem Häuschen, nur um zu sehen, ob sie zu Hause ist.«

»Und?«, wollte Aiden wissen.

Ich zuckte mit den Schultern. »Ich sehe ein oder zwei Schatten in der Küche, dann weiß ich, dass sie da ist.«

»Sieh mal, Bruderherz«, begann Aiden ruhig, »als ich dich brauchte, um mich abzukühlen, als ich wegen Skye ausgeflippt bin, warst du für mich da. Du hast mir geraten, mit ihr zu reden und sie nicht zu verurteilen, ohne alle Informationen zu kennen. Jetzt gebe ich dir den gleichen Rat.«

»Das hast du getan?« Skye blickte mich an, offensichtlich geschockt.

»Ja, das hat er«, erwiderte Aiden für mich. »Er hat mich ermutigt, mir zu holen, was ich haben wollte, und keine voreiligen Schlüsse zu ziehen.«

»Da hast du ihm einen guten Rat gegeben, Seth«, sagte Skye freundlich. »Kannst du nicht einfach etwas geduldig sein? Rileys Gesicht hellt sich jedes Mal auf, wenn sie von dir spricht. Ich weiß, dass sie etwas für dich empfindet.«

»Ich wollte sie bitten, mich zu heiraten. Ich trage bereits seit geraumer Zeit den Ring in meiner Tasche mit mir herum«, erklärte ich unwirsch.

»Dann ist sie also die Richtige?«, wollte Aiden wissen.

»Ja, das ist sie«, erwiderte ich steif. »Vielleicht denkst du, ich sei verrückt –«

»Nein«, antwortete Aiden, »ich denke, die Sinclairs in unserer Generation lieben nur ein einziges Mal und dann mit Leib und Seele. Ich hätte dieser Theorie vielleicht auch keinen Glauben geschenkt, wenn wir nicht diese Armee von Sinclair-Geschwistern, -Cousins und -Cousinen hätten, denen es so ergeht. Sobald wir uns verliebt haben, war's das.«

»Ich habe das Gleiche gedacht«, gab ich zu. »Du hast jahrelang auf Skye gewartet. Es war mir nicht bewusst, aber ich glaube, so ist es.«

»Unbewusst ja«, erwiderte Aiden. »Es hat für mich zuvor niemals eine Frau wie sie gegeben, daher hatte ich es aufgegeben, eine zu suchen.«

Ich beobachtete, wie Skye mit einem breiten Grinsen auf dem Gesicht automatisch Aidens Hand ergriff.

»Im selben Moment, in dem sich Riley mir gegenüber an den Tisch im *Coffee Shack* gesetzt hat, wusste ich, dass ich verloren war. Ich brauchte lediglich eine Weile, um zu erkennen, wie verloren ich wirklich war.«

Einen Augenblick herrschte Stille, bis Aiden sie brach. »Warum hast du sie dann nicht gefragt, ob sie dich heiraten will?«

»Direkt nachdem ich mich dazu entschlossen hatte, hat sie den Kontakt zu ihrer Mutter abgebrochen. Das war ein großer Schritt für sie und ich wollte sie nicht gleich danach behelligen und um ihre Hand bitten. Ich wollte warten. Wenn sie mich nicht abserviert hätte, hätte ich sie inzwischen wahrscheinlich bereits gefragt.«

»Du liebst sie«, stellte Aiden fest.

»Unwiderruflich«, bestätigte ich traurig.

»Glaubst du, sie braucht Zeit wegen des Bruches mit ihrer Mutter?«, erkundigte Skye sich.

»Nein. Wahrscheinlich trauert sie ein wenig um die Mutter, die sie niemals gehabt hat, doch die Mutter, die sie in Wirklichkeit hatte, wird sie nicht vermissen, glaube ich. Ehrlich, ich bin mir ziemlich sicher, dass der Bruch seit Langem überfällig war. Später an jenem Abend kamen ihre Brüder vorbei und sie hat ihnen alles erzählt, einschließlich der Tatsache, dass sie mit ihrer Mutter brechen musste.«

»Wie haben sie reagiert?«, wollte Skye wissen.

»Sie waren berechtigterweise wütend auf ihre Mutter. Sie sprechen selbst kaum mit ihr, daher glaube ich, dass es für sie keine große Sache war, jeglichen Kontakt abzubrechen. Wahrscheinlich haben sie sogar vor Riley diesen Schritt getan. Rileys Brüder mögen zwar unglaublich wohlhabend sein, aber sie haben sich niemals in den Kreisen der reichen Snobs bewegt, außer es war wirklich nötig.« Tatsächlich bewunderte ich die Montgomery-Brüder dafür.

»Dann werden sie wahrscheinlich auch nie mehr mit ihrer Mutter reden«, mutmaßte Skye.

»Niemals«, bestätigte ich. »Ich glaube, sie fühlen sich schuldig, dass sie Riley nicht beschützen konnten, obwohl es nicht ihre Schuld war. Aber es war unumgänglich, ihnen die Wahrheit mitzuteilen.«

»Ich kann nicht gerade behaupten, dass ich verstehe, worüber ihr beide redet«, meinte Aiden missmutig. »Ich nehme an, sie wussten nichts von dem, was auch immer ihrer Schwester als Kind widerfahren sein mag.«

»So ist es«, sagte ich schlicht.

»Ich bin froh, dass sie es ihnen erzählt hat«, bemerkte Skye. »Es ist nicht gut, solche Familiengeschichten geheim zu halten.«

»Ich denke, sie hat ihr Schweigen endlich gebrochen. Und sie hat auch nicht mehr das Gefühl, es wäre ihre Schuld gewesen.«

Skye nickte. »Das glaube ich auch.«

»Da ich keine Ahnung habe, was Riley erlebt hat, lasst uns zu dem aktuellen Problem zurückkehren«, schlug Aiden vor.

»Ich glaube, er sollte ihr noch etwas mehr Zeit geben«, meinte Skye. »In letzter Zeit musste sie eine Menge Familiengeschichten bewältigen. Emotional belastende Dinge.«

»Ich gebe ihr noch einen Tag, obwohl mich das wahrscheinlich umbringen wird. Aber wenn sie morgen keinen Kontakt zu mir aufnimmt, werde ich sie irgendwie dazu bringen, mit mir zu reden. Wir waren vollkommen glücklich und dann zieht sie sich ganz plötzlich zurück? Das ergibt keinen Sinn. Da steckt etwas dahinter, das sie mir verschweigt.« Ich raufte mir frustriert die Haare.

Skye verdrehte die Augen. »Warum seid ihr Sinclair-Männer nur alle so stur?«

Ich erwiderte mürrisch: »Weil wir nur die eine Chance haben, glücklich zu werden. Wir müssen beharrlich sein.«

»Dem stimme ich zu«, knurrte Aiden. »Aber geh es locker an, Seth. Du willst sie doch nicht verschrecken. Ich weiß, wie du bist, wenn du heißblütig zu etwas entschlossen bist.«

»So schlimm bin ich nun auch wieder nicht«, widersprach ich.

Aiden warf mir einen wissenden Blick zu. »Das glaubst du doch wohl selbst nicht. Darf ich dich daran erinnern, als du –«

»Hör auf damit«, warnte ich ihn.

Mein jüngerer Bruder würde all meine Sünden der Vergangenheit aufwärmen, um seine Behauptung zu untermauern, wenn ich ihn ließe.

»Ich wollte dir lediglich ein paar Beispiele nennen, um dein Gedächtnis aufzufrischen«, sagte Aiden lässig.

»Nicht nötig«, presste ich durch zusammengebissene Zähne hervor. »Ich sollte besser gehen. Es ist spät geworden.«

Ich wusste, sie mussten beide am nächsten Morgen früh aufstehen. Ihre Tochter Maya musste recht früh zur Schule.

»Bleib ruhig noch, wenn du noch reden willst«, bot Aiden mir mit eindringlicher, ernster Stimme an.

»Ja, kein Problem«, ermutigte Skye mich. »Ich werde zu Bett gehen, dann kann ich Maya morgen früh versorgen und ihr beide könnt euch unterhalten.«

Ich erhob mich. »Schon gut«, versicherte ich den beiden. »Ich denke, ich werde eine Runde laufen oder schwimmen.«

Ich musste mich körperlich betätigen, um mich abzureagieren, oder ich würde eine weitere Nacht an die Decke starren und mich fragen, was zum Teufel mit Riley los war.

Für heute Abend würde ich mich zufriedengeben, doch was morgen geschehen würde, dafür wollte ich mich nicht verbürgen.

Gewiss, ich wollte Rileys Bitte respektieren, aber ich konnte die nagende Besorgnis einfach nicht ignorieren, dass sie mich brauchte. Ob sie nun von selbst auf mich zukäme oder nicht.

Jetzt erhoben sich auch Aiden und Skye. »Bist du sicher?«, fragte Aiden ruhig.

»Ja, ich werde ihr wohl kaum zu so später Stunde die Tür einschlagen.«

Ich hätte nicht gerade behaupten können, dass ich das nicht gern getan hätte, doch natürlich verzichtete ich darauf.

Denn damit würde ich ihr nur Angst einjagen.

»Ruf mich an, falls du mich brauchst«, bot Aiden an.

»Auf jeden Fall«, versicherte ich ihm.

Auf keinen Fall!

Morgen früh würde ich vor Ungeduld fiebern, Riley zu sehen. Es wurde jeden Tag schlimmer. Ich wollte auf keinen Fall mehr hören, noch länger warten zu müssen.

Ich bemerkte den besorgten Ausdruck auf Aidens Gesicht.

Wie dankbar ich war, dass meine Familie immer für mich da war, wenn ich sie brauchte. Das Problem war jedoch, dass die Stimme der Vernunft mich in diesem Augenblick nicht mehr erreichte.

Wahrscheinlich weil ich inzwischen weit davon entfernt war, logisch zu denken.

Skye umarmte mich fest und Aiden klopfte mir auf den Rücken, als sie mich entließen.

Meine spätabendliche Joggingrunde dehnte sich extrem aus, doch trotz meiner Erschöpfung fand ich in dieser Nacht keinen Schlaf.

KAPITEL 29

Riley

Bumm! Bumm! Bumm!

Ich zuckte zusammen, als ich das Klopfen an der Eingangstür hörte.

Es war so laut, dass es bis in die Küche hallte.

»Ich weiß, dass du dort drin bist, Riley«, erschallte Seths aufgeregte, dröhnende Stimme jetzt ebenso laut wie sein beharrliches Klopfen. »Öffne die verdammte Tür. Du gehst mir jetzt bereits seit fünf Tagen aus dem Weg. Irgendetwas stimmt nicht. Ich kann es spüren.« Seths laute Stimme klang wütend.

Ich kaute nervös auf meiner Unterlippe, während ich meine Möglichkeiten abwägte.

Die Tür öffnen?

Oder Seth ignorieren?

Ich hatte Seth während der letzten fünf Tage tatsächlich gemieden und versucht, eine gewisse Distanz zwischen uns aufzubauen. Bis auf eine kurze E-Mail mit der Bitte, sich eine Weile von mir fernzuhalten, hatte ich auf jegliche Kommunikation verzichtet.

Ich konnte nicht nachdenken, wenn er in meiner Nähe war, daher war ich zu Hause geblieben.

Keine gemütlichen gemeinsamen Abendessen mehr.

Keine Übernachtungen bei ihm.

Ich hatte seine E-Mails nicht beantwortet.

Und auch nicht seine SMS.

Und ganz gewiss war ich nicht ans Telefon gegangen.

Wenn ich einen klaren Bruch herbeiführen will, muss ich alle Brücken abreißen und darüber hinwegkommen.

Andererseits hatte Seth es verdient, dass ich ihm persönlich mitteilte, was ich zu sagen hatte.

Um ehrlich zu sein, ich war ihm aus dem Weg gegangen, weil ich es nicht über mich brachte, ihm die Wahrheit zu sagen.

Unglücklicherweise hatte sich das so ausgewirkt, dass ich tagelang unter Depressionen gelitten und ihn so sehr vermisst hatte, dass es mich beinahe umbrachte.

Zu allem Übel hatte ich während der letzten Tage auch nur wenig arbeiten können, was mir überhaupt nicht ähnlich war. Ich konnte in beinahe jedem emotionalen Zustand arbeiten. Gott weiß, wie viele Male ich das bereits getan hatte.

Aber das war vor Seth.

Bevor ich die Fähigkeit verloren hatte, meine Gefühle abzublocken.

Ich bereitete mir gerade das Abendessen zu, also stellte ich den Herd aus und ging zur Tür.

Als ich sie öffnete, zog sich mir das Herz zusammen.

Seth sah aus, als wäre er durch die Hölle und zurück gegangen.

Ich konnte die Beunruhigung und Sorge auf seinem zerfurchten Gesicht deutlich sehen.

Er trug Jeans und ein altes T-Shirt. Die Haare standen ihm zu Berge, als hätte er sie sich mehr als ein Mal gerauft.

Trotzdem sah er für mich immer noch so gut aus, dass ich mich am liebsten in seine Arme geworfen und die Hitze und Härte seines unglaublichen Körpers gespürt hätte.

Ich kämpfte den Drang mit aller Kraft nieder.

Er trat durch die Tür. »Verdammt, was ist los, Riley? Du gehst weder ans Telefon noch beantwortest du E-Mails oder SMS. Ich habe mir Sorgen gemacht, dir wäre etwas Schlimmes zugestoßen.«

Ich schloss die Tür. »Es geht mir gut. Ich war einfach nur beschäftigt.«

Ja. Ich war total damit beschäftigt gewesen, über meine Depression hinwegzukommen, dass ich Seth so sehr vermisste, als hätte man mir ein Stück meines Herzens herausgerissen.

Jeder Tag war schwieriger als der vorherige gewesen.

Er ergriff meine Schultern, und zwar nicht allzu freundlich. »Sag mir einfach, was ich getan habe. Ich kaufe dir den Unsinn nicht ab, du wärst zu beschäftigt gewesen. Wir sind bisher noch nie zu beschäftigt gewesen, um uns jeden Tag zu sehen.«

Ich schüttelte seine Hände ab. »Okay, dann werde ich dir die Wahrheit sagen. Ich glaube, wir sollten uns nicht mehr sehen, Seth. Es passt einfach nicht für mich.«

»Warum?«, fragte er. »Was zum Teufel hat sich geändert?«

Ich zuckte mit den Schultern und begab mich ins Wohnzimmer. »Ich habe darüber nachgedacht. Ich mag dich sehr, aber ich glaube nicht, dass wir dazu geschaffen sind, zusammen zu sein. Wir wollen verschiedene Dinge.«

»Seit wann?«

Ich ließ mich auf einen Stuhl fallen, weil ich das Gefühl hatte, meine Beine würden mich nicht länger tragen.

Ich glaubte, mein Leben wäre zu Ende.

Und vielleicht war es das auch in vielerlei Hinsicht.

Seth hatte mir eine große Palette neuer Gefühle eröffnet, die ich nie zuvor gekannt hatte und die ich nie wieder würde abblocken oder unterdrücken können.

Ich liebte Seth Sinclair mit Leib und Seele, ohne jeglichen Zweifel und bedingungslos. Sein Glück lag mir mehr am Herzen als mein eigenes.

»Ich habe das Gefühl, wir sollten uns beide neu orientieren«, sagte ich kraftlos.

Er setzte sich auf die Couch und starrte mich so lange an, bis ich mich unwohl zu fühlen begann.

Mist! Ich wünschte, ich hätte nicht das Gefühl, er könnte direkt in mich hineinblicken.

Schließlich sagte er düster: »Ich will mich in keine Richtung orientieren außer in deine, Riley.«

Mein Herz zog sich zusammen, bis ich glaubte, es würde explodieren. Ich stand auf und ging in dem kleinen Wohnzimmer auf und ab. »Warum machst du es uns so verdammt schwer?«, fragte ich verzweifelt. »Wir müssen Schluss machen, aber es fällt mir schrecklich schwer. Es funktioniert nicht mit uns, Seth. Nicht auf lange Sicht. Wir würden uns ins Unglück stürzen.«

Ich hatte noch niemals einen Mann gehabt, der fest zu mir halten wollte.

Jemand, der immer da wäre, wenn ich ihn bräuchte.

Ein Mann, dem ich alles erzählen könnte, und er wäre einfach da, um mich zu unterstützen, ohne mich zu verurteilen.

Es war die reinste Folter, all das einfach wegzuwerfen.

»Was ist geschehen? Sag es mir«, drängte er mich. »Ich werde nicht gehen, bis ich die wahre Geschichte erfahren habe, Riley.«

Ich schritt weiterhin unruhig auf und ab. »Du machst mich verrückt, weißt du das? Du bist in mein Leben eingedrungen, heiß und umwerfend, und hast es vollkommen auf den Kopf gestellt. Ich habe niemals ein Wort von dir zu hören bekommen, das ich als Kritik hätte auslegen können. Du bist ziemlich perfekt. Also gut, ausgenommen die Tatsache, dass du der sturste Mann bist, den ich kenne, doch selbst das ist eigentlich ein Vorteil für dich, da dieser Charakterzug dir geholfen hat, deine Geschwister aufzuziehen.« Ich holte tief Luft. »Schon vor langer Zeit hätte dich eine Frau schnappen und unglaublich dankbar dafür sein müssen, dich in ihrem Leben zu haben, ob reich oder arm. Ich verstehe wirklich nicht, warum das nicht geschehen ist.«

»Vielleicht weil ich auf dich gewartet habe?«, schlug er vor.

Ich blieb stehen und starrte ihn an. »Da haben wir es! Merkst du etwas? Selbst wenn wir beide sauer sind, weißt du etwas Nettes zu sagen. Du bist beinahe fehlerlos, Seth. Und ich habe eine Menge Schwächen. Viele. Eine ganze Tonne.«

Ich spürte, dass ich langsam allen Dampf abgelassen hatte, doch immer noch wanderte ich wie eine Besessene auf und ab, um Gefühle abzureagieren, von denen ich nicht einmal gewusst hatte, dass sie an meiner Seele nagten.

Nichts von dem, was ich gesagt hatte, war geplant gewesen, nichts erklärte den Grund, warum ich Seth mied. Jedenfalls glaubte ich das.

Zuerst hatte ich geglaubt, ich distanzierte mich um seinetwillen von Seth, und teilweise war es wahrscheinlich auch so.

Jetzt erkannte ich, dass ich auf diese Art vor etwas flüchtete, das mich in Zukunft zerstören könnte, falls es nicht funktionierte.

All meine anderen Entschuldigungen außer Acht lassend war ich es, die das Gefühl hatte, nicht gut genug für ihn zu sein.

Ich beschützte nicht ihn, sondern mich selbst nach meinem Besuch bei der Ärztin.

»Ich warte immer noch darauf, dass du mir genau erzählst, was geschehen ist, Riley«, sagte er mit heiserer, aber geduldiger Stimme.

»Du weißt sogar, wenn etwas an mir nagt«, murmelte ich unglücklich.

»Du weißt doch auch, wenn mich etwas bedrückt«, erwiderte er. »Wir sind eben so eng miteinander verbunden, Liebes.«

Er hatte recht. So war es. Und das jagte mir höllische Angst ein.

Die Art, wie ich ihn liebte, die Intensität der Gefühle, die ich noch nie zuvor erlebt hatte, erschreckte mich.

»Nun gut, wir müssen diese Verbindung lösen«, erklärte ich ihm.

»Das wird nicht geschehen«, widersprach er verbissen. »Und jetzt erklär es mir.«

Ich blieb stehen, verschränkte die Arme vor der Brust und blickte ihn an. »Kannst du mir nicht glauben, dass ich einfach nur herausgefunden habe, dass wir nicht gut zusammenpassen?«

Er schüttelte den Kopf. »Nein. Du läufst davon. Aber ich lasse dich nicht weit kommen.«

Und schon schlang Seth mir einen Arm um die Taille und zog mich zu sich.

Ich landete nicht gerade elegant mit dem Hintern neben ihm auf der Couch.

»Rede!«, verlangte er.

»Also gut. In Ordnung. Du willst wissen, was geschehen ist? Ich werde es dir sagen. M-Meine Periode war ausgeblieben. Also ging ich zu meiner Ärztin. Die Chancen, dass ich schwanger wäre, waren ziemlich gering, da ich die Pille nehme, aber ich musste unbedingt Gewissheit haben. Keiner von uns beiden wollte Kinder. Ich wusste, es wäre für uns beide eine Katastrophe gewesen.«

Seth zog mich noch enger an sich, fuhr mit der anderen Hand in mein Haar und zwang mich, den Kopf zu heben. »Sieh mich an, Riley«, verlangte er. »Sieh mich verdammt noch mal an.«

Unsere Blicke trafen sich und ich verlor mich in seiner unbändigen Wildheit.

Ich sah tausend verschiedene Gefühle in seinen ausdrucksvollen, aschgrauen Augen und hätte nicht bestimmen können, welches das stärkste war.

»Bist. Du. Schwanger?«, ächzte er. »Verdammt! Sag mir die Wahrheit. Glaubst du wirklich, ich würde zulassen, dass du mich verlässt, wenn du es wärst? Dass ich einfach die Tatsache ignorieren könnte, dass du mein Kind austrägst?«

Tief in mir wusste ich, dass er das niemals tun würde. Seth wäre genau das Gegenteil eines Vaters, der seiner Pflicht nicht nachkam. Ob es ihm gefiele oder nicht, er wäre ein guter Vater.

»Riley«, grollte er und durchbohrte mich mit seinem Blick.

Mein Herz galoppierte und ich zitterte am ganzen Körper. »Nein, Seth, ich bin nicht schwanger.«

»Warum bist du dann so aufgewühlt?«, erkundigte er sich grimmig.

»Weil ich seltsamerweise enttäuscht war, als ich gehört habe, dass ich nicht schwanger bin. Ich hätte erleichtert sein sollen, war es aber nicht. An irgendeinem Punkt zwischen meiner Panik und dem Testergebnis habe ich mich für den Gedanken erwärmt, ein Kind zu haben. Unser Kind. Ich weiß nicht, was zum Teufel geschehen ist, aber man könnte sagen, ich habe um ein Baby getrauert, das niemals existiert hat. Es ist verrückt. Weder du noch ich wollen Kinder haben. Aber etwas hat sich verändert. Und jetzt befürchte ich, dass ich froh wäre, falls ich in Zukunft schwanger würde, du aber nicht. Es würde uns zerreißen, Seth.« Ich spürte, wie mir die Tränen die Wangen hinunterliefen, versuchte aber nicht einmal, sie zu unterdrücken.

Als mir bewusst wurde, wie gern ich ein Kind von ihm gehabt hätte, brachte es mich um, zu wissen, dass er keins würde haben wollen. Ja, er hätte die Verantwortung als Vater übernommen. Aber gewiss hätte er es sich nicht gewünscht.

Jetzt schlang er beide Arme um mich und zog mich an sich heran, bis ich mich an ihn schmiegte. »Du bist also so durcheinander, weil du vielleicht eines Tages ein Kind haben willst?«

Ich nickte. »Es tut mir leid. Ich habe nicht damit gerechnet, jemals einen solchen Wunsch zu entwickeln.«

»Mein Gott, Baby. Es muss dir nicht leidtun. Ich würde liebend gern eines Tages erleben, wie ein entzückendes, rothaariges Kind mit deinen Augen zu mir aufblickt.«

Ich ließ den Kopf in die Höhe schnellen. »Du hast gesagt, du willst keine Kinder haben. Du hast bereits deine Geschwister aufgezogen. Ich dachte, du wolltest kein Vater sein. *Überhaupt nicht. Niemals.*«

Ich blickte ihm prüfend ins Gesicht, aber ich konnte weder ein Zögern noch Zweifel in seiner Miene entdecken.

Tödlich ernst erklärte er: »Ich habe nie gesagt, dass ich nicht eines Tages Kinder haben möchte. Ich habe lediglich gesagt, dass ich gut mit deiner Entscheidung leben könnte, keine haben zu wollen. Und es wäre mir wirklich recht gewesen. Aber genauso ist es mir recht, wenn du deine Meinung änderst. Du stehst für mich an erster Stelle, Liebes. Mit oder ohne Kinder, ich will dich.«

Ich schluchzte auf und trommelte mit der Faust gegen seine Brust. »Gott, wie ich es hasse, wenn du so etwas sagst.«

Also gut, ich liebte und hasste es.

»Warum?« fragte er und klang echt verwirrt.

»Weil du mich so bereitwillig akzeptierst, egal wie ich mich entscheide«, jammerte ich.

Er zog meinen Kopf an seine Brust und ich weinte mich dort aus. »Ich kenne deine Vergangenheit, Riley. Und ob ich nun Kinder habe oder nicht, ist mir nicht allzu wichtig. Obwohl es kein unerfreulicher Gedanke wäre, mein Baby in deinem Bauch zu wissen. Ich hätte gern Kinder, aber ich bin auch zufrieden, wenn du keine haben willst. Warum sollte ich eine große Sache aus etwas machen, das mir nicht so wichtig ist, solange du bei mir bist?«

Was zum Teufel konnte ich auf eine solche Bemerkung erwidern? Andersherum hätte ich ihn vielleicht auch in jedem Fall akzeptiert, wenn seine Entscheidung ihm so wichtig gewesen wäre. Zugegeben, ich hatte mich für den Gedanken erwärmt, Kinder zu haben, und mir war bewusst geworden, dass ich gern Seths Kind gehabt hätte, hätte es aber akzeptiert, wenn er keins gewollt hätte. Auch er kam für mich an erster Stelle.

Ich schniefte und hob die Hand. »Ich muss dir etwas sagen.«

»Schieß los«, ermutigte er mich.

»Ich liebe dich, Seth. Wahnsinnig und bis über beide Ohren bin ich in dich verliebt. Ich sage das nicht, um dich unter Druck zu setzen. Ich möchte nur, dass du weißt, ich wünsche mir, dass du auch glücklich bist.« Ich schaute ihn weiterhin an, obwohl ich gern seinem Blick ausgewichen wäre.

Ich stellte mich meinen Gefühlen mit erhobenem Kopf und so ehrlich wie möglich. Mir wurde bewusst, dass ich vor meiner Vermutung, schwanger zu sein, darauf gewartet hatte, er würde es als Erster sagen. Das wäre weniger riskant gewesen. Doch da er nicht wie ich gewankt hatte, schuldete ich ihm die Wahrheit.

Kein Schwachsinn mehr.

Kein Davonlaufen.

Kein Verstecken.

Erleichterung machte sich auf seinem Gesicht breit und er lachte. »Da bin ich aber verdammt froh, das zu hören, meine Schöne. Denn ich bin meinerseits hoffnungslos in dich verliebt. Ich glaube, ich habe mich schon in dich verliebt, als du dich zum ersten Mal mir gegenüber am Tisch im *Coffee Shack* niedergelassen und diese Frau verjagt hast.«

Ich umarmte ihn fest. »Ich habe es zuerst gesagt«, neckte ich ihn. Mein Herz hüpfte vor Freude, nachdem er mir jetzt ebenfalls seine Liebe erklärt hatte.

»Ja, das stimmt«, gab er zu. »Aber du wirst es von mir für den Rest unseres Lebens noch oft zu hören bekommen. Ich liebe dich, Riley Montgomery. Es gibt niemand anderen für mich als dich. Versprich mir, dass du nie wieder davonläufst. Probleme stehen wir gemeinsam durch. Was auch immer geschehen mag.«

»Ich verspreche es«, sagte ich bereitwillig. Dann umfasste ich mit einer Hand seinen Hinterkopf und zog ihn zu mir herunter, um ihn zu küssen.

Im selben Moment, in dem meine Lippen seine berührten, wusste ich, Verstecken gehörte für mich zur Vergangenheit.

Ich hatte absolut nicht die Absicht davonzulaufen. *Überhaupt nicht. Niemals.*

KAPITEL 30

Riley

Ich lachte, als mein Hintern auf dem Bett landete.

»Es waren fünf sehr harte, sehr lange Tage für mich, Frau«, knurrte Seth, während er sich sein T-Shirt über den Kopf zog.

Ich beobachtete ihn schamlos dabei, wie er seinen Waschbrettbauch und seinen massigen Brustkorb entblößte. Mir lief das Wasser im Mund zusammen.

Gott, wie schön er ist!

Ein Seufzer entwich mir, als ich mich auf die Bettkante setzte. Ich griff nach seinem Gürtel und zog ihn zu mir, sodass ich seinen Schwanz durch den Stoff seiner Jeans spüren konnte. »Wie hart war es?«, fragte ich mit wollüstiger Stimme und fuhr gierig mit der Hand über seinen Schritt.

»Ich denke, das kannst du selbst überprüfen«, ächzte er.

»Das werde ich«, erwiderte ich und öffnete den Gürtel, um seinen Schwanz zu befreien.

Ich ließ mich vor ihm auf die Knie nieder und zog die Jeans und mit ihr die Boxershorts an seinen muskulösen Beinen hinunter.

Er streifte sie ab, während ich meine Hände umherwandern ließ. Hungrig berührte ich jeden Zentimeter seines durchtrainierten Körpers. Schließlich fuhr ich mit meinen Handflächen über seine Schenkel, um dann mit den Fingern die ausgeprägten Muskeln seines Bauches nachzuziehen. »Du bist umwerfend, Seth«, erklärte ich atemlos, während ich mit den Fingern der Spur kleiner Härchen folgte, die verlockend an seinem Unterleib hinablief.

Bis jetzt hatte ich noch nicht versucht, ihn zu schmecken. Diesen intimen Akt hatte ich noch bei keinem Mann vollzogen. Doch jetzt wünschte ich es mir verzweifelt.

Meine Begierde übernahm die Führung und so schlang ich meine Finger um seinen Schwanz.

»Riley, nicht«, stöhnte Seth und packte meine Handgelenke. »Nicht das.«

»Nicht«, sagte ich und schlug seine Hand weg. »Außer du willst es wirklich nicht.«

»Es gibt wohl keinen heißblütigen Mann auf der Welt, der das nicht wollen würde«, ächzte er. »Aber ich weiß doch, dass du das nicht gern tust. Und ich brauche es nicht.«

Ich hielt einen Moment inne, denn mir wurde bewusst, dass er unterstellt hatte, ich würde generell etwas gegen Oralsex haben, als ich ihm gesagt hatte, ich täte das nicht gern.

Ihm ist nicht bewusst, dass mit ihm für mich alles anders ist.

»Ich will es aber. Hilf mir«, bat ich. »Ich habe das noch niemals zuvor getan, aber jetzt muss ich es unbedingt.«

Ich blickte zu ihm auf. Seths intensiver Blick konzentrierte sich mit so viel Liebe auf mein Gesicht, dass mein Herz vor Freude einen Sprung machte.

»Du machst es bestimmt gut«, presste er zwischen zusammengebissenen Zähnen hindurch.

Ich brach den Augenkontakt und konzentrierte mich auf das, was ich vorhatte. Ich beugte mich vor und leckte den kleinen Sehnsuchtstropfen von der Spitze seines Schwanzes.

Er schmeckte leicht salzig, herb und so gut, dass ich den Mund weit öffnete, um so viel wie möglich von seiner Männlichkeit zwischen die Lippen zu nehmen.

»Riley«, stöhnte er tief und animalisch auf.

Mein Verlangen, diese Geräusche der Lust von seinen Lippen zu hören, war größer als mein Verlangen zu atmen.

Ich schlang die Hand um die Wurzel seines Schaftes und leckte mit der Zunge über die seidige Haut. Wie ich es liebte, Seth zu schmecken und zu fühlen!

Dann nahm ich ihn vollkommen in meinen Mund auf, zögerte jedoch wegen meiner Unerfahrenheit.

Zuerst benahm ich mich etwas ungeschickt, doch dann wurden meine Bewegungen natürlicher, als Seth eine Hand in meinem Haar vergrub und mich an seinem Schwanz auf und ab führte.

»Mist, Baby! Du bringst mich um«, ächzte er, seine Stimme heiser vor Erregung.

Seine Lust verstärkte meine eigene und ich spürte, wie feuchte Hitze zwischen meine Schenkel flutete.

Er verlangte nach mehr.

Und ich gab ihm, was immer er begehrte. Ich überließ mich seiner Führung, als er mich drängte, das Tempo zu beschleunigen.

Ich spürte, wie meine Lust sich mit seiner vereinte, während ich mich schneller und immer schneller bewegte und jeden Laut genoss, der ihm entwich.

Ich ließ meine freie Hand zu seinem perfekt geformten, muskulösen Hintern gleiten und grub meine Fingernägel in seine Haut, als ich versuchte, ihn fest zu umklammern, um zu verhindern, dass wir auseinandertrieben.

Er keuchte, und das bestimmt nicht wegen des Schmerzes, den meine Fingernägel verursachen mussten.

Seth genoss es.

Ich verlor mich in dem wilden Rhythmus der Wollust, die ich Seth bereitete, und fühlte mich überhaupt nicht mehr linkisch oder gehemmt.

»Ich kann es nicht mehrt aushalten, Riley. Nimm deinen Mund weg, außer du hättest ihn gern voll mit meinen Säften. Ich komme«, warnte er mich barsch.

Wegnehmen? Oh nein. Ich hatte mich darauf gefreut, ihn zu schmecken, und würde jetzt keinen Rückzieher machen.

Ich blickte zu ihm auf, um ihn zu beobachten, und wurde mit dem heißesten Anblick belohnt, den ich je gesehen hatte.

Seth warf den Kopf in den Nacken; die Muskeln an seiner Kehle dehnten sich, als er vom Orgasmus überwältigt wurde.

»Riley. Ich liebe dich so sehr!« Seine Stimme war urtümlich wild, unkontrolliert und so unglaublich lustvoll, dass mein Unterleib sich zusammenzog. Und dann ergossen sich seine glühend heißen Säfte in meinen Mund und rannen mir die Kehle hinunter.

Ich genoss seine Erlösung und leckte danach seinen Schwanz sauber.

Seth zog mich auf die Füße und schlang die Arme um mich. Dann brachen wir beide auf meinem Bett zusammen.

Er atmete immer noch schwer, als er fragte: »Du bist dir doch bewusst, dass du mich für eine Weile außer Gefecht gesetzt hast, oder?«

Ich kuschelte mich an seine Seite. »War es das nicht wert?«

»Für mich ganz sicher. Aber für dich wahrscheinlich eher nicht. Aber ich kann mir eine Menge anderer Wege vorstellen, dich zum Kommen zu bringen, Liebes. Wirklich eine Menge.«

»Für mich war es auch schön«, erklärte ich ihm. »Manchmal möchte ich dich einfach nur glücklich machen.«

»Baby, ich bin bereits ekstatisch glücklich«, erwiderte er heiser.

Grinsend löste ich mich von ihm und ging ins Badezimmer.

Als ich zurückkam, musste ich lächeln, als ich seine riesige Gestalt auf dem Bett liegen sah.

Seth war tatsächlich eingeschlafen, sein Atem ging gleichmäßig und entspannt.

Seine Erschöpfung zerriss mir das Herz, denn ich wusste instinktiv, dass er wahrscheinlich mehrere schlaflose Nächte hinter sich hatte.

Ich wusste, ich hatte ihn verletzt, indem ich davongelaufen war, und es beschämte mich, dass er mir so schnell vergeben hatte.

Dass er mich so leichtherzig liebte.

Eine Träne tropfte auf meine Wange, doch ich wischte sie weg.

Ich würde mich nicht fragen, warum Seth mich liebte oder wie ich so viel Glück haben konnte, ihn zu finden. Ich wollte einfach nur seine Liebe erwidern, und zwar mit ebensolcher Kraft.

Ich entledigte mich meiner Kleidung, schaltete das Licht aus, kroch neben ihn ins Bett und kuschelte mich mit meiner nackten Haut an seine Seite.

»Ich liebe dich«, flüsterte ich.

Plötzlich schlängelte sich ein Arm um meine Taille und Seth zog mich mit einem zufriedenen Grunzen näher an sich heran.

Ich schloss die Augen mit einem Lächeln auf dem Gesicht.

Als ich aufwachte, war es heller Tag, doch ich nahm nur den warmen Atem auf meinem Nacken wahr.

Ich wand mich ein wenig hin und her, als mir bewusst wurde, dass Seth es war und wir uns in der Löffelchenstellung so eng wie möglich aneinanderschmiegten.

Während der Nacht hatte er mich an sich gezogen und seine Arme fest um meine Taille geschlungen. Überall berührte sich unsere Haut, weshalb ich mich sinnlich hin- und herbewegte und meinen Rücken wie eine Katze an ihm rieb.

»Ich wollte dich nicht aufwecken«, erklang seine Stimme schläfrig und sexy nahe an meinem Ohr.

Mein Gott, ich wollte jeden Tag mit diesem hinreißenden Mann neben mir aufwachen.

Ich würde mich niemals mehr allein fühlen.

Seth drang in meine Privatsphäre ein, doch zum ersten Mal in meinem Leben störte mich das nicht. Im Gegenteil, es gefiel mir, denn ich wollte alles mit ihm teilen.

»Du hast mich nicht aufgeweckt.« Wir waren beide früh eingeschlafen, wahrscheinlich hatte ich also weit mehr als acht Stunden geschlafen.

Ich drehte mich zu ihm herum, damit ich sein Gesicht sehen konnte. Dann streichelte ich seine stoppelige Wange. Er hatte einen sündhaften Dreitagebart.

Er stand ihm gut.

Es wurde noch besser, als ich ihm in die Augen blickte und die Liebe und Bewunderung darin las.

Dass ein Mann mich auf diese Weise anschaute, erschien mir wie ein Wunder.

Und ich hätte das beinahe weggeworfen.

»Es tut mir leid, wie ich mich verhalten habe«, platzte es aus mir heraus.

Seine sexy Lippen formten sich zu einem Lächeln. »Ich hoffe, du sprichst nicht davon, wie du mir den Verstand weggeblasen hast, bevor ich so unhöflich eingeschlafen bin. Ich habe vor, dich dafür zu entschädigen.«

Ich schnitt ihm ein Gesicht. »Das meine ich nicht. Ich meine, dass ich davongelaufen bin. Die Art, wie ich dich liebe, jagt mir manchmal Angst ein. Und ehrlich gesagt, auch deine Liebe zu mir ist Furcht einflößend. Das ist alles neu für mich, Seth. Ich glaube, ich habe einfach Panik bekommen. Ich bin es nicht gewohnt, dass ich geliebt werde. Nicht so, wie du es tust.«

»Dann gewöhn dich daran, meine Schöne. Ich werde dich nicht verlassen. Und es war leicht, dir zu vergeben, da du mir den Kopf zurechtrückst, wenn ich ausflippe. Wir werden beide Fehler machen. Du bist jetzt genau dort, wo du hingehörst, und ich werde alles tun, was nötig ist, um dich dort zu halten. Ich weiß, dass dein Leben nicht immer eitel Sonnenschein war, und ich kann dir nicht garantieren, dass wir uns niemals die Köpfe einrennen werden. Wir sind beide stur. Doch was auch immer geschehen mag, meine Liebe stellt keine Bedingungen. *Überhaupt nicht. Niemals.*«

Ich lächelte ihn amüsiert an, denn er benutzte meine Redewendung. »Ich werde dich auch nicht verlassen. Du hast mich jetzt am Hals. Nachdem ich erkannt habe, dass ich eher mich als dich vor etwas schützen wollte, indem ich auf Distanz ging, weiß ich, dass es höchste Zeit für mich ist, nicht mehr vor dem Besten, das mir jemals widerfahren ist, davonzulaufen. *Überhaupt nicht. Niemals.*«

Er grinste. »Als ich dich ein paar Tage lang nicht sehen durfte, glaubte ich, du brauchtest einfach etwas Zeit. Doch als daraus vier Tage wurden, machte ich mir langsam Sorgen, Riley. Du hättest mir einfach erzählen sollen, was geschehen war. Ich bin immer für dich da.«

Ich sah das Licht der Ernsthaftigkeit in seinen Augen. »Ich weiß. Es tut mir leid. Was kann ich tun, um dich davon zu überzeugen, dass ich endlich aufgehört habe, uns infrage zu stellen? Was kann ich tun, um es wiedergutzumachen?«

Er grinste. »Deine Entschuldigung ist bereits akzeptiert. Aber ich bin mit einem sehr großen Ständer aufgewacht, weil ich eine wunderschöne Frau in den Armen hielt.«

Irgendwie schien Seth immer zu wissen, wenn ein Gespräch etwas zu gewichtig wurde. Ich bewunderte, wie leicht er akzeptieren konnte, dass ich einen Fehler begangen hatte. »Du willst also, dass ich diese große Erektion behebe?«

Er rollte sich auf den Rücken und lächelte mich an. »Nicht nur das. Ich möchte, dass du mich reitest und dir nimmst, was du haben willst, um dich zu erregen. Ich habe dich gestern Abend nicht befriedigt.«

Also kletterte ich auf seinen muskulösen Körper und genoss das Gefühl, wie seine überhitzte, seidige Haut an meiner entlangglitt. »Das ist doch nicht so wichtig, Seth. Ich beginne zu verstehen, dass man in einer Partnerschaft nicht immer gleichzeitig die gleiche Menge an Aufmerksamkeit und Liebe gibt. Manchmal gibst du mehr und manchmal ich. Ich glaube, das Leben besteht aus Zyklen. Ich weiß, ich bin noch nicht ganz über meine schlechten Erfahrungen hinweg. Aber das ist mein altes Leben. Es wird die Zeit kommen, wenn du es nötig hast, dass ich dir alles gebe, und ich werde es gern tun.«

»Was du gestern Abend getan hast, muss dir schwergefallen sein«, knurrte er, während er meinen Kopf zu sich herunterzog. »Du hast viel gegeben und warst verdammt tapfer.«

»Es war nicht schwer. Ich wollte es tun, weil du es warst. Mit dir möchte ich jede erdenkliche Art von Intimität erleben.«

Er umfasste meinen Hinterkopf und zog ihn zu sich hinunter, bis mein Mund auf seinem landete. Ich seufzte gegen seine seidigen Lippen und dann öffnete ich meine in freudiger Erwartung. Ich fuhr mit der Hand in sein Haar und genoss den sinnlichen Kuss.

Er küsste mich voller Lust, doch ohne Eile, was mich vollkommen wahnsinnig machte.

So ging es endlos weiter. Seth knabberte an meiner Lippe und ließ dann seinen Mund über meine Wange wandern. Als ich spürte, wie sein warmer Atem über mein Ohr wehte, und er gleich darauf an meinem Ohrläppchen zupfte, flutete eine Welle glühender Hitze durch meinen Körper.

Ich kreiste mit den Hüften, sodass meine feuchte Muschi über seine steinharten Bauchmuskeln glitt.

Die erotische Quälerei ging weiter, bis ich schließlich in sein Ohr stöhnte: »Seth, ich brauche dich.«

Sofort umfasste er meine Hüften und positionierte sie über seinem Geschlecht. »Ich brauche dich auch, meine Schöne.«

Ich keuchte laut auf, als ich mich auf seinen Schwanz hinabsenkte. »Ja«, wimmerte ich erleichtert.

Dieser Mann füllte mich vollkommen aus, liebte mich bedingungslos.

»Nimm dir, was du haben willst, Riley«, knurrte er.

Doch ich wollte eigentlich nur so verharren, in dieser Vereinigung mit ihm, die meinen Körper, mein Herz und meine Seele vollkommen ausfüllte.

Nach einiger Zeit musste ich mich bewegen und Seth gab mit seinen Händen auf meiner Hüfte einen gleichmäßigen, hypnotisierenden Rhythmus vor.

Nicht langsam.

Nicht schnell.

Einfach perfekt.

Ich stützte mich mit den Händen an seinem Oberkörper ab und drückte mich in eine sitzende Position, was ihn tiefer in mich hineingleiten ließ.

»Du bist so verdammt schön«, stöhnte Seth. »Nimm dir alles, was du brauchst, Baby.«

Als ich in sein Gesicht schaute, merkte ich, dass er mich beobachtete, sein Blick war jedoch mehr auf mein Gesicht als auf den Rest meines Körpers gerichtet.

Mich zu betrachten erregte ihn offensichtlich noch mehr, daher umfasste ich meine Brüste und liebkoste meine Nippel, während er weiterhin meine Hüften führte.

Die Lust breitete sich in meinem Körper aus, während ich seiner Führung folgte.

Ich erreichte meinen Höhepunkt, als Seth das Tempo beschleunigte und mir seine Hüften entgegenwölbte.

Ich schloss die Augen, kniff in meine Brustwarzen und warf vollkommen hemmungslos den Kopf in den Nacken.

»Mist!«, fluchte Seth. Dann schob er seine Finger unter mich, sodass meine Klitoris sich mit jeder meiner Abwärtsbewegungen an ihnen rieb. »Ich komme!«, knurrte er.

Mir war es recht. Ich wollte sogar, dass er zum Höhepunkt kam, denn ich konnte meinen eigenen Orgasmus kaum noch kontrollieren, der mich machtvoll mit sich riss.

»Seth!«, schrie ich und ließ mich vollkommen gehen, erlaubte mir, einfach die heftige Erlösung zu genießen. »Ich liebe dich so sehr!«

»Ich liebe dich auch, Riley«, erwiderte er in einem verzweifelt wilden Tonfall, der mir schmeichelte.

Klatschend schlug Haut gegen Haut, bis Seth mit einem tierischen Laut kundgab, dass er von seinem Orgasmus überwältigt wurde, was man bestimmt bis an den Strand hören konnte.

Völlig verausgabt brach ich auf ihm zusammen. Mein Atem ging stoßweise, mein Herz schlug so heftig, dass es mir aus der Brust zu springen schien.

Beide waren wir schweißgebadet, doch es störte uns nicht.

Als wir uns einigermaßen erholt hatten, gab er mir einen langen, süßen Kuss und streichelte zärtlich meinen nackten Rücken.

»Ich brauche dich, Riley. Verlass mich nie wieder«, ächzte er verzweifelt und vergrub sein Gesicht in meinem Haar.

»Nein, das werde ich nicht«, murmelte ich. »Ich verspreche es.«

Denn ich brauchte ihn ebenso sehr, wie er mich brauchte.

Ich klebte an ihm wie an einem starken Magneten.

Es gab keine Möglichkeit, mich jemals von ihm zu lösen. *Überhaupt nicht. Niemals.*

KAPITEL 31

Seth

»**I**ch werde nicht nach Mexiko fliegen«, sagte Noah mit fester Stimme, einer Stimme, die er stets dafür reserviert hatte, uns als Kinder auf unsere Plätze zu verweisen.

Unnachgiebig.

Fest entschlossen.

Sie bedeutete: Auf keinen Fall wird das geschehen.

Ich werde es nicht tun.

Und so weiter und so fort.

Doch ich wusste, dieses eine Mal würde mein Bruder nicht seinen Willen bekommen.

Wir befanden uns mitten in den Weihnachtsferien und Brooke und Liam waren zu Hause. Obwohl es noch nicht Weihnachten war, wollten wir Noah bereits jetzt eins unserer Geschenke geben.

Einen zweiwöchigen Urlaub in Cancún, Mexiko.

Wir hatten uns alle bei Aiden zu Hause versammelt. Wir fühlten uns stark, weil wir so viele waren, doch ich wusste genau, was Noahs Widerstand brechen würde. Nämlich das Gleiche, mit dem man auch mich packen konnte.

Ich warf einen Blick in die Runde in Aidens Wohnzimmer und wartete darauf, dass auf die Tränendrüse gedrückt würde.

Der Raum war bis obenhin vollgepackt mit Familie. Und ich saß mit Riley zwischen den Beinen auf dem Boden, was mir nichts ausmachte. Sie lehnte sich gemütlich mit dem Rücken gegen mich.

Brooke blickte Noah traurig an. »Dir gefällt unser Geschenk nicht? Wir haben uns so bemüht, etwas zu finden, das du gebrauchen kannst.«

Aiden und ich schmunzelten, als Jades Augen sich mit Tränen füllten. »Es tut mir leid, Noah. Wir wollten doch nur, dass du mal rauskommst und dich entspannst.«

Ich sah, wie Noah sich in seinem Sessel unbehaglich hin und her wand. »Es muss dir nicht leidtun. Es ist ja nicht so, dass es mir überhaupt nicht gefällt.«

Mein ältester Bruder war ein solcher Lügner. Er hasste sein Geschenk. Natürlich. Noah hätte alles verabscheut, was ihn für zwei Wochen von seinem Büro fernhielt.

Das Problem war, er konnte weder Jade noch Brooke das Herz brechen.

Wenn es darum ging, die beiden mit einer Entscheidung unglücklich zu machen, war Noah ein ebensolcher Versager wie Aiden und ich, was er wahrscheinlich niemals zugeben würde. Was er auch nicht musste, da es in diesem Augenblick nur allzu offensichtlich war.

»Aber du hast gesagt, du willst nicht dorthin«, wandte Brooke mit bebender Stimme ein.

»Ich fühle mich so schlecht«, fiel Jade ein.

Ich spähte zu Eli hinüber. Er grinste. Mein Schwager wusste sehr wohl, dass seine Frau Krokodilstränen weinte. Die Vorstellung amüsierte ihn augenscheinlich.

Auch Liam schien sich wegen Brooke keine Sorgen zu machen, er hatte also offensichtlich das Spiel durchschaut.

»Ich habe viel zu viel zu tun, um Urlaub machen zu können«, meinte Noah grimmig. »Ich kann keine zwei Wochen freinehmen.«

»Doch, das kannst du«, widersprach Aiden. »Du bist verdammt noch mal Milliardär, Noah. Es spielt keine Rolle, ob eins deiner Projekte in Verzug gerät. Du hast mit niemandem einen Vertrag abgeschlossen. Es ist nicht so, als warte ein Unternehmen auf deine nächste Entwicklung. Okay, vielleicht warten sie darauf, weil du etwas wirklich Geniales herausbringst, aber du hast keinen Termin einzuhalten.«

»Ich habe mir selbst Termine gesetzt, die ich einhalten will«, widersprach er.

»Dann solltest du das vielleicht unterlassen«, schaltete ich mich ein. »Du brauchst Urlaub. Das wird dir den Kopf durchpusten.«

»Ich will mir nicht den Kopf durchpusten lassen«, knurrte er. »Dabei werde ich Ideen verlieren.«

»Aber könntest du nicht dieses eine Mal eine Ausnahme machen?«, bettelte Skye, die sich nun auch in das Drama einmischte.

Während Noah besonders empfindlich war, was seine beiden kleinen Schwestern betraf, so war ihm Skyes Wohlergehen ebenfalls wichtig. Aus seiner unbehaglichen Miene konnte man schließen, dass auch Skye ihn am Wickel hatte.

Offensichtlich konnte er es nicht ertragen, irgendein weibliches Familienmitglied traurig oder außer sich zu sehen.

Dies war seine einzige Schwäche und die Familie nutzte sie aus, da es um einen guten Zweck ging. Es mochte vielleicht nicht ganz sauber sein, aber wir alle wünschten uns verzweifelt, Noah zumindest eine Zeit lang von seiner Arbeit zu trennen.

Niemand konnte so viel arbeiten wie er und dabei gesund bleiben.

Schon seit Langem machten wir uns große Sorgen um ihn.

Mittlerweile erlaubten wir uns also sogar schmutzige Tricks, falls sie Noah dazu bringen würden, eine Pause zu machen und sich zu entspannen.

Wenn wir der Meinung gewesen wären, so zu arbeiten, wie er es tat, würde ihn glücklich machen, hätten wir ihn in Ruhe gelassen. Aber er war nicht glücklich. Auf seinem Gesicht machten sich langsam die Zeichen von Stress bemerkbar und er verlor an Gewicht, weil er zu essen vergaß. Ich wusste, er trainierte, falls es ihm in den Sinn kam. Aber sein Arbeitseifer begann, seine Gesundheit zu ruinieren.

»Bitte, Noah«, wimmerte Brooke bemitleidenswert, »wir wollten dir eine Freude machen.«

Jade schniefte. »Wir wollten so gern, dass du mal Urlaub machst.«

»Komm. Lass uns spazieren gehen«, flüsterte ich Riley ins Ohr. »Ich denke, Brooke und Jade haben alles unter Kontrolle.«

In dem Wohnzimmer drängten sich so viele Familienmitglieder zusammen, dass niemand unseren Weggang bemerkte.

Riley lächelte, als ich sie zum Strand hinunterzog. »War das alles nur inszeniert?«, fragte sie misstrauisch. »Jade war so gar nicht sie selbst.«

Im Gehen grinste ich auf sie hinab. »Eine komplette Show. Die Mädchen haben das alles geplant und leisten verdammt gute Arbeit. Ich schätze, Noah wird innerhalb von ein paar Minuten nachgeben. Weinende Frauen sind seine einzige Schwäche. Wir versuchen verzweifelt, ihn zu einer Pause zu zwingen. Er braucht sie. Er hat abgenommen und zeigt Anzeichen von Stress.«

Sie nickte. »Das verstehe ich. Ich wünschte nur, er müsste nicht mit einem üblen Trick dazu gebracht werden.«

»Andernfalls würde er den Urlaub nicht antreten.«

»Sie haben eine richtig gute Show abgezogen«, überlegte sie. »Wohin gehen wir?«

Es war ein wirklich schöner Tag. Warm und ohne eine einzige Wolke am Himmel. Daher führte ich sie am Strand entlang.

»Irgendwohin, wo wir allein sein können«, erwiderte ich vage.

»Zu Hause sind wir die ganze Zeit allein«, wandte sie ein.

Inzwischen hielten wir uns meist bei mir zu Hause auf. Daher fühlte es sich gut an, sie darüber reden zu hören, als wäre es unser gemeinsames Zuhause.

»Ich glaube, ich wollte einfach nur mal draußen sein«, erwiderte ich ausweichend.

Im Gehen verschlang ich unsere Finger ineinander, nicht bereit zuzugeben, dass ich nervös war.

Was zum Teufel würde ich tun, falls sie Nein sagte?

Das Problem war, ich konnte nicht länger warten. Ich musste Riley zu der Meinen machen, bevor ich vollkommen den Verstand verlor.

Seit dem Tag, an dem sie mir von ihren Ängsten bezüglich einer Schwangerschaft erzählt hatte, waren bereits einige Wochen verstrichen, die ich bewusst abgewartet hatte, um unsere Beziehung zu festigen und ihr zu zeigen, dass wir mit jedem Problem gemeinsam fertigwerden konnten.

Inzwischen war ich mir ziemlich sicher, dass sie das verinnerlicht hatte. Ich konnte weder ein Zögern bezüglich unserer Beziehung erkennen noch den Wunsch, davonzulaufen.

Sie war so beständig wie ein Fels.

Endlich vertraut sie mir vollkommen.

»Ist alles in Ordnung?«, fragte sie besorgt.

»In Ordnung?«, erwiderte ich, als wir endlich die alte Anlegestelle auf dem Gelände erreichten, das ein Naturschutzgebiet werden würde. »Baby, es ist beinahe perfekt.«

Wir schlenderten über den hölzernen Steg und sie ließ sich auf ihren Hintern plumpsen, als wir an dessen Ende angelangt waren. »Mir gefällt es hier«, sagte sie. »Können wir hier eine Weile sitzen bleiben?«

Ich setzte mich genau vor sie. »Das hatte ich vor«, gab ich zu.

Ich hatte einen Ort aufsuchen wollen, den sie liebte. Ich war mir ziemlich sicher, dass dieser Platz, der immer ein Rückzugsort für die bedrohten letzten Zwergseeschwalben bleiben würde, der Ort war, an den wir gehörten.

Sie nahm meine Hand. »Du bist heute so still. Gibt es etwas, worüber du reden möchtest?«

Mir wurde es eng in der Brust, als ich sie ansah. Sie schenkte mir ihre volle Aufmerksamkeit, weil sie überzeugt war, mit mir wäre etwas nicht in Ordnung.

Beim Anblick ihres feurigen Haares, das vom Wind leicht verweht wurde, und ihren hinreißenden, nussbraunen Augen, aus denen sie mich fragend anschaute, fiel es mir schwer, einen klaren Gedanken zu fassen.

»In der Tat, ja«, erwiderte ich. »Den ganzen Tag schon geht mir eine gewisse Sache im Kopf herum.«

Ich fischte mit der freien Hand aus der Tasche meiner Jeans den Gegenstand heraus, der dort seinen festen Platz eingenommen hatte, seitdem ich ihn erstanden hatte.

Ohne großes Tamtam öffnete ich den Deckel der Schatulle. »Ich habe versucht herauszufinden, wie ich dich fragen soll, ob du mich heiraten willst, wurde jedoch immer wieder von der Angst gepackt, du könntest Nein sagen.«

Sie wirkte verblüfft, als sie von mir zu dem Diamantring in der Schmuckschatulle blickte.

Der Diamant hatte lediglich ein paar Karat, war aber makellos. Es hatte mich zwar verlockt, einen Stein in der Größe eines Felsens zu erwerben, den man nicht übersehen konnte, doch das hätte nicht Rileys Stil entsprochen. Ich jedoch hätte es getan, um jeden wissen zu lassen, dass sie mir gehörte.

»Oh mein Gott, Seth«, stieß sie hervor, als sie die Hand ausstreckte, um den Diamanten vorsichtig zu betasten. »Er ist wunderschön.«

Es gefiel mir nicht, wie sie das Schmuckstück betrachtete, als wäre es nicht ihres. »Um Gottes willen, Riley, sag Ja. Du bringst mich noch um«, verlangte ich gespannt.

Sie blickte mich mit Tränen in den Augen an. »Hast du auch nur für einen Moment gedacht, ich könnte Nein sagen? Ich habe dir doch gesagt, dass du mich am Hals hast. Also ja. Ja. Ja. Ja.«

Dann warf sie sich mir auf den Schoß und schlang mir mit so viel Begeisterung die Arme um den Hals, dass ich beinahe ihren Ring ins Wasser hätte fallen lassen.

Ich nahm ihn aus der Schatulle und warf diese beiseite. »Lass mich ihn dir anstecken.«

Sie streckte ihre Hand aus, die sichtbar zitterte. »Du bist nervös«, stellte ich unglücklich fest, während ich ihr den Ring auf den Finger schob.

Heftig schüttelte sie den Kopf. »Nicht nervös. Aufgeregt. Gerührt. Glücklich. Im Augenblick fühle ich mich wie die glücklichste Frau auf der Welt.«

Ich küsste den Ring an ihrem Finger und dann ihre hinreißenden Lippen.

Ich verlor das Gefühl für die Zeit, die wir ineinander verschlungen verharrten und uns streichelten und küssten. Es war mir auch vollkommen gleichgültig. Ich war fest entschlossen, die Tatsache auszukosten, dass Riley, die einzige Frau, die ich je geliebt hatte, endlich mir gehörte.

Sie war bereit, mich ein Leben lang zu ertragen. Ich war mir sicher, noch viel begeisterter zu sein als sie.

»Ich hatte gehofft, du würdest mich fragen«, murmelte sie mir ins Ohr. »Ich hatte nur nicht so bald damit gerechnet.«

»Baby, ich schleppe diesen Ring schon wochenlang in der Tasche mit mir herum.«

»Warum hast du nichts gesagt?«

»Ich wollte sichergehen, den richtigen Zeitpunkt zu erwischen. Ich wollte dich nicht drängen. Du musstest mir vertrauen, bevor du zustimmen konntest, mich zu heiraten«, erklärte ich heiser.

»Ich habe dir vertraut. Ich vertraue dir.« Ihre Stimme klang ruhig und ernst. »Die Probleme, die es mir bereitete, jemandem

Vertrauen zu schenken, hatten nur mit mir, nicht mit dir zu tun, Seth.«

»Dann hast du sie also nicht mehr?«, erkundigte ich mich heiser.

Sie schüttelte den Kopf. »Seit dem Tag, an dem mir bewusst wurde, dass ich dich verletzt habe, sind sie verschwunden.«

Ich war darüber hinweg. Und das bereits, seitdem sie mir erklärt hatte, warum sie davongelaufen war. »Lass mich nicht zu lange auf die Zeremonie warten.«

»Ich bin bereit, wann immer du es bist«, erwiderte sie und blickte mich strahlend an. Ihr Gesicht leuchtete vor Aufregung und Glück.

»Heute?«, fragte ich hoffnungsvoll.

Sie lachte, ein Laut, den ich immer genießen würde.

»Ich liebe dich«, stieß sie atemlos hervor. »Wir heiraten so schnell, wie es menschenmöglich ist. Mir würde eine kleine, private Feier gefallen.«

»Ich liebe dich auch, Baby. Was immer du willst«, stimmte ich glücklich zu und schloss die Arme um ihren köstlich kurvigen Körper.

Es war mir vollkommen gleichgültig, wie sie unseren Bund besiegeln wollte. Ich wollte lediglich sichergehen, dass sie mir gehörte.

»Januar?«, fragte ich.

»Seth, das wäre im nächsten Monat. So schnell können wir eine Hochzeit wahrscheinlich nicht auf die Beine stellen. Und jetzt sind Ferien. März oder April?«

»Februar«, verlangte ich.

Riley gab mir einen Kuss auf die Stirn. »Wir werden sehen. Ich werde mit Skye und Jade reden. Vielleicht können sie mir helfen. Vielleicht ist es möglich.«

Ich grinste sie an, sagte aber nichts mehr.

Unsere Hochzeit würde im Februar stattfinden. Was immer meine Geschwister auch sagen würden, ich würde es möglich machen.

Vielleicht war dies eine der Gelegenheiten, bei denen meine Sturheit ein wahrer Vorteil war.

EPILOG
Riley

EINIGE MONATE SPÄTER …

Ich war eine Februarbraut.

Sobald Seth einen Termin für die Hochzeit festgelegt hatte, hatte seine Familie geschlossen hinter ihm gestanden und ihm geholfen.

Meine Hochzeit war klein, aber unglaublich romantisch und wunderschön.

Hudson hatte sich angeboten, mich zum Altar zu führen, doch ich hatte mich entschlossen, diesen vergnüglichen Gang allein zu tun.

Ich wusste genau, was ich wollte, und empfand nicht den Hauch eines Zögerns.

Niemand musste mich meinem Bräutigam übergeben, da mein Herz bereits Seth gehörte.

Ich blickte auf meine linke Hand und betrachtete lächelnd den schmalen Reif, den Seth mir erst vor ungefähr einer Stunde an den Finger gesteckt hatte. Er befand sich jetzt direkt vor meinem wunderschönen Verlobungsring.

Ich hob den Kopf, um den Blick durch den Ballsaal schweifen zu lassen, den wir vom Citrus Beach Country Club gemietet hatten.

Die Zeremonie hatte im kleinen Kreis stattgefunden, doch Seth hatte darauf bestanden, zu der anschließenden Feier viel mehr Leute einzuladen.

Die Sinclairs waren hier in Citrus Beach aufgewachsen und es gab eine Menge Bekannte, die er gern bei den Festlichkeiten um sich hatte.

Der große Raum füllte sich stetig und ich lächelte, als ich Jade, Brooke und Skye bemerkte, die sich ihren Weg durch die Menge erkämpften, um mir zur Seite zu stehen.

»Oh mein Gott, wie hübsch du aussiehst, Riley«, rief Jade aus, als hätte sie mich nicht schon bereits vor der Zeremonie in meinem Kleid gesehen.

Die drei Frauen, meine Brautjungfern, sahen selbst umwerfend aus.

Ich hatte mich für ein am Oberkörper eng anliegendes, nach unten ausgestelltes Chiffonkleid mit U-Ausschnitt entschieden, mit nur wenig Perlenbesatz, sodass es nicht allzu pompös wirkte.

Jade, Brooke und Skye sahen in ihren schieferblauen Kleidern, die wir ausgesucht hatten, entzückend aus. Sie waren formell, ohne übertriebenen Pomp.

Als Frau, die Blumen liebte, hatte ich ein großes Bouquet aus vielen verschiedenen Blumen im Arm gehalten.

»Ich danke euch allen«, sagte ich ernst, während ich eine nach der anderen umarmte. »Ohne euch hätte ich dies nie auf die Beine stellen können.«

»Ich glaube, Seth hätte alles allein organisiert, wenn wir nicht eingegriffen hätten«, scherzte Jade.

Ich lächelte sie an. »Da magst du recht haben.« Mein frischgebackener Ehemann hatte darauf beharrt, die Hochzeit im Februar stattfinden zu lassen.

Er hatte sich den ersten Samstag im Februar in den Kopf gesetzt.

Er hatte mich solange gedrängt, bis wir uns auf den letzten Samstag im Februar geeinigt hatten.

»Es sollte dir eigentlich schmeicheln, dass er so begierig darauf war, dich zu einer Sinclair zu machen«, seufzte Skye.

Riley Sinclair. Ich würde wahrscheinlich etwas Zeit brauchen, bevor ich mich an meinen neuen Namen gewöhnt hätte, doch er klang gut.

»Ich bin eigentlich recht froh, dass er seinen Willen bekommen hat«, gab ich zu. »Ich kann es kaum erwarten, unser gemeinsames Leben zu beginnen. Nicht dass wir das nicht bereits getan hätten, aber es ist schön, dass es jetzt offiziell besiegelt ist.«

»Bist du aufgeregt wegen eurer Flitterwochen?«, erkundigte Skye sich.

»Drei Wochen Costa Rica? Definitiv«, antwortete ich seufzend.

Seth und ich würden einundzwanzig Tage in Playa Hermosa verbringen, einem Ort, den wir zusammen erkunden konnten, da keiner von uns beiden jemals dort gewesen war.

»Ich bin froh, dass die ganze Familie es geschafft hat herzukommen«, bemerkte Brooke ernst.

»Ich auch«, stimmte ich zu. »Obwohl es eine Herausforderung ist, mir jeden Namen zu merken.«

Jade grinste. »Uns alle auf einem Haufen zu haben ist überwältigend.«

Ich hatte mich darauf gefreut, Seths ausgedehnte Familie, seine Halbgeschwister sowie seine Cousins und seine Cousine aus Amesport, Maine, kennenzulernen. Doch die riesige Familie brachte mich ein wenig durcheinander.

Meine Brüder schienen alle Sinclairs zu mögen, also vergnügten sich alle. Ich ließ den Blick durch den Ballsaal schweifen und ließ ihn schließlich auf meinen drei Brüdern ruhen, die sich mit Evan und Micah Sinclair unterhielten. »Auch wenn die Umstände nicht gerade ideal waren, habt ihr eine wunderbare Familie«, erklärte ich den Frauen.

»Du hast uns mit geheiratet«, meinte Brooke lachend. »Wir sind jetzt auch deine Familie.«

Mir schwoll das Herz an. Ich konnte mir nichts Besseres vorstellen, als zu dieser großen, lauten, liebevollen Familie zu gehören.

»Ich bin dankbar, dass ich nun Teil dieser Familie bin«, verriet ich den dreien.

Jetzt hatte ich nicht nur Seth bekommen, sondern auch noch eine riesige Familie, die immer für mich da wäre, wenn ich sie bräuchte.

Ohne Bedingungen.

Ohne Regeln.

Ohne eine Etikette, die ich befolgen musste.

Seths Familie hatte mich einfach mit offenen Armen aufgenommen.

Ich wünschte, ich könnte ihnen erklären, wie selten man so etwas erlebte und wie besonders sie alle waren.

»Hey, meine Schöne«, ertönte plötzlich Seths Stimme an meinem Ohr und dann tauchte er hinter mir auf. »Ich habe mich gefragt, wo du hingegangen bist. Ich habe gehofft, du würdest an unserem Hochzeitstag nicht davonlaufen.«

Ich drehte mich herum und schlang ihm die Arme um den Hals. »Das wird nicht passieren, mein Hübscher«, sagte ich lachend.

Ich war losgegangen, um die Toilette aufzusuchen und ein wenig Luft zu schnappen. Ich hatte lediglich noch nicht zu ihm zurückgefunden.

Ich hätte wissen müssen, dass er mich sucht und findet.

Das war immer so.

»Ich glaube, alle warten darauf, dass wir den Tanz eröffnen«, erklärte er, während er die Arme um meine Taille schlang.

»Wir werden unsere Tanzpartner suchen«, informierte Skye uns, als die Frauen sich auf den Weg machten, um ihre Ehemänner zu finden.

»Jetzt sind wir allein«, raunte Seth mir mit seinem sexy Bariton ins Ohr.

»Wir befinden uns in einem Saal voller Menschen«, erinnerte ich ihn.

»Ich habe niemanden außer dir gesehen«, erwiderte er.

»Habe ich dir schon gesagt, dass du heute atemberaubend gut aussiehst?«, fragte ich ihn.

Wie gewöhnlich sah Seth in formaler Kleidung hinreißend aus. Doch es war die Intensität seines Blickes während der Zeremonie gewesen, die mir das Gefühl gab, mich in einer schillernden Kugel des Glücks aufzuhalten.

Er hatte seinen Eid geschworen, als wäre er ein echtes Versprechen an mich, und ich hatte auf dieselbe Weise geantwortet, in dem Wissen, dass keiner von uns beiden den anderen jemals absichtlich verletzen würde ... *bis dass der Tod uns scheidet.*

»Ja, das hast du mir bereits gesagt«, erwiderte er schließlich. »Und wie ich dir bereits gesagt habe, fesselst du mich jedes Mal aufs Neue, wenn ich dich ansehe.«

Das hatte er mir mehr als ein Mal erklärt. Und nicht nur heute. Jeden Tag erinnerte Seth mich daran, dass ich in seinen Augen die schönste Frau auf Erden war.

»Komm und tanz mit mir, Riley Sinclair«, drängte er mich.

Ich nahm seine Hand und unter großem Applaus schritten wir gemeinsam zur Tanzfläche.

Plötzlich erlebte ich einen Moment des Zögerns, eine kurze Sekunde, in der ich mich unbehaglich fühlte, weil die Aufmerksamkeit eines Ballsaals voller Menschen auf mich gerichtet war. Ich musste mich daran erinnern, dass ich nur von Familie und Freunden umgeben war. Meine Hochzeit. Und alles war bezaubernd.

Ich brauchte große, elegante Veranstaltungen nicht mehr zu fürchten. Nicht, wenn ich umgeben von so viel Liebe war.

Jeder einzelne Mensch im Saal wünschte uns Glück.

Seth zog mich in seine Arme und ich seufzte.

Sobald ich in seine Augen blickte, existierte niemand anderes mehr für mich.

Ich folgte seiner Führung, fasziniert von der Anbetung in seinem Blick.

»Glücklich?«, fragte er.

Ich nickte. »Ich bin niemals glücklicher gewesen. Und du?«

»Ich bin begeistert.« Er grinste. »Endlich gehörst du offiziell zu mir.«

Aus dem Augenwinkel sah ich, wie andere Paare auf die Tanzfläche traten, sodass Seth und ich nicht mehr im Rampenlicht standen, sehr zu meiner Erleichterung.

Ich streichelte die Haare in seinem Nacken. »Ich habe Neuigkeiten für dich, mein Hübscher. Ich habe immer dir gehört, so wie du immer mir gehört hast.«

Heute war unser Hochzeitstag, was unleugbar etwas Besonderes war, doch während der vorherigen Wochen waren wir so eng zusammengewachsen, dass ich jeden Tag etwas Neues an ihm zu lieben entdeckt hatte.

Er mag vielleicht immer schon ein wenig besitzergreifend und übertrieben beschützerisch gewesen sein, doch ich hatte erkannt, dass auch ich diese Empfindungen haben konnte.

Ich war mir sicher, keiner von uns beiden würde sich je von diesen Gefühlen so weit mitreißen lassen, dass sie außer Kontrolle gerieten, doch diese Instinkte würden stets präsent sein.

Er hielt mich fester und ich legte meinen Kopf an seine Schulter. Er knurrte: »Mein Gott, wie sehr ich dich liebe, Riley.«

Mein Herz begann zu rasen, wie jedes Mal, wenn er diese Worte aussprach. »Ich liebe dich auch«, erwiderte ich ohne Zögern.

»Ich kann es kaum erwarten, dich von hier fort und aus deinem Kleid zu bekommen«, sagte er heiser.

Ich lächelte. »Wir sind Braut und Bräutigam. Wir können schlecht von unserer eigenen Feier flüchten. Noch nicht.«

»Das würde ich auch nicht«, gab er zu. »Ich möchte es vielleicht gern, aber ich möchte genauso gern diesen Tag mit dir genießen. Ich möchte keine Minute davon verpassen. Also wird mein Schwanz wohl warten müssen.«

Ich nickte nur, denn in meiner Kehle steckte ein großer Kloß. »Später«, sagte ich, als ich es endlich schaffte, zumindest dieses eine Wort hervorzupressen.

Seth und ich mochten einander zwar begehren, doch er bewies mir ständig, dass wir so viel mehr als nur Liebende waren.

Wir waren Vertraute.

Wir waren beste Freunde.

Wir waren Seelenverwandte.

Wir lachten.

Und wir liebten.

Etwas Besseres als das konnte ich nicht bekommen.

»Vielleicht erlaube ich dir, meinen Hintern zu begrapschen«, überlegte ich scherzend.

»Willst du immer noch diesen Vertrag brechen?«, neckte er mich, während er seine Hand an meinem Rücken hinabwandern ließ.

»Vielleicht«, erwiderte ich hintergründig.

»Obwohl ich das Angebot zu schätzen weiß«, sagte er, als er seine Hand auf meinen Lenden ruhen ließ, »würde ich dich doch lieber erst begrapschen, wenn wir allein sind. Ich hätte lieber keine Zuschauer, meine Schöne.«

Eine Sache mehr, die ich an ihm liebe.

Seth behandelte mich in der Öffentlichkeit stets mit Respekt. Im Privaten war er unersättlich, sorgte aber dafür, dass er mich nie in der Öffentlichkeit in Verlegenheit brachte.

Ich hob den Kopf. »Dann küss mich«, verlangte ich.

Er grinste. »Dagegen habe ich nichts einzuwenden.«

Ich seufzte, als er mit seinen Lippen meinen Mund berührte. Ich wusste, die Tage, an denen ich mich vollkommen einsam gefühlt hatte, waren für immer vorbei.

Seth hatte alle dunklen Stellen in mir mit Licht erfüllt, bis meine Vergangenheit keine Rolle mehr spielte.

Er war meine Gegenwart und meine Zukunft.

Ich legte ihm die Arme um den Hals und erwiderte seinen Kuss.

Der Mann, den ich liebte, lächelte mich an, als er seine Lippen von meinen löste. Und ich erwiderte sein Lächeln, dankbar dafür, ihm den Rest meines Lebens zeigen zu können, wie glücklich er mich machte.

Ich war verloren gewesen, als ich nach Citrus Beach gezogen war, doch Seth Sinclair hatte mich gefunden und gerettet.

Als Frau, die sich niemals irgendwo zu Hause gefühlt hatte, war es eine Gnade, endlich genau zu wissen, wohin ich gehörte.

~Ende~

ANMERKUNG ZU DEN OPFERN VON KINDESMISSBRAUCH

Jedes Jahr werden dem amerikanischen Jugendamt mehr als sieben Millionen Kinder gemeldet. Viele andere Missbrauchsopfer tauchen niemals in der Statistik auf.

Was Kinder während des Heranwachsens erleben, beeinflusst ihr Leben als Erwachsene nachhaltig. Nur mit viel Mühe können die entstandenen Schäden therapiert werden.

Ich finde, jeder Erwachsene sollte jedes Kind beschützen. Bitte, falls Sie vermuten, dass ein Kind missbraucht, schlecht behandelt oder vernachlässigt wird, melden Sie es. Sie können anonym bleiben und die Gegenwart und die Zukunft eines Kindes ändern.

ANMERKUNG DER AUTORIN

Obwohl es sich bei dem vorliegenden Buch um einen Roman handelt, ist die Bedrohung der letzten Zwergseeschwalben real. Die Vögel haben aufgrund des menschlichen Vordringens in ihre Nistgebiete den größten Teil ihres natürlichen Habitats entlang der kalifornischen Küste verloren. Die letzten Zwergseeschwalben gehörten zu den ersten Tierarten, die auf der Liste der bedrohten Tierarten landeten, und dort stehen sie heute immer noch. Zwar hat sich ihre Zahl während der ersten drei Jahrzehnte auf der Liste erhöht, doch im Augenblick verringert sich die Anzahl wieder. Die Erwärmung des Meerwassers treibt die Sardellen, von denen sie sich ernähren, weiter aufs offene Meer hinaus. Außerdem werden ihre Nester des Öfteren von Menschen oder Hunden zertrampelt, die in ihre Nistplätze im Sand eindringen und nichts von der Existenz der Vögel ahnen. Es ist an der Zeit, diese Spezies zu schützen, bevor sie ausstirbt. Um mehr über den Effekt des Aussterbens dieser Vögel auf das Ökosystem zu erfahren, werfen Sie bitte einen Blick auf die Informationen zu den letzten Zwergseeschwalben auf der Webseite von Audubon California.

BIOGRAFIE

J.S. Scott ist eine Bestsellerautorin pikanter Liebesromane. Sie ist eine begeisterte Leserin von Büchern und Literatur jeglicher Art. J.S. Scott schreibt, was sie selbst gern liest, und das sind zeitgenössische sowie paranormale erotische Liebesgeschichten. Sie handeln meistens von einem Alphamännchen und haben ein Happyend, denn so schreibt sie sie einfach am liebsten!

Besuchen Sie mich auf:
http://www.authorjsscott.com
https://www.facebook.com/J.S.ScottGermany/

Oder senden Sie eine E-Mail an:
JSScott_author@hotmail.com

Sie finden mich ebenfalls auf Twitter:
@AuthorJSScott

Oder folgen Sie mir auf Goodreads:
https://www.goodreads.com/author/show/2777016.J_S_Scott

Bitte tragen Sie sich auf meiner E-Mail-Liste ein, um über Neuigkeiten, neue Veröffentlichungen und exklusive Textauszüge informiert zu werden:
http://eepurl.com/b2DuYn

BÜCHER VON J.S. SCOTT

Ein Milliardär voller Leidenschaft – Die Serie:

Entfesselte Leidenschaft (Buch 1)

Das Herz des Milliardärs:
Ein Milliardär voller Leidenschaft ~ Sam (Buch 2)

Die Erlösung des Milliardärs:
Ein Milliardär voller Leidenschaft ~ Max (Buch 3)

Der Milliardär und sein Spiel:
Ein Milliardär voller Leidenschaft ~ Kade (Buch 4)

Ein Milliardär außer Kontrolle:
Ein Milliardär voller Leidenschaft ~ Travis (Buch 5)

Ein Milliardär ohne Maske:
Ein Milliardär voller Leidenschaft ~ Jason (Buch 6)

Milliardenschwer und ungezähmt:
Ein Milliardär voller Leidenschaft ~ Tate (Buch 7)

Milliardenschwer und ungebunden:
Ein Milliardär voller Leidenschaft ~ Chloe (Buch 8)

Milliardenschwer und unerschrocken:
Ein Milliardär voller Leidenschaft ~ Zane (Buch 9)

Milliardenschwer und unerkannt:
Ein Milliardär voller Leidenschaft ~ Blake (Buch 10)

Milliardenschwer und unverhüllt:
Ein Milliardär voller Leidenschaft ~ Marcus (Buch 11)

Milliardenschwer und ungeliebt:
Ein Milliardär voller Leidenschaft ~ Jett (Buch 12)

Milliardenschwer und ungestüm:
Ein Milliardär voller Leidenschaft ~ Carter (Buch 13)
Bräutigam auf Zeit (Zeke und Lia)
Milliardenschwer und unerreichbar:
Ein Milliardär voller Leidenschaft ~ Mason (Buch 14)

Die Sinclairs – Die Serie:

Kein gewöhnlicher Milliardär ~ Dante (Die
Sinclairs, Buch 1)

Der verbotene Milliardär ~ Jared (Die Sinclairs, Buch 2)

Weihnachten mit dem Milliardär ~ Grady (Eine
Sinclair-Novelle)

Der Milliardär mit dem gewissen Etwas ~ Evan (Buch 3)

Die Stimme des Milliardärs ~ Micah (Buch 4)

Der Milliardär geht aufs Ganze ~ Julian (Buch 5)

Die Geheimnisse des Milliardärs ~ Xander (Buch 6)

Nichts weiter als ein Millionär ~ Liam (Buch 7)

Unerwartet Milliardär – Die Serie:

Erfolgreich umworben (Buch 1)

Geschickt umgarnt (Buch 2)

Verzweifelt verliebt (Buch 3)

Die Walker-Brüder – Die Serie:

Lass los!: Eine Geschichte der Walker-Brüder (Die
Walker-Brüder, Buch 1)

Vertrau mir!: Eine Geschichte der Walker-Brüder (Die
Walker-Brüder, Buch 2)

Rette mich!: Eine Geschichte der Walker-Brüder (Die Walker-Brüder, Buch 3)

Obwohl die Serie »Die Walker-Brüder« zwanglos mit der Reihe »Ein Milliardär voller Leidenschaft« verbunden ist, stellt sie eine eigenständige Serie dar, die auch gelesen werden kann, ohne die Bücher von »Ein Milliardär voller Leidenschaft« zu kennen. Es handelt sich ebenfalls um eine heiße Liebesromanreihe mit Alpha-Milliardären.

Der Billionär und seine Braut – Die Serie:

Prinz Bryan ~ Der Billionär und seine Braut
Eine Jungfrau für den Prinzen

Von J.S. Scott & Ruth Cardello:

Gut Gespielt – Liebeszauber auf dem Footballfeld

Von J.S. Scott als Lane Parker:

Geliebter Stalker
A Christmas Dream – Träume zum Weihnachtsfest
A Valentine's Dream – Träume zum Valentinstag

Und auch die folgenden Bücher von J.S. Scott werden in Kürze auf Deutsch erhältlich sein:

Aus der Reihe »Unerwartet Milliardär«:

Enchanted (Buch 4)

Aus der Reihe »Ein Milliardär voller Leidenschaft«:

Billionaire Undercover ~ Hudson (Buch 15)